GERRY
CONLON

EN EL NOMBRE DEL PADRE

Título original: *In the Name of the Father*

Traducción: Gerardo Batlles Gurgui

1.ª edición: octubre, 1996

Bailén, 84 - 08009 Barcelona (España)

Printed in Spain
ISBN: 84-406-6770-1
Depósito legal: B. 37.395-1996

Impreso por LITOGRAFÍA ROSÉS

GERRY
CONLON

EN EL NOMBRE DEL PADRE

Este libro está dedicado
a mi padre y a mi familia

Mi muerte limpiará tu nombre.
Limpia tú luego el mío.

GIUSEPPE CONLON, 18 de enero de 1980

AGRADECIMIENTOS

Tengo una deuda de gratitud con las siguientes personas:

Gareth Peirce y familia, Hugh y Kate Maguire, el cardenal Basil Hume y el cardenal O'Fiaich, la hermana Sarah Clarke, el padre Faul, el padre Murray, el padre McKinley, lord Scarman, lord Devlin, lord Fitt, Philip Whitehead, Andrew Bennett, diputado, Jeremy Corbyn, diputado, Chris Mullin, diputado, David Andrews, TD (*Teachta Dala*, en gaélico, miembro del Parlamento), Nial Andrews, diputado inglés, el honorable Merlyn Rees, diputado, lord Jenkins de Hillhead, Pascoe Mooney, Bob Woofinden, Robert Kee, Ludovic Kennedy, Grant McKee, Ros Franey, Chris Jamieson, Bridget y David Loughran, Lily Hill, Errol y Theresa Smalley, Tom Barron, Diana St. James, Kathleen Doody, Tony O'Neill, Paul O'Dwyer, Sandy Boyer, Kerry Lynnbohen, Michael Farrell, Nuala Kelly y la Comisión Irlandesa para los Presos en el Extranjero tanto en Nueva York como en San Francisco, Philyis David, y Moya.

Deseo expresar también mi agradecimiento a «los Seis de Birmingham» —Paddy Hill, John Walker, Gerry Hunter, Billy Power, Hughie Callaghan y Richard McIlkenny— y a sus simpatizantes. Confío en que salgáis todos libres muy pronto; seguiré apoyando la campaña para vuestra libertad y para limpiar vuestros nombres.

Por último, deseo dar las gracias a David Pallister y a Robin Blake, sin cuya ayuda no hubiera podido escribir este libro.

LOS AÑOS DE CÁRCEL DE GERRY CONLON

Los años en la cárcel

Winchester (en prisión preventiva): del 6 de diciembre a marzo de 1975

1975 *Brixton* (en prisión preventiva): marzo-octubre
22 de octubre: condenado por el atentado terrorista contra un pub de Guildford
Wandsworth: de octubre de 1975 a febrero de 1976

1976 *Wakefield*: de febrero de 1976 a agosto de 1977
4 de marzo: los Siete Maguire son condenados por posesión de nitroglicerina

1977 *Canterbury*: agosto-septiembre
Brixton: septiembre-octubre
Strangeways: octubre-diciembre
Wormwood Scrubs: de diciembre de 1977 a septiembre de 1979

1979 *Wandsworth*: septiembre-octubre
Winchester: octubre-diciembre
Wormwood Scrubs: de diciembre de 1979 a abril de 1980

1980 *Parkshurst*: de abril de 1980 a noviembre de 1981
23 de enero de 1980: muere Giuseppe Conlon

1981 *Long Lartin*: de noviembre de 1981 a marzo de 1988

1988 *Full Sutton*: marzo-abril
Durham: abril-mayo
Full Sutton: mayo-junio
Gartree: de junio de 1988 a octubre de 1989

1989 *Brixton*: 17-19 octubre (liberado)

PRÓLOGO

Ahí estamos, sentados en el banquillo de los acusados, como hipnotizados, sosteniendo cada uno un clavel en la mano. Los tres varones nos habíamos criado como católicos en Lower Falls, el sector más pobre de Belfast. La mujer era una joven obrera londinense. Pero todo eso sucedió hace mucho tiempo. Nuestros rostros están pálidos, tensos y demacrados, con los ojos rodeados por unas profundas ojeras. Parecemos unos sacos de huesos.

Habla el presidente del Tribunal de Inglaterra. Tengo la sensación de que rehúye mi mirada y las de mis compañeros. En los días sucesivos apenas conseguiré recordar lo que dijo en aquellos momentos, aunque estoy pendiente de sus palabras. El juez explica al tribunal que, por los motivos anteriormente expuestos, ha llegado a la conclusión de que los veredictos aplicados a los cuatro acusados son temerarios, y por consiguiente declaro...

En ese momento, en ese preciso momento, me levanto de un salto y arrojo el clavel al aire con todas mis fuerzas.

Y es entonces cuando el juez pronuncia las palabras: «El caso queda sobreseído.»

Alzo las manos en el aire, como si hubiera metido un gol para Irlanda en la Copa del Mundo, y miro a mi familia. Por primera vez en más de diez años veo una sonrisa en sus rostros. Se han acabado las celdas, los carceleros, las esposas.

Cuando trato de acercarme a mi familia un carcelero me cierra el paso, diciendo:

—Tienes que bajar.

Me niego a seguir acatando las órdenes de los carceleros. No permitiré que ese cabrón se tome más confianzas conmigo. Pero ése es el lenguaje que utilizamos en la prisión, y yo ya no soy un preso. Al cabo de unos minutos bajo con mis compañeros para firmar los papeles y recoger mis pertenencias. Los carceleros nos miran inquietos. Seguramente están pensando, los que son capaces de pensar: «¿Qué van a contarle al mundo esos cuatro cabrones sobre nuestro sistema?»

Voy a contarlo todo, absolutamente todo.

Nos miran sonrientes, pero detrás de esa máscara se oculta su crueldad. Han llegado a orinarse sobre mis pies. Me han roto la foto de mi madre. Me han puesto inyecciones de petidina. Me han dado más patadas que a un balón de fútbol.

Imagino los eslóganes que les dan vueltas por la mente: «El POA apoya la pena de muerte», «El POA afirma que hay que colgar a los del IRA», «¿De qué os quejáis, cabrones, acaso no os unisteis voluntariamente a la causa?»

Mientras espero a que me llamen enciendo un cigarrillo. Por fin oigo pronunciar mi nombre: «¡Conlon!»

Avanzo por el pasillo sintiéndome como Supermán. Paso frente a la celdas. Todos los presos están pegados a los barrotes, golpeándolos con las manos y con los pies y silbando. Siento una sensación inenarrable. El carcelero sentado ante la mesa me indica con su grueso dedo índice dónde debo firmar y me entrega un pequeño sobre marrón. Es el sueldo que me he ganado en la cárcel.

—Aquí hay treinta y cuatro libras y noventa chelines. ¿Las quieres? —me pregunta, sosteniendo el sobre entre el índice y el pulgar y agitándolo ante mis narices.

Si tuviera que partirle los dedos para arrancarle el sobre, no dudaría en hacerlo.

—Por supuesto. Se lo daré a mi madre —contesto, cogiendo el sobre y guardándomelo en el bolsillo—. ¿Dónde está la salida?

El carcelero me mira preocupado.

—Nos gustaría que de momento regresarais a vuestras celdas.

—¿Qué?

—Por favor, regresad a vuestras celdas. Durante una hora más o menos. Se ha congregado una enorme multitud frente al edificio y es mejor esperar que se disperse.

—¡Y una mierda! El presidente del tribunal ha declarado el caso sobreseído. Soy libre. Haz el favor de indicarme la salida.

Un policía se acerca y extiende la mano como si fuera a tocarme el hombro.

—¿Le importa esperar unos minutos hasta que organicemos lo del transporte? Luego le conduciremos a una salida trasera.

Yo me giro bruscamente y retrocedo unos pasos.

—¡Ni hablar! Nada de transporte. Nada de salida trasera. Me metisteis aquí por una puerta trasera y voy a salir por la puerta principal. ¡Abrid esa jodida puerta!

Pienso en mi padre. Ésas fueron sus palabras: «No lo olvides, hijo, nos metieron por la puerta trasera. Cuando llegue el día de tu liberación quiero que salgas por la puerta principal. Cuéntales lo que nos han hecho.»

De improviso, un carcelero abre la puerta y me indica un pequeño pasillo que conduce a la salida. La puerta se cierra bruscamente a mis espaldas y me encuentro en un pasillo rodeado de seis policías, lo cual hace que me sienta aterrado. Súbitamente la puerta se abre de nuevo y aparece Helena Kennedy, la abogada de Paul. Corro hacia ella.

—¿Por dónde puedo salir?

—Acompáñame. Se ha formado una multitud impresionante frente al edificio.

Echamos a caminar por el pasillo y nos encontramos con Grant McKee y Ros Franey. Abrazo a Ros con fuerza y le pregunto:

—¿Están todos aquí?

—Sí, no te preocupes.

El pasillo se halla atestado de gente que habla animadamente. Veo a algunas de las personas que han contribuido con su apoyo y sus esfuerzos a que al fin llegara este día. La hermana Sarah, mis hermanas Ann y Bridie, Carol Coulter, del *Irish Times*, David Andrews, miembro irlandés del Dáil, que ha luchado durante años para defender nuestra inocencia en el Parlamento irlandés, y Tom McGurk. La hermana Sarah Clarke ha tratado de convencer al mundo de nuestra inocencia prácticamente desde el día en que fuimos arrestados. Intentó repetidamente conseguir que le dieran permiso para visitarnos, pero el Home Office siempre le denegó su petición. Ahora, al verla por primera vez, me quedo asombrado al comprobar lo menuda que es.

—Vamos —dice mi hermana Ann—, salgamos de aquí.

Todos estamos muy emocionados. Abrazo y beso a varias personas, las cuales me besan y abrazan a su vez. De pronto veo a Gareth.

—Yo voy a salir por la puerta principal —le digo—. Acompáñame.

—No —contesta ella—. Éste es tu gran día.

Conque tomo a Ann y a Bridie del brazo y nos dirigimos hacia la puerta principal. Un policía la abre y salgo flanqueado por Ann a mi derecha y Bridie a mi izquierda. Al vernos aparecer, la gente empieza a aplaudir y a vitorearnos. Rugen como si estuvieran en un estadio de fútbol. Hay colocadas unas barreras para contener a los miles de personas que han acudido a vernos. Frente a la cárcel se está construyendo un edificio y los obreros comienzan a agitar sus gorras. Hasta los viandantes se detienen para saludarnos y expresarnos sus parabienes. Noto el calor y la alegría de la gente, lo cual me produce una felicidad difícil de describir. Supongo que cuando uno muere y va al cielo debe de experimentar una sensación parecida.

Me fijo en un individuo que, vestido con una chaqueta de mezclilla, se pasea por delante de la barrera hablando por un teléfono sin cable. Deduzco que pertenece al Cuerpo Especial de la policía.

—No dejéis que se me acerque. Es un poli.

—No —me informa Ann—. Es Chris Jamieson, de la ITN, un tipo legal. Ha venido a recogernos en coche.

Mi hermana señala el equipo de televisión y los reporteros que nos aguardan.

—¿Quieres decir unas palabras?

Aunque no estaba preparado para este recibimiento, me acerco a ellos y digo:

—He pasado quince años en la cárcel, acusado de un delito que no cometí y en el que no tuve nada que ver. He visto a mi padre morir en la cárcel por un delito que no cometió. Es inocente, los Maguire son inocentes, los Seis de Birmingham son inocentes. Confío en que los liberen pronto.

Cuando termino de hablar, la multitud rompe en aplausos. Me siento satisfecho porque he dicho exactamente lo que mi padre hubiera querido que dijese. Luego, nos montamos en el coche y partimos.

1
LOS PRIMEROS RECUERDOS

Mi madre dice que cuando nací era tan delicado, tenía una sangre tan poco densa que el médico le recomendó que me diera una botella de Guinness al día. Así, mientras los otros niños tomaban sus biberones, yo me inicié en una de las grandes tradiciones irlandesas. Pero lo primero que recuerdo con nitidez es haberme caído en un cubo de agua hirviendo al entrar en el patio trasero de nuestra casa. Tenía unos dos años. Tropecé en el umbral de la puerta, caí hacia atrás y me quemé el trasero. Puede decirse que desde entonces no he dejado de meterme en problemas.

Los primeros límites de mi universo abarcaban seis pequeñas calles que daban a Lower Falls Road, en el oeste de Belfast: las calles de Mary, Peel, Colin, Ross, Lemon y Alma. Durante los primeros cuatro años de mi vida nunca salí de esos límites, los cuales constituían, sin embargo, un mundo muy interesante para un niño de corta edad como yo. Me pasaba el día en la calle desde las ocho de la mañana, sentado en la acera y rodeado de mujeres arrodilladas con cubos y cepillos. Esas mujeres eran abuelas, esposas, viudas y jóvenes solteras. Todas llevaban un delantal floreado y un pañuelo en la cabeza. Todas ofrecían el mismo aspecto, excepto que el delantal era de distintos colores. Arrodilladas sobre unas pequeñas almohadillas, limpiaban con orgullo el pequeño tramo de acera que les correspondía mientras no cesaban de charlar: «¿Ha encontrado tu Johnny trabajo?», «¿Se ha curado tu Joe de la bronquitis?», «¿Vas a ir al bingo esta noche, Sadie?». Todas restregaban el pavimento formando un arco limpio y pulido frente a la puerta de su casa. Entretanto, los chicos mayores jugaban a la pelota y las niñas saltaban a la comba o jugaban a la pata coja. Las niñas solían cantar una canción que se llamaba *Mary Ross mondó un limón*, que trataba sobre las calles en las que vivían, mientras seguían saltando a la pata coja.

Yo esperaba que saliera una de las mujeres y me enviara a hacer un recado. A veces me daban dos peniques y me pedían que fuera a por cien gramos de manteca y una barra de pan. A mí me parecía entonces que era millonario y me iba a la pastelería de Lena, o a la de John Kerr, y compraba unas bolitas de anís o unos caramelos que costaban un penique. Siempre me gastaba todo el dinero, aunque sólo tuviera dos chelines, como si temiera que se me fueran a caer por un agujero de los pantalones. Me lo gastaba todo y compartía los caramelos con los otros niños.

Durante las noches estivales, en lugar de sentarme en la acera me instalaba a la puerta de mi casa, pues mi madre no dejaba que me alejara pasadas las siete de la tarde, y observaba a los hombres que se dirigían al pub. Había tres: el bar de Paddy Gilmartin, que se llamaba Laurel Leaf, el de Peter Murray, situado justo enfrente, y el de Charlie Gormley, que estaba a la derecha, frente a la carnicería de Finnegan.

El de Paddy Gilmartin era el más distinguido y elegante. Paddy había construido un saloncito con una puerta corredera de madera lacada. Cuando era niño sentía siempre deseos de descorrer esa puerta. Al abrirla, las voces de la gente que cantaba (a veces mi madre, a veces mi padre, amigos y vecinos) sofocaba cualquier otro sonido. Era un lugar alegre y acogedor, y yo sabía que si conseguía entrar me darían patatas fritas, limonada y seguramente unas monedas. Jamás veías a una mujer tomándose una copa sola, y mucho menos durante la semana, en un bar de Falls Road. No hubiera sido correcto. Las mujeres salían acompañadas por su marido o su novio los viernes o los sábados por la noche.

La mayoría de los jóvenes acudían al pub de Charlie Gormley, donde ocupaban el saloncito situado en el piso de arriba. Charlie había mandado instalar unas barras azules en las ventanas, sin duda para impedir que un cliente arrojara a otro por la ventana. Charlie era un buen hombre. No le importaba servir a sus clientes habituales unas copas pasada la hora de cerrar, y si no llevabas dinero te las apuntaba. Era un buen sitio para correrse grandes juergas.

Todo el mundo gastaba bromas. Si uno se ponía una camisa limpia, algún listillo te preguntaba: «¿Es que tu madre ha robado una caja de jabón? ¿Crees que le importaría lavarme mi camisa?» Los clientes se ponían morados de Guinness, sidra, Harp y todo tipo de bebidas. Era un lugar genial. Empezabas a frecuentarlo a los diecisiete años hasta que cumplías los treinta, que era cuando uno normalmente sentaba cabeza. A partir de entonces, acudías al pub de Paddy Gilmartin o al de Peter Murray.

Sólo había cincuenta metros de distancia entre esos tres pubs. Los fines de semana estaban tan llenos que no cabía un alfiler y, cuando los clientes se marchaban, siempre llevaban una bolsita con bebidas y comida.

Al salir solía ver a Francie Teague, que vivía en la calle de Mary, cerca de nosotros, encendiendo las farolas de gas. Era un hombre alto, con unas manazas enormes. Utilizaba una escalera que apoyaba en las farolas, por la que trepaba para encender el gas. En Belfast existía una gran tradición que consistía en atar cuerdas en los postes de las farolas para columpiarse en ellas. Las cuerdas se iban deslizando poco a poco y las niñas acababan aterrizando en el suelo. Luego, cuando aparecía Francie Teague para encender las farolas, recogía las cuerdas y las tensaba de nuevo.

Las casas estaban pegadas las unas a las otras. La calle no era lo suficientemente ancha para permitir el paso de dos coches al mismo tiempo, aunque cuando yo era niño nadie tenía coche. Las gentes vivían hacinadas y las puertas de las casas estaban siempre abiertas, así que recuerdo que los niños éramos muy aficionados a jugar al escondite y no hacíamos más que entrar y salir corriendo de las casas para escondernos detrás de las puertas. Pero nadie protestaba. Existía una gran espontaneidad que era fruto de la pobreza, pues los hombres casi nunca encontraban un trabajo estable, pero la gente era muy amable y bondadosa. En mi barrio vivían muchos artesanos y obreros especializados que no conseguían empleo; era muy difícil encontrar trabajo si uno era católico. Esa penosa situación, sin embargo, redundaba en beneficio de la comunidad. Andy McDonald, un excelente electricista, tenía su taller en la calle de Mary y, si alguien sufría una avería en la instalación eléctrica, él la reparaba en un periquete. En vez de pagar cuarenta libras, Andy te cobraba cinco y te la dejaba como nueva. Si se desprendía alguna teja en invierno, acudía apresuradamente Dan Lindsey con una escalera, te instalaba de nuevo la teja y cuando terminaba decía: «Invítame a una copa cuando tengas dinero.» Jamás te cobraba un céntimo. Ése era el espíritu de la comunidad; todo el mundo se ayudaba mutuamente.

La pobreza, no obstante, era un hecho evidente, incluso para un niño de corta edad como yo. Recuerdo que un día fui a ver a un amigo. Cuando su madre me abrió la puerta y le pregunté que si podía salir, ella me contestó: «No, Gerry, hoy se ha puesto su ropa su hermano Jim.»

Todos éramos católicos en Lower Falls, y mi amigo pertenecía a una de las muchas familias en las que el número de hijos superaba la decena. A mis padres sólo les quedaban tres hijos vivos. Yo era el único varón, pero nunca vi que mi madre tirara nuestra ropa vieja. Solía regalarla a alguien más necesitado que nosotros, a alguna mujer con catorce o quince hijos. Durante buena parte de su vida, mi madre trabajó en una tienda de ropa usada y siempre les preguntaba a los dueños que si podía llevarse algún jersey o una camiseta para regalársela a una familia pobre. Con la comida sucedía otro tanto. Cuando alguien hacía un buen puchero de sopa o un guisado y quedaban restos, se los daba a algún pobre.

Nuestra familia no era tan pobre como otras. Éramos bastante afortunados, en el sentido de que comíamos carne y en invierno llevábamos zapatos en lugar de unas sandalias de plástico que costaban un chelín y nueve peniques y te dejaban los pies helados. Si íbamos bien alimentados y calzados, ello era gracias a las dos mujeres de mi familia: mi madre, Sarah, a quien no recuerdo haber visto nunca desocupada, y su madre, Mary Catherine Maguire, en cuya casa vivíamos.

Mi abuelo Vincent Maguire falleció cuando yo tenía aproximadamente un año. En la primera fotografía que me tomaron de pequeño aparezco sentado en su regazo cuando él ya estaba postrado en cama, poco antes de morir. Supongo que debía de estar muy enfermo, pero en su buena época Vincent Maguire fue todo un personaje. Le robó mi abuela a otro hombre durante la Primera Guerra Mundial, un hombre con el que estaba comprometida para casarse. Ambos se encontraban en las trincheras en Francia, pero mi abuelo consiguió huir del campo de batalla y regresar a Lower Falls. Una noche conoció a mi abuela, se enamoraron y, cuando el otro pobre diablo volvió a casa con permiso, se encontró con que su novia se había convertido en la señora Maguire.

Vincent o Vinty, como solíamos llamarle, tocaba estupendamente el silbato. Le encantaba azuzar a los nacionalistas de Lower Falls el 12 de julio, fecha en que la Orden Naranja celebraba la Batalla de Boyne con desfiles y bandas de música. Vinty se ponía un sombrero de copa y una faja y se ponía a tocar el silbato y a bailar al son de *La faja que lucía mi padre* y *Dios salve al Rey* por toda la ciudad, metiéndose con los republicanos irlandeses, los cuales aceptaban de buen grado sus bromas. Hoy en día nadie se atrevería a hacer eso, pero las cosas eran distintas en los años cuarenta.

Como he dicho, en parte se debía a mi abuela que los Maguire gozáramos de una situación desahogada. Era una mujer inteligente, que tenía un gran sentido práctico, y una excelente administradora. Solía comprar en los bazares donde vendían toda suerte de objetos, desde platos y bombillas hasta tapetes de hule. Lo primero que le preguntaba al propietario de la tienda era que si vendía a crédito, y si le contestaban afirmativamente mi abuela decía: «En mi barrio conozco a mucha gente dispuesta a comprar en una tienda donde vendan a crédito.» En cierto aspecto resultaba más caro, pero de esa forma la gente podía adquirir cosas que necesitaba en unas condiciones más ventajosas. Mi abuela llevaba a personas con escasos recursos a esas tiendas. El propietario estaba encantado de hacer un buen negocio, los clientes también quedaban satisfechos y mi abuela conseguía así algunos objetos en concepto de comisión.

La casa de mi abuela se hallaba siempre llena de personas, algunas de las cuales acudían a liquidar sus deudas. Mi abuela les ofrecía una taza de té y, a veces, yo me sacaba seis peniques si me situaba en el lugar adecuado. Uno de los visitantes asiduos era el señor Shah Deine, un hindú que tenía una tienda en la calle de Agnes, arriba de Shankill, el cual era socio, por decirlo así, de mi abuela y solía acudir cada semana, el viernes por la noche o el sábado por la mañana.

Shah Deine era el único hindú que yo conocía en Falls. Hablaba con un fuerte acento indio y, como no comprendía perfectamente el acento irlandés, mi abuela y sus amigas solían enredarle contándole historias que él no entendía. Lo único que intercambiaba con mi abuela era sonrisas, jamás dinero. Nadie alcanzaba a comprender cómo se las arreglaban para hacer negocios a base de sonrisas. «Ese hindú es un encanto —decían—. Muy amable y educado.» Por supuesto, siempre acababan pagándole, aunque quizá no la cantidad que él confiaba en sacar del negocio.

También solía ver en casa de mi abuela a Sam Daly, el prestamista judío, que tenía una oficina en la avenida Royal. Posteriormente ocupó el cargo de consejero en Larne, o quizá fuera el de alcalde. Sam era el típico judío, muy sagaz e inteligente. Se presentaba todos los sábados impecablemente vestido, con sombrero de fieltro, camisa limpia y corbata. La corbata era una señal de respetabilidad. Los vecinos de Falls solían ponerse un corbatín, con un pañuelo a juego, cuando salían; sólo utilizaban corbata para asistir a las bodas y los funerales.

La casa de mi abuela, aparte de ser un centro de negocios, constituía también un importante centro social. Uno de los motivos era que teníamos una radio, de modo que a la hora en que cerraban los pubs, a las diez de la noche, la gente traía unas botellas de cerveza o una botella de brandy y se montaba una fiesta. Los organizadores de la fiesta se encargaban de traer la comida, que solía consistir en una sopa de verduras, a base de zanahorias, perejil, cebollas, guisantes, lentejas, patatas hervidas y un poco de carne. Uno podía comer hasta hartarse o, como decimos en Belfast, hasta que echabas sangre por la nariz.

A veces iban a casa de mi tía Kathleen, o a la de Lily McCann, pero yo prefería que vinieran a la nuestra porque daban dos peniques por los cascos vacíos de cerveza, lo cual me permitía embolsarme unos cuatro chelines.

Conseguir un poco de dinero suponía la gran preocupación de los niños, imagino que debido al ambiente de pobreza que nos rodeaba. Lo importante era estar en el lugar apropiado en el momento preciso. Por ejemplo, yo siempre procuraba estar en casa cuando venía Sam Daly los sábados, pues solía darme una propina de seis peniques. Otras veces, todo dependía del tiempo que hiciera. En invierno rezaba para que nevara. Antes de acostarme murmuraba: «Dios, haz que mañana nieve para poder limpiar las entradas de las casas de mis vecinos y conseguir un chelín.» Si el Señor atendía mis oraciones, al día siguiente salía con mis amigos, llevando un cazo de agua hirviendo y la pala de mi abuela, y llamábamos a todas las puertas del barrio y preguntábamos: «¿Quiere que le limpie la acera, señora?» Puesto que los demás niños no estaban tan bien organizados como nosotros, nuestra cuadrilla era la más solicitada y ganábamos más dinero.

Aparte de mi abuela y sus clubes, la única fuente de ingresos segura para nuestra familia era nuestra madre. Siempre ha sido una mujer muy trabajadora. Lleva trabajando desde que dejó la escuela a los doce años, en labores corrientes y no especializadas, pero muy duras y que exigían una gran resistencia. Sólo ha tenido tres empleos. Comenzó en 1938 de tejedora en la fábrica de Greaves, una fábrica de hilados. Las losas del suelo se recalentaban tanto que había que ir sin zapatos. Utilizaban unos husos que medían trece metros de largo. Colocaban el hilo en el telar mojado, que luego pasaban a la broca u ovillo para enderezarlo. La fricción lo secaba parcialmente. La habitación estaba llena de una pelusilla que los obreros aspiraban, haciéndoles toser. Mi madre estuvo empleada allí hasta que cumplió diecisiete años. Luego, se puso a trabajar en la tienda de artículos de segunda mano de Harry Kane, en la calle de Cyprus.

Mi madre se encargaba de empaquetar las prendas usadas y enviarlas a otros lugares. Su tercer trabajo fue como cocinera en el Hospital Royal Victoria, empleo que ha conservado desde 1970.

Así es como la recuerdo en los tiempos de mi infancia, siempre trabajando y enseñándome a rezar mis oraciones y el rosario. Toda la familia nos reuníamos por las noches a rezar el rosario. Si yo estaba jugando al fútbol en la calle, mi madre enviaba a mi hermana a buscarme para que rezara con ellos el rosario, una costumbre que respeté hasta que cumplí los quince años.

Mi madre es muy religiosa. Toda su vida ha girado alrededor de Dios: ir a misa, recibir la bendición, observar las fiestas de guardar, hacer novenas y ayunar. Durante años, sus vacaciones anuales consistían en ir al santuario de Knock, en County Mayo, donde un día se apareció la Virgen, y rezar durante tres o cuatro días. Puede que a muchos no les parezcan unas vacaciones ideales, pero a mi madre sí.

Mi padre se llamaba Giuseppe, no porque fuéramos de origen italiano, sino porque tenía un padrino italiano que se llamaba Joe Raffo. Era dueño de una heladería en la calle de Divis y siempre se portó muy bien con mis abuelos. Pusieron a mi padre el nombre de Giuseppe, que en italiano quiere decir Joe, en señal de respeto hacia su padrino. A mi padre le daba vergüenza ser el único irlandés del oeste de Belfast que llevaba un nombre italiano, pues la gente le tomaba el pelo. Cuando cumplió treinta años fue a ver al párroco y le preguntó que si podía ponerse el nombre de Patrick Giuseppe. Aunque consiguió cambiarse el nombre, todo el mundo siguió llamándole Giuseppe. «Pero si ahora me llamo Patrick», protestaba él, y la gente respondía: «De acuerdo, Giuseppe.» Era un hombre bueno, amable y cariñoso, y yo era su orgullo. Siempre procuraba llevarme a todas partes con él.

Durante un tiempo trabajó de peón caminero en un

lugar llamado Cherry Valley. Era un suburbio de clase media, pero a mí me parecía un mundo distinto, como si estuviera en América o en algún remoto lugar. Los fines de semana, cuando mi padre trabajaba horas extra en Cherry Valley, dejaba que yo le acompañara.

Era muy emocionante despertarme y desayunar a primeras horas de la mañana. Tomaba tortitas de coco y té, pero sólo me comía el coco rallado y el azúcar que cubría las tortitas y me bebía el té. Luego, partíamos hacia Cherry Valley, donde yo observaba cómo vivían las gentes de clase acomodada, en unas calles con árboles y coches aparcados a la entrada de sus viviendas. Los compañeros de mi padre se sentaban en un pequeño cobertizo, vestidos con unos vaqueros manchados de alquitrán y una gorra, frente a un fuego de coque sobre el que hervía una tetera de agua, rodeados de un intenso olor a betún. Yo debía de tener unos seis o siete años y me sentía muy mayor e importante por formar parte de la cuadrilla de obreros. Algunos estaban agotados y medio dormidos, seguramente debido a la resaca, y los fastidiaba que yo no parara de hablar y revolver.

A las diez de la mañana me enviaban a la tienda de la esquina a por un paquete de tabaco, unas chocolatinas o un ejemplar del *Irish News* y, cuando regresaba, me decían: «Quédate con el cambio, hijo», que podía ascender hasta a siete chelines y seis peniques, lo cual, para un niño de siete años, representaba una fortuna. Se trataba de una cantidad que normalmente sólo podías soñar con alcanzar, pues era suficiente para comprar el objeto más deseable que podía poseer un chico de mi edad: un balón de fútbol.

El fútbol era nuestra gran obsesión. Todos jugábamos al fútbol en la calle. Cuando no disponíamos de un auténtico balón utilizábamos un viejo jersey relleno de periódicos húmedos para que pesara más. Fue por jugar al fútbol en la calle por lo que sufrimos nuestros primeros encontronazos con la policía. Los llamábamos los cabrones negros: negros por el color del uniforme de la RUC (Real Policía del Ulster), y cabrones porque nada los divertía más que presentarse en Falls y perseguir a los que estábamos jugando al fútbol o a los naipes en la calle. Se paseaban montados en sus motos o en coches patrulla Zephyr, con la antena levantada, y nos obligaban a largarnos a toda prisa. Lo que más temíamos era que nos arrebataran el balón; el balón era lo que más queríamos, y los polis lo sabían. Cuando se apoderaban de un auténtico balón de fútbol, lo desgarraban con una navaja y lo arrojaban avanzada la calle. Luego, uno de nosotros, el más valiente, tenía que ir a recuperarlo, aunque se exponía a que lo agarraran por los pelos y le propinaran una bofetada o una patada en el culo.

Las partidas de naipes callejeras eran un rasgo característico de nuestros tiempos. Por todas partes veías individuos en cuclillas jugando a los naipes, siempre con dinero. Jugaban al veintiuno, al póquer o a timbas similares. A veces, en verano, se desarrollaban hasta cuatro timbas en una sola calle. Un nutrido grupo de curiosos se congregaba alrededor de los jugadores, que colocaban el dinero y las cartas sobre un par de hojas de periódico, dispuestas en el suelo y sujetas con piedras en las esquinas. Recuerdo a un chico que tenía un agujero, o hueco, en la suela del zapato lo suficientemente grande para que cupiese una moneda. Mientras observaba una partida, ponía el pie sobre alguna moneda de media corona que se hubiera resbalado hasta el borde del papel. Luego, retrocedía unos pasos, se agachaba fingiendo atarse el cordón del zapato y se embolsaba el dinero.

Había sobrados motivos para organizar las timbas en las esquinas de las calles, pues ofrecía mayores posibilidades de zafarse de los polis. Por alguna razón que desconozco, los jugadores llamaban a los policías que iban montados en motos «derangos». Cuando un «derango» que patrullaba por nuestra zona divisaba a unos tipos jugando a los naipes en la calle, conectaba la sirena y se precipitaba hacia ellos. Los jugadores solían apostar a un compañero en la esquina para que vigilara. Cuando éste veía acercarse un poli gritaba «¡vi-oh!», para indicarles que recogieran lo que pudiesen y echaran a correr. Cuando yo oía a alguien lanzar ese grito de alarma, procuraba colarme entre las piernas de los curiosos que presenciaban una partida, por si conseguía hacerme con algunas medias coronas.

Gracias a esos vigilantes, cuando llegaba el «derango» todos se habían largado, aunque solían quedar algunas monedas en la acera. El policía se agachaba, recogía el dinero y se largaba. Como es lógico, muchas veces se producía una falsa alarma. Algunos gritaban «¡vi-oh!», aunque no hubiese ningún policía a la vista, para provocar una desbandada y coger las monedas que pudieran.

Por aquel entonces yo asistía a la escuela primaria, situada en la calle de Raglan. La directora era la señorita Noblett, y mis maestras eran las señoritas Corbett y McVeigh. Recuerdo que el primer día me sentía aterrado. Por primera vez en mi vida estaba rodeado de extraños. Aunque la escuela quedaba sólo a quince manzanas de donde vivía, no conocía a nadie. Me dieron una de esas botellitas de leche con una paja, cosa que jamás había visto, y, además, yo estaba acostumbrado a beber té. Luego, nos sentamos en unos pequeños pupitres colocados en ordenadas hileras y cantamos una canción infantil y recitamos el alfabeto. Todo aquello me resultaba extraño y no me divertía nada. Me había pasado mi corta vida jugando en la calle y lo único que deseaba era salir corriendo y regresar a casa de mi abuela.

Al cabo de un tiempo, sin embargo, no sólo me acostumbré a la escuela primaria, sino que incluso disfrutaba asistiendo a ella. Los estudios no eran muy duros, aunque yo era un tanto perezoso. Pero el principal motivo de que me gustara asistir a clase era el mismo que me infundía terror el primer día: la posibilidad de conocer otras personas y hacer amigos. El hecho de hacer nuevos amigos siempre me ha parecido uno de los mayores placeres que ofrece la vida.

2

MI INFANCIA

Tuve una infancia feliz. Mis padres me querían y la comunidad en la que me crié era cálida y afectuosa. Pero en 1965, cuando había cumplido once años y estaba a punto de abandonar la escuela primaria para asistir a la escuela secundaria de St. Peter, le sucedió algo a mi padre que arroja una siniestra sombra sobre la historia que me dispongo a relatar.

En primer lugar quisiera explicar qué tipo de hombre era Giuseppe Conlon, y la mejor forma de hacerlo es referir la historia de su guerra. Nació en 1923, de modo que cuando mi padre estaba en edad de cumplir el servicio militar la Segunda Guerra Mundial se encontraba en pleno apogeo. Por aquella época mi padre trabajaba de jornalero en Londres, donde le llamaron a filas. Tras cumplir un breve periodo de adiestramiento, le dijeron que podía regresar a casa unos días antes de emprender su carrera de soldado. Se sentía muy disgustado. Regresó a Belfast para ver a su novia, Sarah Maguire (se conocían desde niños y se habían criado prácticamente juntos), y acabó convenciéndose de que la Segunda Guerra Mundial no tenía nada que ver con él. Era un hombre al que le repugnaba la violencia, un pacifista que detestaba la disciplina de la vida militar. Así pues, cuando expiró su permiso decidió permanecer en Belfast, en su casa.

Pero una noche, cuando regresaba a casa, se encontró con que había un *jeep* del Ejército aparcado frente a ella. Un grupo de soldados se apearon del vehículo, arrestaron a mi padre por desertar, le esposaron y le obligaron a embarcar de regreso a Inglaterra. No le quitaron las esposas hasta que estuvieron en medio de la bahía de Belfast. Mientras mi padre observaba cómo se alejaba Belfast, desde la cubierta del buque, comprendió que le era indiferente morir ahogado en la bahía de Belfast que en Alemania o en otro sitio, de modo que se quitó los zapatos y se arrojó al agua. Cuando alcanzó la orilla, el barco se había perdido en el horizonte. Mi padre le pidió a un vecino que le acompañara a casa en coche y llegó descalzo y calado hasta las huesos, pero sano y salvo.

Supongo que el Ejército británico creyó que se había ahogado, pues no regresaron a buscarlo. Por consiguiente, Giuseppe Conlon siguió viviendo tranquilamente en su casa y, en 1947, contrajo matrimonio con Sarah, mi madre.

Durante una de las épocas más largas en que mi padre estuvo empleado, en los años cincuenta, trabajó en el astillero de Harland & Wolf. Su trabajo consistía en recubrir los cascos de acero de los buques con plomo rojo. Recuerdo que un jueves por la noche regresó a casa y le dijo a mi madre: «Les hemos pedido que nos faciliten unas máscaras, pero no nos hacen caso.»

Sin una adecuada máscara protectora, mi padre no tardó en enfermar de los pulmones. Cuando cumplí los once años, empezó a escupir sangre. Debido a la mala condición de las viviendas, Belfast tenía la tasa más elevada de tuberculosis en Europa Occidental. Dada su densa población, las gentes vivían hacinadas en las casitas que he descrito anteriormente, las cuales fueron construidas en la época victoriana en unas callejuelas que parecían conejeras. Carecían de baño, pero por los muros chorreaban grandes cantidades de agua, haciendo que el papel de las paredes se desprendiese, y los moradores nada podían hacer para remediar esta lamentable e insalubre situación. Durante mi infancia, en Belfast abundaban los casos de raquitismo, tos ferina y tuberculosis, unas enfermedades que en Gran Bretaña parecían corresponder al siglo anterior.

Todos tuvimos que ir a la clínica de la calle de Durham, que no estaba lejos de donde vivíamos nosotros, para que nos hicieran pruebas y comprobaran si estábamos enfermos del pecho. Unos días más tarde, los médicos diagnosticaron que mi padre y mis dos hermanitas, Bridie y Ann, sufrían tuberculosis pulmonar. Mi madre y yo estábamos sanos. Cuando mi madre me explicó que mi padre y mis dos hermanas tendrían que ingresar en el hospital, sólo se me ocurrió responder: «¿Por qué nosotros no tenemos que ingresar en el hospital?» Mi madre y mi abuela debían de estar muy preocupadas, pero trataban de disimularlo. «Sólo tienen que hacerles unas pruebas, pronto saldrán», decían.

Pero no fue así. Yo creí que permanecerían ausentes un par de días, y cuando fuimos a visitarlos al cabo de una semana echaba mucho de menos a mi padre. Fuimos en un autocar azul a Whiteabbey, el sanatorio donde estaban ingresados mi padre y mis hermanas. Quedaba bastante lejos de Belfast, y me pareció un viaje larguísimo. Me recuerdo sentado en el autocar, contemplando el paisaje que desfilaba por la ventanilla y sosteniendo unas bolsas que contenían uvas y peras. Eran un lujo para nosotros, pero lo único que me importaba era ver a mi padre. Cuando llegamos al sanatorio me dejaron verle, aunque no aproximarme a él ni tocarle. Estaba aislado también de mis hermanas, Bridie, que a la sazón contaba ocho años, y Ann, que sólo tenía seis. Mi padre ocupaba una habitación a pocos metros de la suya, pero no le dejaban acercarse a ellas. Lo único que podía hacer era dar unos golpecitos en la ventana y hablarles a través del cristal.

Fue una época muy difícil para mi familia, sobre todo para mi madre, que sabía que mi padre y mis hermanas estaban muy enfermos, aunque trataba de mostrarse valiente. Para colmo, teníamos problemas económicos, debido a nuestras frecuentes visitas a Whiteabbey; aparte de los gastos de desplazamiento, siempre llevábamos dulces y galletas para mis hermanas y fruta para mi padre. Mi madre entraba a trabajar en el comercio de Harry Kane a las ocho y media, de modo que se levantaba a las siete, me preparaba el desayuno, limpiaba la casa con ayuda de mi abuela, me daba unas monedas para que almorzara en la escuela y se marchaba a trabajar. Los martes y los jueves trabajaba hasta las ocho de la tarde y disponía de media hora libre para comer y de otra media hora para tomarse un té. Normalmente salía a las seis y, cuando llegaba a casa, mi abuela ya tenía preparado el té, había lavado la ropa y había recogido un poco la casa. Las tres tardes a la semana en que no trabajaba horas extras íbamos a Whiteabbey a visitar a mi padre y mis hermanas. Mi madre no se quejaba nunca, jamás la vi llorar; incluso solía decir que hubiera preferido estar ella ingresada en el hospital en lugar de mi padre. Sólo puedo añadir que mi madre es una mujer extraordinariamente fuerte, leal y trabajadora, con una increíble fuerza de carácter. Lo más importante para ella es la familia; se comporta con gran dignidad y nunca se le ocurriría molestar a los demás con sus problemas.

Yo echaba mucho de menos a mi padre y a mis hermanas, pero sobre todo a mi padre, porque él me adoraba. Solía quejarme a mi madre de que lo echaba mucho de menos y, siempre que abandonábamos el sanatorio después de ir a visitarle, rompía a llorar desconsoladamente. Fue, como digo, una época muy dura para nosotros.

Recuerdo que el tratamiento consistía en una interminable serie de inyecciones, cinco o seis al día. Cuando vi los moratones que tenían mis hermanas en los brazos a consecuencia de las inyecciones, me quedé horrorizado. Bridie se lo tomó con una admirable sangre fría. Nos echaba de menos, pero lo disimulaba para no preocuparnos y porque debía cuidar de nuestra hermana Ann, que se ponía a gritar y a llorar cada vez que le administraban una inyección, implorando que la dejaran regresar a casa. Bridie es una persona excepcional, a la que debo mucho. Siempre fue la más sensata y equilibrada de los tres hermanos, unas cualidades que resultarían muy útiles para la familia en años sucesivos.

Mi padre y mis hermanas permanecieron varios meses en el sanatorio. La casa parecía vacía sin ellos. Cuando al fin regresaron, mis hermanas estaban curadas, pero mi padre nunca pudo volver a desempeñar un trabajo que le exigiera un esfuerzo.

La escuela secundaria de St. Peter era muy grande, con capacidad para seis clases cada año. Aunque nuestra familia había quedado diezmada por culpa de la enfermedad de mi padre y mis hermanas, la escuela me parecía una aventura llena de imprevistos, emocionante y aterradora al mismo tiempo. Yo estaba en la clase 1C. Según el nivel de capacidad, la 1A era la clase de los genios y la 1F la de los botarates, de modo que yo me encontraba en la superior de los de en medio. Sin embargo, la 1C era una clase aburrida, llena de chicos excesivamente estudiosos para mi gusto. Yo hubiera preferido tener por compañeros a los alumnos de la 1D, los cuales, a juzgar por las carcajadas que sonaban a través del tabique, eran muy aficionados a las bromas. Al cabo de unos meses conseguí que me expulsaran de la 1C y me relegaran a una clase inferior.

Quisiera añadir otra cosa a propósito de mi traslado de la clase 1C a la 1D: una parte del programa de estudios en las clases 1A, 1B y 1C consistía en aprender francés y, sobre todo, irlandés. Las clases de historia hacían también mucho hincapié en el pasado de Irlanda y, si hubiera permanecido en esa clase, seguramente habría tenido una conciencia mayor cuando empezaron los disturbios, habría conocido la historia de Irlanda, que es muy evocadora. De haberme quedado en la clase 1C, tal vez hubiese adoptado desde joven una postura republicana más definida. El hecho de que me relegaran a una clase inferior, donde no nos enseñaban la historia de Irlanda, acaso influyó decisivamente en el hecho de que no acabara convirtiéndome en un miembro del IRA. La gran mayoría de las personas que entraron a formar parte del IRA habían aprendido de jóvenes la historia de Irlanda y el gaélico.

Entre nosotros, los católicos, la educación no constituía necesariamente un pasaporte al éxito. Por muchos títulos que yo obtuviera o por muchos exámenes que aprobara, lo más probable era acabar en el paro, como la mayoría de los hombres que vivían donde residía yo. Al igual que la mía, las madres de casi todos mis amigos trabajaban, mientras que sus padres estaban en el paro. Las mujeres ganaban un salario inferior al de los hombres, por lo que las fábricas y las industrias preferían lógicamente contratarlas a ellas. Los hombres trabajaban cuando hallaban empleo, y cuando estaban desocupados se entretenían jugando a los naipes en la calle.

Por aquel tiempo empecé a desarrollar un marcado interés por las apuestas hípicas, lo cual seguramente se debía a que mi padre trabajaba a la sazón en Walsey's, el local de apuestas de Falls Road. Durante años, ese trabajo lo desempeñó su hermano, mi tío Mickey, de modo que cuando éste murió lo más natural fue que mi padre le sustituyera. Mi padre se encargaba del marcador, es decir que se ocupaba de anotar las apuestas en una pizarra, una figura que ha desaparecido, pues actualmente los locales de apuestas se han automatizado y más bien parecen la sala de control de la NASA. Pero en aquellos tiempos el marcador era la persona más estrechamente observada por los apostadores, que no le quitaban la vista de encima mientras iba anotando los cambios producidos en las apuestas a medida que recibía la información a través del teléfono. Cuando yo bajaba al local, que estaba a unos treinta metros de mi casa, para llevarle a mi padre un poco de té y unos sándwiches, me fascinaba verle convertido en el centro de atención. Algunos jugadores estaban convencidos de que les traía suerte. «Vamos, Giuseppe —decían—, marca un buen resultado.» Algunos le daban una generosa propina cuando ganaban una cantidad importante de dinero.

Un sábado, Tommy Moore y yo nos encontramos una papeleta de apuestas en la calle. El jugador había apostado treinta chelines a ganador por *Kentucky Fair*, otros treinta a ganador por *Blazing Sand* y treinta más a ganador en apuesta combinada. Nos dirigimos al local de las apuestas y comprobamos que mi padre había colocado en primer lugar a *Kentucky Fair*, que era un claro favorito con nueve a cuatro. Al mirar más abajo en la pizarra, vi que *Blazing Sand* también había resultado ganador.

¡Jesús! Tommy y yo no nos podíamos creer que nos hubiéramos encontrado una papeleta con una apuesta doble que había resultado vencedora. Habíamos ganado una fortuna, más de diez libras. El problema era cómo cobrar la apuesta. No podíamos hacerlo personalmente, puesto que éramos menores de edad, de modo que le pedimos a un amigo que fuera a cobrar el dinero. Él accedió, aunque sabía que la papeleta no era nuestra, a cambio de cuatro libras y diez chelines. El caso es que nos entregó cinco libras y se quedó con el resto. Pero no nos importó, pues cinco libras representaba para nosotros muchísimo dinero, tanto es así que creíamos que nos duraría eternamente. Nos fuimos directamente a la heladería de Morelli, situada entre las calles de Albert y Lemon, y nos compramos dos gigantescos helados. Luego, nos metimos en el cine a ver *Sonrisas y lágrimas*.

Al cabo de un par de años empecé a interesarme seriamente en las apuestas de caballos. Solía examinar la página de apuestas en el *Irish News*, elegía un caballo y apostaba por él el dinero que me daba mi madre para la comida. Envolvía una moneda de media corona en un papel, me situaba a la entrada del local de apuestas y le pedía a algún cliente que se disponía a entrar que depositara la papeleta que yo había rellenado. Si me preguntaba que para quién era, le decía que para mi padre, mi madre o mi abuela.

Mi única otra afición era el fútbol. Deseaba ser futbolista, un George Best o un Jimmy Johnston, verdaderos futbolistas capaces de controlar el balón y eludir a cinco o seis hombres. Mis amigos y yo jugábamos todos los ratos que teníamos libres. En verano jugábamos desde las dos hasta las cinco de la tarde; luego, entrábamos en casa para tomarnos una taza de té y un bocadillo de salsa —pan untado con mantequilla y salsa HP— y seguíamos jugando hasta las once de la noche. No cronometrábamos el tiempo de los partidos, sino que jugábamos hasta haber marcado un determinado número de goles. Así, la media parte se producía cuando un equipo metía doce goles, y el partido finalizaba cuando se llegaba a veinticuatro. Esos partidos eran unos auténticos maratones que duraban varias horas. Nuestro equipo estaba formado por chicos pertenecientes a familias numerosas de clase obrera y residentes en las calles de Peel, Lemon, Mary y Colin, y nos llamábamos los Comanches porque teníamos fama de salvajes.

Como no disponíamos de campo de fútbol, jugábamos en la calle y nuestro territorio era la calle de Peel. Nos las ingeniábamos para lanzar la pelota tratando de sortear los coches y nos deteníamos cuando un peatón atravesaba la calzada, al salir de la carnicería de Hughie Finnegan, o si aparecía alguien tambaleándose en la puerta del pub de Charlie Gormley. Solíamos disputar partidos con los equipos pertenecientes a otras calles, con los que jugábamos en nuestro «campo» o en el suyo, como los equipos profesionales. De vez en cuando, antes de que empezaran los disturbios, jugábamos contra equipos protestantes. Íbamos a la calle de North Howard, que en Lower Falls llamábamos Black Pad, una especie de tierra de nadie que unía dos calles paralelas, Shankill y Falls. En la actualidad, a lo largo de esa calle es donde está instalada la barrera de paz que separa a los católicos de los protestantes, el Muro de Berlín de Belfast.

En aquella época nadie corría ningún riesgo en Black Pad, aunque más valía ser precavido. En las raras ocasiones en que jugábamos contra un equipo de Shankill, asistía al encuentro un grupo de hinchas protestantes, que se instalaban detrás de la portería que daba a Shankill para apoyar a su equipo. Por lo tanto, cuando acudía un numeroso grupo de protestantes era preferible no lanzar la pelota hacia Falls durante la segunda mitad del partido, por temor a no salir de allí con vida. Así pues, acordamos con nuestros rivales protestantes que, durante la primera mitad del partido, lanzaríamos la pelota hacia Falls y, durante la segunda, jugaríamos de espaldas a él, de modo que cuando concluyera el partido pudiéramos regresar a casa sanos y salvos.

Entre los equipos semiprofesionales a los que apoyábamos estaba el Distillery, cuyos jugadores llevaban un uniforme blanco como los del Real Madrid, aunque no podían compararse con éstos. Apoyábamos a los Blancos no porque fuera un equipo brillante, que no lo era, sino porque el otro equipo local, el Linfield, se negaba a tener jugadores católicos en su plantilla. O sea que, como es lógico, apoyábamos al equipo de los

Blancos, del que la mitad de sus jugadores eran católicos y que contaba incluso con algún jugador procedente de nuestro barrio del oeste de Belfast.

Cuando cumplí los doce años empecé a ir a Glasgow para apoyar al Glasgow Celtic. En aquella época considerábamos al Celtic el mejor equipo del mundo. El Manchester United también era importante, puesto que George Best había jugado con ellos y no sólo era el mejor jugador de fútbol, sino que se había criado como nosotros en las calles de Belfast. Pero nos identificábamos más con el Celtic en cuanto a equipo, pues lo considerábamos un equipo católico y además sus mayores rivales eran los Rangers, un equipo formado exclusivamente por protestantes. Se trataba nuevamente de un problema tribal, como en la época del Distillery contra el Linfield, sólo que con dos grandes equipos profesionales en liza.

Cuando íbamos a ver jugar a «los chicos» (el equipo del Celtic), mis amigos y yo solíamos viajar de polizones. Adquiríamos unos pasajes por media corona con los cuales podíamos subirnos al barco, pero que, curiosamente, no nos permitían viajar a bordo del mismo, sino que teníamos que bajarnos media hora antes de que el buque zarpara. El caso es que un grupo de chicos de mi escuela —Mickey McParland, Brian Donaghy, Big Joe Boyle y Paul Hill— y yo nos ocultábamos a bordo y, una vez que desembarcábamos, nos dirigíamos directamente a Parkhead, el estadio del Celtic, que para nosotros representaba el paraíso, la selva.

Cuando cumplí catorce años me harté de la escuela y empecé a hacer novillos con un par de chicos que se dedicaban a robar casas. Me advirtieron que si quería ser amigo de ellos tenía que asaltar alguna casa, a lo que accedí sin mayores problemas. Así fue como me convertí en ratero.

La casa estaba situada en la calle de Amcomrie. Nos introdujimos por una ventana y ellos dos registraron el piso de abajo en busca de relojes, joyas, radios o cualquier otro objeto que pudiéramos vender a los comerciantes del mercado de Smithfield. Yo estaba arriba y, al abrir un bolso que había en la cama de una alcoba, hallé en su interior varios sobres abiertos que contenían mucho dinero. Les grité a mis compañeros que subieran a ver el botín que había conseguido y les mostré los sobres colocados sobre la cama. Eran más de seiscientas libras. Tras repartirnos el dinero nos largamos precipitadamente.

Estaba tan aterrado que intenté desprenderme del dinero cuanto antes. Compré pescado frito para todos mis colegas, los invité al cine y les hice otros regalos, a fin de librarme de aquel dinero que me quemaba los bolsillos. Pero la dirección de mi escuela andaba ya siguiéndome la pista y escribieron a mis padres comunicándoles que hacía novillos. Mis padres me obligaron a regresar a la escuela, mientras que mis dos colegas continuaron dedicándose a asaltar casas. Un día, hacia las siete de la mañana, se presentaron en mi casa unos policías de paisano. Dos tipos del Departamento de Investigación Criminal me sacaron de la cama y me condujeron a la comisaría. Recuerdo que mis padres no hacían más que preguntarles: «¿Qué es lo que ha hecho?», pero los policías se negaron a decírselo y no les dejaron acompañarme.

Al llegar a la comisaría me informaron de que habían descubierto a mis compinches robando. En su declaración, se confesaban autores de varios robos y me citaban como cómplice en el robo de la calle de Amcomrie. Los tres fuimos juzgados y puestos en libertad bajo fianza y, finalmente, a ellos los encerraron durante un par de años en un correccional y a mí me sentenciaron a veinte semanas de servicios comunitarios. Mi padre estuvo junto a mí en la sala del tribunal. Mi madre no pudo acompañarnos porque estaba trabajando, pero les dirigió una carta a los magistrados rogándoles que le permitieran restituir el dinero que yo había robado. En aquel momento creí que se había vuelto loca. Pero así es mi madre.

3

ELLOS Y NOSOTROS

Mi familia siempre se ha sentido orgullosa de ser irlandesa, pero nunca han sido más que unos nacionalistas pasivos. El padre de mi madre, Vincent Maguire, solía reírse de los republicanos, diciéndoles que se tomaban a sí mismos demasiado en serio. Para mi madre, la religión y la respetabilidad eran más importantes que la política. En cuanto a mi padre, cualquier forma de violencia le repugnaba. Ésos fueron los principios que heredé de mi familia, unos principios que cualquiera que visitara mi casa observaría de inmediato. Todas las viviendas que había en nuestra calle eran idénticas, pero uno no tenía más que contemplar las paredes de una casa para comprender lo que pensaban sus ocupantes. La gente como mi madre solía colgar cuadros de Jesús, del Sagrado Corazón y de Patrick Pío (un santo italiano que tenía los estigmas) por toda la casa. Otros vecinos colgaban cuadros de Patrick Pearse, James Connolly o una declaración enmarcada de la República. En esas casas había también cuadros de la Virgen, pero principalmente esos emblemas republicanos a los que me he referido. En la calle, los sentimientos que uno se formaba eran más simples, más tribales. La cuestión se reducía a «ellos y nosotros».

El gran acontecimiento tribal cada año para un niño

católico era la fiesta de la Asunción, el 15 de agosto. Esa fecha la adoptaron los católicos en respuesta al 12 de julio. Los protestantes encendían grandes hogueras la noche del 11 de julio, tiñendo el cielo de rojo y negro debido a las llamas y al humo, y en las hogueras quemaban efigies del Papa. Nosotros tratábamos de encender el 15 de agosto unas hogueras aún más grandes. Los residentes de cada calle rivalizaban entre sí para ver cuál de ellos encendía una hoguera más espectacular. Durante una semana nos dedicábamos a recoger trastos viejos y objetos inservibles. Íbamos de tienda en tienda pidiendo que nos dieran cajas de naranjas; registrábamos las casas abandonadas, en busca de tablas o zócalos sueltos; robábamos neumáticos de los garajes, e íbamos a las canteras McQuillan, donde sabíamos que encontraríamos gigantescos neumáticos de camiones, de más de tres metros de diámetro, y nos los llevábamos rodando hasta casa con uno de nosotros instalado en su interior. Era muy emocionante y divertido.

El sentimiento de «ellos y nosotros» se ponía sobre todo de manifiesto en ciertos partidos de fútbol de la liga irlandesa. Grosvenor Park, el estadio del Distillery, era una zona predominantemente católica y, a finales de los sesenta, cuando se disputaba un partido en casa contra el Linfield o algún otro equipo sectario, como el Glentorran, los hinchas protestantes acudían en masa, agitando centenares de banderas de Gran Bretaña y del Ulster. Puesto que contaban con los mejores jugadores de la liga irlandesa, acababan generalmente dándole una paliza a nuestro equipo. Luego, desfilaban con aire triunfal por la calle de la Distillery, agitando las banderas, tocando el silbato y destrozando ventanas, aparte de saquear comercios y robar lo que pudieran pillar en las casas. Vociferaban «que se joda el Papa» y otras lindezas referidas a la Virgen, mientras los de la RUC los contemplaban cruzados de brazos.

La primera vez que les oí gritar esas cosas no podía

comprender qué era lo que tenían contra el Papa o la Virgen. El nacionalismo no significaba nada para mí, como tampoco el sentimiento de patriotismo irlandés. Por supuesto que había oído a la gente cantar canciones de los rebeldes irlandeses en casa de mi abuela durante las fiestas que organizábamos los sábados por la noche, y había oído también todo tipo de atrocidades referentes a los Black and Tan*. Pero sólo eran canciones e historias, no poseían un significado místico porque nadie había tratado de imbuirme un sentido del patriotismo, como hacían otras familias con sus hijos. El mundo en el que yo vivía —ese puñado de calles de Lower Falls— era muy reducido. Yo sentía lo mismo que sentía todo el mundo, una absoluta lealtad hacia la comunidad.

A medida que fui creciendo me fijé en la actitud de los polis hacia nosotros, pues nos trataban de forma muy distinta que a los protestantes. Recuerdo que iba todos los viernes a la tienda de Shah Diene con el dinero del club, los plazos para pagar los artículos que habían adquirido los clientes de mi abuela. Ella me daba media corona además del dinero para el autobús, pero yo solía guardármelo e ir a pie. Eso significaba recorrer la calle de Northumberland, una zona totalmente protestante, y atravesar Shankill hasta llegar a la calle de Agnes.

Según pude comprobar, esas calles eran muy parecidas a las nuestras. Las timbas callejeras eran idénticas a las que se montaban en nuestras calles. Sin embargo, noté algo que me chocó. Los hombres de la RUC presenciaban las partidas, riendo y bromeando con los jugadores, sin intervenir para nada. En mi barrio se llevaban detenidos a los jugadores o los obligaban a dispersarse y se embolsaban las monedas que quedaban en

* Policías reclutados en Inglaterra para servir en Irlanda durante 1919-1921 contra la rebelión de los irlandeses. *(N. de los T.)*

el suelo. En la zona protestante, los polis incluso participaban a veces en las timbas.

Un día, cuando cumplí trece años, me reuní a la puerta de una farmacia de Falls Road con un chico llamado Gerry McAnoy. Estábamos esperando a un amigo, llamado Kieron O'Neill, para organizar con él un partido de fútbol. Llovía a cántaros. De pronto apareció un Zephyr, del que se apearon dos hombres de la RUC y nos preguntaron que qué hacíamos. Contestamos que esperábamos a un amigo, pero ellos nos dijeron:

—Sois unos mentirosos. Os arrestaremos por vagabundear.

—¿Qué significa vagabundear, señor? —pregunté yo.

No le estaba tomando el pelo, era que no conocía esa palabra. El caso es que nos arrestaron y nos llevaron al cuartel de la calle de Hasting, donde nos preguntaron el nombre y la dirección y qué estábamos haciendo cuando nos sorprendieron los policías. Les repetimos que esperábamos a un amigo, pero no nos creyeron. Uno de ellos le dio a Gerry un tirón de orejas y dijo:

—Voy a contárselo a tus padres.

Otro me propinó un puñetazo en la nariz, provocándome una hemorragia, y después una patada en el culo.

Al cabo de una hora y media, tras divertirse un rato con nosotros, nos soltaron. Mi amigo y yo nos dirigimos a casa de la hermana de Gerry, situada en Ormond Place. Recuerdo que mientras me limpiaba la sangre de la camisa, la hermana de Gerry comentó:

—Esos sucios canallas siempre se están metiendo con nosotros.

Eso era lo que opinábamos sobre la policía.

Cuando me condenaron a veinte semanas de servicios comunitarios por haber asaltado una casa, tuve que cumplirlas en Millfield Tech, que estaba situado entre Falls y Shankill. Allí nos reuníamos los sábados por la mañana un grupo de delincuentes de ambas comunidades. Lo primero que noté fue el odio con que se miraban los dos bandos.

Teníamos que hacer trabajos con madera. Todos los católicos se agrupaban en un extremo de la habitación y los protestantes en el otro. Mientras trabajábamos con pedazos de madera y cinceles, un protestante soltaba de pronto: «¡Que se joda el Papa!» Nosotros replicábamos: «¿Quién va a follarse a la Reina esta noche?»

Los que dirigían el centro de rehabilitación eran buenas personas y obraban de buena fe. Uno de ellos era Billy Johnson, el futbolista de la liga irlandesa que acabó siendo el gerente de los Crusaders. Solía llevarnos a hacer ejercicio y, cuando teníamos que correr alrededor de un circuito, siempre procuraba emparejar a los católicos con los protestantes. Supongo que confiaba en que de este modo llegaríamos a conocernos y se suavizaría la tensión entre nosotros. Pero era inútil. Uno de los dos se quedaba rezagado o bien se adelantaba a su compañero para no tener tratos con él. Cuando disputábamos un partido de baloncesto, Johnson procuraba mezclar a los jugadores. Pero a la hora de formar los equipos siempre era la misma historia: católicos contra protestantes, el Distillery contra el Linfield, el Celtic contra los Rangers.

La idea consistía en imbuirnos un poco de sentido común, pero todos sabíamos que era una solemne pérdida de tiempo. No estábamos dispuestos a transigir.

Cuando abandoné la escuela, en junio de 1969, hacía un año que habían comenzado las marchas en pro de los derechos civiles. Yo sabía que esas manifestaciones, que se iniciaron en Craighaven y luego en Derry, tenían como fin conseguir que mejorara la situación de los católicos en Irlanda del Norte, tanto desde el punto de vista de los derechos políticos como en cuanto al empleo. Pero no conocía bien los pormenores. Por ejemplo, ignoraba que la práctica de *gerrymandering* (dividir de forma arbitraria una zona en distritos electorales para dar ventaja a un determinado partido) estaba muy extendida en el Ulster. Sí sabía, sin embargo, que la gente del Bogside, en Derry, era católica como nosotros y que la RUC la sometía a un acoso implacable, al igual que a nosotros. De modo que cuando aquel verano estallaron varios disturbios en el Bogside y la policía cargó contra los manifestantes, disparando gases lacrimógenos y rociándolos con mangueras, los habitantes del oeste de Belfast nos sentimos tan indignados como si nos hubieran atacado a nosotros mismos, cosa que no tardó en suceder.

La gente empezó a organizar manifestaciones frente a las comisarías de la RUC en el oeste de Belfast, en apoyo del Bogside. La primera vez que me vi envuelto en una manifestación me encontraba en la calle de Hasting con un grupo de varios centenares de personas, sentados frente al cuartel de la policía. De pronto aparecieron los de la RUC y trataron de dispersar a la muchedumbre. Algunos se negaron a levantarse y la policía se los llevó arrastrándolos por el pelo. Alguien propinó un puñetazo a un policía, otro recibió también un golpe, y acabaron arremetiendo contra uno de los coches patrulla.

Yo tenía quince años y aquello me parecía muy emocionante. La RUC era un símbolo odiado por todos los católicos y me alegré de poder vengarme, de todo lo que nos habían hecho, arrojándoles pedruscos, ladrillos y botellas. Toda la hostilidad que se había ido acumulando a lo largo de los años estalló al fin.

En vista de que la RUC era incapaz de controlar la situación, llamaron a los Especiales B. Los Especiales constituían un cuerpo de policías auxiliares uniformados, exclusivamente protestantes, y conocidos por los brutales métodos que empleaban. No tenían reparos en tomar todo tipo de represalias contra los católicos, golpeando a personas inocentes e irrumpiendo en sus casas o saqueándolas y quemándolas. Incluso disparaban contra la gente.

Mi tío Willie McCann vivía en la calle de Conway, una de las calles que conecta Falls con Shankill. Willie era marinero y estaba casado con Annie, la hermana menor de mi madre. Por aquel entonces, mi tío trabajaba de camarero a bordo del *QE2*, de modo que cuando estalló la violencia en Belfast se hallaba en Nueva York. La noche en que los Especiales bajaron por la calle de Cooper y por la de Conway, seguidos por una multitud de unionistas, mi tía estaba sola en casa con sus tres hijas, la mayor de las cuales tenía seis años. No sé si eligieron su casa deliberadamente o por azar. Mi tía no era una agitadora ni una activista política; dudo mucho de que la política le interesara lo más mínimo. El hecho es que, tras obligarlas a ella y a sus hijas a salir a la calle, destrozaron las ventanas, robaron muebles y cuantos objetos de valor hallaron y prendieron fuego a la casa con gasolina.

Por aquella época nosotros vivíamos en la calle de Leeson, y mi tía y sus hijas se refugiaron en nuestra casa. Su casa de la calle de Conway había quedado reducida a cenizas y no tenían dónde alojarse. Lo único que lograron salvar fueron sus vidas y la ropa que llevaban puesta. Aquella misma noche vimos a los policías y a los Especiales B tomándose unas copas con los unionistas entre los cascotes de las casas de familias católicas que habían destruido. Era muy sencillo para ellos. En 1969, en Lower Falls no teníamos armas. El IRA no existía en aquellos tiempos, esas siglas significaban simplemente «I Run Away» (salgo huyendo); así pues, les resultaba muy fácil a los Especiales presentarse con sus coches blindados Short & Harland y sus metralletas y disparar al azar mientras recorrían Falls Road. Esa noche, en una fracción de segundo, todo cambió radicalmente en Lower Falls. A la mañana siguiente comprobamos que habían quemado las casas de la calle de Conway y las de la calle de Cooper, que habían destrozado el concesionario de la Mercedes, que los autobuses estaban carbonizados, que el banco de la calle de Balaclava se encontraba reducido a un montón de humeantes ruinas y que habían saqueado la cooperativa junto a éste. El barrio ofrecía un aspecto extraño y fantasmagórico. Todo cuanto nos resultaba familiar y entrañable había desaparecido.

A lo largo de los meses siguientes, la población del oeste de Belfast empezó a aumentar a medida que los católicos, cuyas casas habían sido quemadas, se instalaban en nuestra zona buscando protección.

Construimos barricadas para defendernos y nos convertimos en una comunidad asediada, en un gueto amurallado.

Recuerdo aquella época como unos tiempos salvajes, presididos por la anarquía. Por doquier había grupos de vigilantes apostados que se mantenían alertas por si aparecían la policía o los Especiales. Esos grupos disponían de unos pequeños cobertizos de metal y lona y por las noches se sentaban fuera, alrededor de una fogata, y relataban historias. Yo era demasiado joven para unirme a ellos, pero solía acercarme con mis amigos y permanecía toda la noche escuchando sus emocionantes hazañas.

La llegada de toda esa gente nueva me dio también la ocasión —por primera vez— de conocer chicas pertenecientes a familias que mis padres no conocían. Para impresionarlas, les relataba las historias que oía contar a los vigilantes, sólo que yo mismo me erigía en protagonista para demostrarles que era un auténtico macho. Fue por aquella época cuando perdimos nuestras inhibiciones, cuando la ley nos importaba un comino y la policía brillaba por su ausencia. Yo solía permanecer toda la noche fuera de casa bebiendo, fumando y persiguiendo a las chicas. Era una época muy emocionante y divertida. A partir de entonces dejé de regresar a casa para rezar el rosario con mi familia.

Cuando el Ejército británico llegó por primera vez, el 14 de agosto de 1969, fue recibido en Falls Road como el protector de la población católica. La gente salió a ofrecerles tazas de té y sándwiches, para darles las gracias. Durante varios meses, los católicos hicieron lo que pudieron para ayudar a las tropas, haciendo de mensajeros, dejando que sus hijas asistieran a los bailes en los cuarteles, etcétera. Por supuesto, a veces también nos aprovechábamos de la situación. Recuerdo que unos soldados les dieron a unos amigos míos cinco libras para que les llevaran unos cigarrillos y unos refrescos. En lugar de ello, mis amigos apostaron el dinero a los caballos.

Poco a poco, la amabilidad de los católicos hacia las tropas fue disipándose. Las cosas cambiaron. El primer miembro de las fuerzas de seguridad, un hombre llamado Victor Arkbuckle, fue asesinado (víctima de unos pistoleros unionistas) en octubre de 1969. A partir de entonces la situación se agravó. El 3 de julio de 1970, se impuso el toque de queda en Falls Road. Todos protestaron por esa medida, ya que no se impuso ningún toque de queda en la zona de los unionistas. El IRA comenzó a organizarse a medida que aumentaba el sentimiento de indignación y rabia entre la población. Todo el mundo se creía con derecho a tomar decisiones. El terreno estaba abonado y la gente empezó a tomar partido por uno u otro bando. A partir de aquel momento, las cosas cambiaron definitivamente.

Una noche, aproximadamente un año después de la llegada de las tropas británicas, tuve un encontronazo con unos soldados. Había ido con un tipo escocés, llamado Joe Duffy, a tomarme una copa a la ciudad y, de camino a casa, hacia las diez de la noche, vimos una multitud congregada ante la puerta de la funeraria de la calle de Albert. Enfrente había un grupo de soldados con chalecos antibalas y coches blindados. Oímos unos disparos y el estallido de bombas cerca de donde vivíamos.

—No subáis por esa calle —nos advirtió un vecino.

—Pero es que vivimos allí.

—Os aconsejo que no vayáis. Es peligroso.

Mi amigo y yo nos dirigimos a los soldados, miembros de la Guarnición Escocesa del Rey.

—¿Podemos subir por esa calle? —preguntamos.

—Desde luego —respondieron.

Pero cuando fuimos a pasar nos arrestaron.

Nos mantuvieron de pie contra la pared por espacio de media hora, junto con un tipo llamado Mo Short. Nos insultaron y nos golpearon. Luego, nos obligaron a sentarnos en un camión militar, mientras Joe Duffy no cesaba de repetir: «Quiero hablar con mi abogado.»

—Conque quieres ver a tu jodido abogado, ¿eh? —le espetó el soldado que nos vigilaba, el cual estaba borracho perdido.

Empezó a arremeter contra Duffy con la culata de su rifle y Joe trataba de zafarse de él y Mo Short, que estaba sentado junto a Duffy, recibió varios golpes en la cabeza.

Cuando consiguieron sacar de la calle a todas las personas que se habían congregado ante la funeraria, nos condujeron a la comisaría de la calle de Musgrave, detrás de la Sala de Justicia situada en la calle de Chichester. Nos acusaron de infringir el toque de queda y de alterar el orden público y nos enviaron a prisión, donde permanecimos bajo custodia.

Aquella noche arrestaron a centenares de personas y todas terminaron en la cárcel de Crumlin Road, al igual que yo. Estaba aterrado. Pasé la primera noche solo en una celda, con un ejemplar de la Biblia, abandonado por algún miembro de la Gideon Internacional, como única compañía. Al cabo de un rato oí unas voces. Eran los demás prisioneros detenidos la noche anterior, que cantaban por las ventanas de sus celdas. Al oírles me sentí mejor.

Al día siguiente, domingo, asistimos todos a misa en la capilla de la cárcel, que se encontraba llena de las personas arrestadas el viernes por la noche. Los polis estaban cagados de miedo. Jamás habían visto tantos católicos concentrados en un sitio. Al término de la misa cantamos un himno católico, titulado *Fe en nuestros padres*. Todo el mundo cantaba a voz en cuello, haciendo que las paredes retumbaran. Parecía como si fuera a hundirse el techo.

Al día siguiente comparecí ante el tribunal de la calle de Chichester. Mi padre había contratado a un abogado, que consiguió que me dejaran en libertad incondicional. Yo estaba tan aturdido que me dirigí hacia la escalera que conducía a las celdas.

—Está libre, no tiene que regresar a la celda —dijo un policía.

Acto seguido, abrió una puertecita en un lateral de la sala. Di unos pocos pasos y allí estaba mi padre.

4

ESTADO DE GUERRA

Cuando abandoné la escuela en junio de 1969 no tenía la menor idea de lo que iba hacer. Aunque confieso que era perezoso y poco honesto, decidí buscar trabajo, puesto que era lo que mis padres deseaban que hiciera. Al cabo de un tiempo, poco antes de que estallaran los disturbios, conseguí un empleo en un comercio de artículos de peluquería que se llamaba H. J. Christies, situado en College Street Mews. Recorría todo Belfast en bicicleta cargado con tijeras, peines, rulos, champús y piezas de secadores. Mi jefe llenaba la cesta de la bicicleta con tantos objetos que un hombre solo no hubiera sido capaz de levantarla. Me pagaba tres libras y quince chelines por trabajar cuarenta y dos horas a la semana, un sueldo irrisorio incluso para un joven de quince años. Yo me rebelaba contra el hecho de que el comerciante ganase seis o siete veces más que yo, cuando lo único que hacía era cargar las mercancías en la bicicleta.

Así pues, quizás inevitablemente, empecé a robar para redondear mis ingresos, sustrayendo unos frascos de tal cosa o unos paquetes de tal otra, que luego vendía baratos a algún barbero o a algún peluquero. Un día, al cabo de unos meses, llevaba la cesta tan cargada de objetos que el manillar se torció y yo aterricé en el suelo, partiéndome el pulgar. Como no podía montar en bicicleta, tuve que abandonar mi empleo.

A continuación entré a trabajar en la fábrica de Ross, una importante fábrica textil, cuya puerta principal daba a Falls Road y la trasera a una calle próxima a Shankill. La mayoría de los obreros eran católicos, y una gran proporción de los empleados eran mujeres. A todos los chicos que empezaban a trabajar en la fábrica les gastaban una broma, consistente en que las mujeres te bajaban los pantalones y los calzoncillos y te embadurnaban de grasa. Era una especie de rito iniciático. Yo me sentí muy avergonzado y, a partir de aquel día, cada vez que me tropezaba con una de las operarias me ponía colorado como un tomate.

Mi trabajo en la fábrica también consistía en hacer de mensajero, pero esta vez resultaba más cómodo. Por las mañanas preparaba el té para Tommy O'Neill, el guardián de la fábrica, y para mí, además de unas tostadas y unos huevos cocidos. Tommy era un buen hombre y siempre se mostró muy amable conmigo. Después de desayunar leíamos el periódico y él me contaba historias hasta que llegaba el momento de llevar la correspondencia a la administración para que la despacharan. Otra de mis obligaciones era la de recorrer todas las salas de hilado y de tejido y entrar en los lavabos para reponer jabón líquido en los dispensadores, rollos de papel higiénico y un producto llamado Swarfega, con el que los trabajadores se quitaban la grasa de las manos. Asimismo, los viernes llevaba a la tintorería los uniformes sucios del personal de las oficinas. El resto de la jornada lo dedicaba a hacer recados en bicicleta, con tiempo de sobra para ir a la tienda de apuestas o dar un paseo si me apetecía. Era un trabajo muy agradable.

Un día tuve la desgracia de pelearme con una de las oficinistas. La mayoría de la plantilla de la administración eran protestantes y entraban a trabajar a las nueve y media por la puerta trasera, que, como he dicho, daba a una calle cercana a Shankill. Yo me encargaba de abrirles la puerta, pero tan pronto como entraban me apresuraba a cerrarla y corría a reunirme con Tommy O'Neill en su garita, pues ya habían comenzado los disturbios y temía que me atacaran. Una de las empleadas tenía la manía de llegar tarde y llamaba al timbre para que fuera a abrirle la puerta.

—¿Por qué no procuras llegar a la misma hora que los demás? —le espeté un día.

Me replicó que era la esposa del jefe de personal y me amenazó con quejarse a su marido por haberme metido con ella.

Me enfadé tanto que decidí marcharme. Tras presentar mi dimisión el viernes por la mañana, me encargaron que fuera a la tintorería a recoger la ropa sucia de los empleados. Cuando examiné los comprobantes vi que la mayoría de las prendas pertenecían a la empleada con la que me había peleado. Rompí los comprobantes, los arrojé a la alcantarilla y me dirigí al local de apuestas con el dinero que me habían dado para pagar la factura de la tintorería. Estaba tan enfurecido que no volví a poner los pies en la fábrica.

Ésos fueron los dos primeros empleos que tuve en Belfast. Al cabo de unos meses me ofrecí para ocupar un puesto en una fábrica de calentadores y estufas situada en la calle de la Corporation. Por la mañana me hicieron una prueba, la cual, según me dijeron, salió bien y me pidieron que regresara por la tarde para cumplir unos trámites. Pero, cuando tuve que rellenar un formulario y puse que había asistido a una escuela católica, se negaron a contratarme.

Así pues, me encontré en el paro, aunque afortunadamente contaba con otros ingresos. Recuerdo que en cierta ocasión fui a la oficina del paro y me encontré con un tipo al que llamaré Mitty, aunque ése no es su verdadero nombre.

—¿Dónde vas, Gerry? —me preguntó.

—A cobrar el paro, Mitty.

—Pues acompáñame. De regreso puedes echarme una mano.

Yo accedí, aunque en aquel momento no comprendí lo que quería decir. Después de haber ido a cobrar el paro, atravesamos la calle de Great Patrick y llegamos a la cooperativa situada en la calle de York. Mitty se giró de pronto y dijo:

—Tengo que comprar una cosa para mi madre.

Entré con él y nos dirigimos al departamento de aparatos eléctricos. De pronto, Mitty agarró un carrito, lo colocó debajo de una lavadora, levantó ésta del suelo y empujó el carrito y la lavadora hacia el ascensor.

—¿Qué coño estás haciendo, Mitty?

—Es la lavadora de mi madre.

—Ah.

Cuando llegamos a la planta baja, Mitty salió apresuradamente con la lavadora, una flamante Hotpoint, la llevó a Smithfield y la vendió por cincuenta libras.

—¿Pero no me dijiste que era la lavadora de tu madre? —le pregunté yo.

Mitty soltó un carcajada y me dio diez libras. En aquel momento comprendí que si uno tenía la suficiente cara dura no había nada que no pudiera robar. En Belfast había un ratero archiconocido que era la admiración de toda una generación de chicos propensos a seguir sus pasos. «Lo único que necesitas en la vida es un abrigo y unas manos ágiles», solía decir. Llevaba el abrigo colgado del hombro y todos los objetos que sustraía los ocultaba debajo del brazo. Nosotros le admirábamos porque tenía estilo, un gran sentido del humor y un temperamento jovial, y porque siempre iba impecablemente vestido. Le apodaban Fagin y tenía cuatro o cinco años más que yo. Se comportaba de un modo temerario y, por lo general, era muy influyente.

Tras practicar durante nueve meses, me convertí en

un consumado ratero. Alguien me pedía que le consiguiera un determinado objeto, negociábamos el precio y yo me autoconvencía de que se trataba simplemente de llevarme algo que me pertenecía. Acto seguido, me dirigía a la tienda y, si era posible, me apoderaba inmediatamente de lo que me habían encargado. En caso contrario, regresaba al cabo de una hora, sustraía el objeto y salía precipitadamente.

Bien mirado, resulta asombroso que no me pillaran nunca. Cuando pienso en aquella época me siento avergonzado. Me dejaba arrastrar por la corriente como un barco a la deriva, sin una meta ni un fin. No tenía la menor esperanza de conseguir un buen trabajo, lo cual me producía una gran amargura. En esas circunstancias, la única salida que se me ocurría era robar. Un día que estaba en Stonedry's con dos amigos, nos acercamos a una percha de la que colgaban sesenta y cinco pares de pantalones, los oculté debajo del abrigo y salimos tranquilamente. Más tarde, en los servicios de un pub, vendimos en veinte minutos los sesenta y cinco pantalones de espiguilla por cincuenta y cinco chelines cada uno. En otra ocasión, en Haslett's, en la calle de Ann, conecté todos los televisores para comprobar cuál tenía la imagen más nítida, le pedí a la dependienta que ajustara la imagen y el sonido y, cuando ella se alejó, cogí el aparato y salí del establecimiento. Varias personas me miraron sorprendidas, pero nadie dijo nada ni intentó detenerme.

Tras varias incursiones en Haslett's, los propietarios decidieron encadenar las mercancías. Un día entramos para llevarnos varios radiocasetes que nos habían encargado y nos encontramos con que les habían puesto unas cadenas de seguridad.

—Esto es inadmisible —protestamos.

—Necesitamos un cortacadenas —dijo alguien—. Vamos a Smith's a robar uno.

De modo que sustrajimos un cortacadenas, regresamos a Haslett's y nos llevamos los radiocasetes.

Era muy sencillo; trabajo fácil y dinero fácil. Yo me sacaba entre cien y ciento cincuenta libras a la semana, más de lo que necesitaba. Casi todo ese dinero lo gastaba en copas y en apostar a los caballos, aparte del que entregaba a gente necesitada, como hacíamos todos.

La única persona de mi familia que pudo haber sospechado algo era mi hermana Ann, que a la sazón tenía diez o doce años. Solía registrarme los bolsillos cuando yo llegaba a casa borracho, y en más de una ocasión, si se encontraba una gran cantidad de dinero, me hacía chantaje.

—Si no me das diez chelines le diré a mamá que he encontrado diez libras en el bolsillo de tu chaqueta —decía.

Yo accedía con tal de comprar su silencio. De haberlo sabido mi madre, se habría puesto furiosa. Pese a gozar del calor y el cariño de unos padres honestos y profundamente católicos, me había convertido en un sinvergüenza, en un ladrón, lo cual les hubiera causado un gran dolor. En aquella época, lógicamente, yo me consideraba muy listo. Ahora me sonrojo al pensar que no era más que un mocoso deshonesto e ingrato.

Como he dicho antes, la policía ya no aparecía por Lower Falls, y el IRA —nosotros lo llamábamos el Ra— vino a colmar ese vacío. Por entonces, el IRA se encontraba escindido en dos facciones: los Oficiales, o *Stickies*, y los Provisionales. Cada una de esas dos facciones disponía de su propia organización, de una estructura de mando y de un movimiento juvenil, conocido como el Fianna.

Por la época en que yo tenía dieciséis o diecisiete años, el problema de seguridad respecto al Ejército británico se había recrudecido. Los atentados se sucedían continuamente y los enfrentamientos callejeros con el IRA estaban a la orden del día, lo cual generaba un clima de gran violencia.

La primera vez que tuve problemas con el Ra fue

debido a los Oficiales. La culpa la tuvo una tontería, una discusión sin importancia y el afán de demostrar lo machos que éramos. Yo estaba con unos amigos en la esquina de la calle de Leeson y Falls Road, tomándome una copa, cuando de pronto se acercó un chico y nos dijo que nos largáramos porque estábamos molestando. Nos negamos a movernos de allí y, al cabo de un rato, volvió con un grupo de compañeros y empezaron a empujarnos y golpearnos. Al final salimos vencedores de esa escaramuza, pero unos días después pagamos el precio de esa victoria pírrica.

El sábado por la noche nos dirigíamos a un baile cuando se acercó un coche ocupado por cuatro individuos que nos obligaron a subir al vehículo y nos llevaron a un solar desierto. Nos comunicaron que nos habían arrestado por pelearnos con unos miembros del Fianna Oficial y que tenían órdenes de darnos un escarmiento. No fue una paliza seria, pero sí una advertencia. Mis padres estaban muy preocupados. Se acababa de aprobar la ley de internamiento y el Ejército había enviado a numerosas personas a Long Kesh. Mis padres, temiendo que al no tener yo un trabajo acabara allí también o me sucediera una desgracia peor, decidieron enviarme una temporada a Inglaterra, a casa de mi tío Hughie y mi tía Kathleen, que residían en Londres. Yo estaba entusiasmado ante la idea de viajar a Inglaterra, pues nada me retenía en Belfast.

En Londres trabajé en un andamio en la City Road, cerca del Ángel. Era un trabajo muy bien remunerado, en comparación con los empleos que había tenido en Irlanda, pero echaba de menos a mis amigos y nuestras correrías. Dado que tenía un dinero ahorrado, en Navidad hice las maletas y regresé a casa. Al llegar comprobé que la situación no había cambiado. Habían asesinado a unos cuantos más. Otros muchos habían sido enviados a Kesh, personas a las que conocía desde nuestra época estudiantil. No todos ellos pertenecían al IRA; los habían detenido injustamente, sin motivo alguno.

Recuperé mis viejos hábitos, saquear y robar tiendas. Pero en marzo de 1972, inesperadamente, me devolvieron una parte de los impuestos que me habían deducido del sueldo cobrado en Inglaterra. Eran más de doscientas libras. Ese día me reuní con mi primo Tony, que había hecho novillos, y con un par de amigos suyos y, después de cobrar el cheque, les compré un montón de cosas, como camisas Ben Sherman y cosas semejantes. Luego, fui a diversos locales de apuestas y rellené varias papeletas. Al parecer, los Oficiales, que imagino que me estaban vigilando, dedujeron que me dedicaba a robar casas. El caso es que un domingo por la tarde se presentaron de improviso tres Oficiales en nuestra casa de la calle de Cyprus, con la evidente intención de propinarme un buen escarmiento.

Mi hermana Ann les abrió la puerta y les preguntó que qué deseaban, a lo que respondieron que querían hablar conmigo. Cuando Ann informó a mi madre de que habían venido a verme tres tipos de aspecto sospechoso, ella salió y les dijo que no permitiría que su hijo los acompañara.

Los tipos se marcharon con el rabo entre las piernas. Pero al cabo de media hora se presentaron de nuevo y le pidieron a mi madre que me llevara al Centro de Asesoramiento Ciudadano, situado en Falls Road.

—¿Para qué? —quiso saber ella.

—Varias personas han denunciado que unos ladrones asaltaron sus casas, y últimamente su hijo parece disponer de mucho dinero. Sospechamos que puede tener algo que ver con esos robos.

Jamás hubiera asaltado yo las casas de mis vecinos. Primero, porque habría sido una canallada y, segundo, porque hubiera sido una temeridad. Incluso cuando robábamos en las tiendas del centro resultaba peligroso regresar a Falls con los objetos sustraídos. El IRA censuraba tajantemente ese tipo de conducta, por lo que procurábamos vender buena parte de los objetos robados antes de regresar a casa, en el pub de Kelly o en el Bank Bar.

Por suerte, en esta ocasión mi madre pudo mostrar a los *Stickies* el certificado de la devolución del dinero, lo cual probaba que yo no había tenido nada que ver con los asaltos a las casas de Lower Falls. Los *Stickies* se marcharon satisfechos de mi inocencia.

Sin embargo, seguí teniendo problemas con el Ra debido a mi conducta antisocial.

Un día recibí otra paliza por haber participado en una pelea callejera un viernes por la noche en una esquina de Falls Road. Lo que comenzó como una simple disputa con unos *Stickies* acabó en pelea campal cuando un grupo del Fianna Provisional intervino para ayudarnos. Al final, se convirtió en una enconada batalla entre los *Provos* y los *Stickies*, algunos de los cuales incluso sacaron su pistola. Yo no llevaba, ni he llevado jamás, un arma encima. Ni siquiera sabía cómo utilizarla. Pero, como había participado en la pelea, los Provisionales decidieron que merecía una lección por comportarme de forma tan poco civilizada. Era un intento de suavizar las cosas con los *Stickies*. Me llevaron a un descampado y me propinaron tal paliza que me partieron una ceja y tuvieron que darme siete puntos de sutura. Como es lógico, no tuve más remedio que aguantarme sin rechistar.

Me aconsejaron que me uniera al Fianna Provisional, pues tenía fama de ser un elemento poco recomendable y ellos me meterían en cintura, y me ordenaron que me presentara en los pisos de la calle de Divis, donde nos instruyeron en irlandés y nos hablaron sobre la lucha proindependentista de Irlanda. Luego, nos encomendaron pequeños trabajos, como contar las patrullas militares británicas o ayudar a detener a los malhechores y ladrones locales para interrogarlos, exactamente lo que me habían hecho a mí anteriormente.

Pero no tardaron en expulsarme a raíz de un robo que cometí en un pub junto con un colega que también pertenecía al Fianna. Al otro chico le echaron un buen rapapolvo, pero no le expulsaron. A mí me dijeron que, si me comportaba correctamente durante unos meses y me mantenía alejado de los chicos del Fianna, me permitirían unirme de nuevo a ellos. Sólo que no fue eso lo que hice. Me había incorporado a su movimiento porque les tenía miedo, de modo que cuando me informaron de que ya no requerían mis servicios acogí la noticia con gran satisfacción.

Por aquel entonces, el oeste de Belfast se hallaba en estado de guerra. Algunas semanas caían asesinadas hasta cinco o seis personas y casi cada noche estallaba alguna refriega. Cuando el Ejército utilizaba balas de goma, gritábamos: «¡Dadnos más balas!», pues solíamos vendérselas a los turistas por cinco libras cada una. También utilizaban gases lacrimógenos, y nosotros les arrojábamos unos chelines y gritábamos: «¡Dadnos más gas! ¡Aquí tenéis dinero para el aparcamiento!» Mi familia procuraba no mezclarse en esos conflictos. Eran unos nacionalistas pasivos; sabían que eran irlandeses, pero no creían que la violencia fuera una solución. No podían aceptar el uso de métodos violentos.

Yo me iba cada noche de juerga. Tenía diecisiete años, quería salir con chicas y divertirme. Recuerdo una noche en que acudí a los baños públicos de Falls Road, porque ninguno de mis amigos disponía de baño y yo quería estar limpio y presentable aquella noche. Salía de allí con una chica cuando nos detuvieron unos militares. Tras preguntarme mi nombre, dirección y fecha de nacimiento, consultaron por radio que si había alguna orden de captura contra mí. Les oí deletrear mi nombre: «C de Carlos, O de Óscar, N de noviembre, L de Lima, O de Óscar y N de noviembre.» Por aquel entonces yo ya estaba acostumbrado a esas cosas y sólo sentía una mezcla de rabia, indiferencia e impotencia por no poder salir con una chica sin que se metieran conmigo. Mientras nos tenían retenidos, uno de los soldados trató de meterle mano a la chica que iba conmigo y la insultó. Yo nada podía hacer por impedirlo y eso me enfureció todavía más. Al cabo de un rato, tras cerciorarse de que la justicia no me perseguía, nos dejaron marchar. Yo no era miembro del IRA, aunque éstos me acosaban tanto o más que los militares.

Unos días más tarde, al regresar a mi casa vi a un miembro de una patrulla de a pie en la entrada del edificio. Se había refugiado allí por temor a ser alcanzado por un francotirador, lo cual era comprensible. Al recordar el ataque del que había sido víctima unas noches antes, le ordené que saliera. En aquel momento salió mi padre de casa y me espetó:

—Ésta es mi casa. No tienes ningún derecho a decirle a nadie que se vaya de aquí. No quiero ser responsable de que alguien reciba un disparo. Puede quedarse ahí tanto tiempo como desee.

Mi padre comprendía que yo estuviera furioso, pero él tenía un carácter dulce y bondadoso que siempre influyó favorablemente en mi vida. Tal vez yo fuera capaz de estallar, pero jamás se me ocurriría ingresar en ninguna organización.

Pat Kane y yo nos fuimos a trabajar durante un tiempo a Manchester. A finales de 1972 regresamos a Belfast para celebrar allí las Navidades y trabajamos intermitentemente a lo largo de 1973 como obreros de la construcción. Luego, hacia finales de año, me vi envuelto en una pelea a causa de una chica, una pelea que tuvo para mí unas consecuencias importantes e inesperadas. Se trataba de una joven de Derry con la que había salido durante varios meses desde comienzos de año, pero ya habíamos dejado de vernos. Yo estaba en un baile, en la Discoteca de Shelley, junto a la calle Mayor, cuando de pronto la vi acompañada de un tipo. Al cabo de un rato, él se acercó a mí y me preguntó:

—¿Conoces a Ann O'Brien, de Derry?

Contesté afirmativamente e hice unos cuantos comentarios sobre ella.

—Soy su novio —dijo él.

—Eso es problema tuyo —contesté yo.

—Te equivocas, es tuyo. Te espero en los lavabos.

Como no quería pasar por cobarde, fui a los lavabos y me encontré al tipo con dos compañeros. Se abalanzó sobre mí y me clavó una navaja en numerosos sitios. Vi que llevaba una navaja y una botella rota en las manos. Tuve suerte de que no me dejara ciego. Cuando alcé la mano para protegerme, me clavó la navaja en la muñeca. No recuerdo lo que pasó a continuación, sólo sé que me llevaron al hospital City en un estado lamentable.

Informé a los de la RUC de que había sido víctima de un ataque y me dijeron que podía percibir una compensación económica de la Junta de Lesiones Criminales, puesto que no podía mover el pulgar derecho debido a la pelea y ésta se había producido en una discoteca, un lugar público. Presenté la correspondiente demanda y me olvidé del asunto.

Durante los meses sucesivos seguí robando lo que pude y cobrando del paro. Al cabo de un tiempo, a mediados de 1974, recibí inesperadamente un cheque por valor de doscientas libras.

Recordé entonces la zurra que había recibido a causa de la devolución de los impuestos, de modo que pensé: «Si me ven con tanto dinero, ¿qué pensarán de mí? Más vale que me largue de aquí.» Tras darle varias vueltas, decidí regresar a Inglaterra, donde supuse que hallaría la libertad que anhelaba.

5
LAS ESCAPADAS A INGLATERRA

La gente de mi país no piensa demasiado en los ingleses, pero Inglaterra es cosa aparte. En Inglaterra es donde está la riqueza. Inglaterra es el lugar al que vas a buscar trabajo, y Londres la ciudad donde puedes correrte las mayores juergas.

Todo el mundo tiene parientes en Inglaterra. En todo el país hay irlandeses, pero en algunos sitios están más concentrados, sobre todo en ciertas zonas de Londres, como Kilburn, pero también en Liverpool, en Luton, en Southampton y en algunos barrios de Manchester y de Birmingham. Los irlandeses van a Inglaterra a trabajar para huir de la pobreza y terminan formando pequeñas comunidades densamente pobladas, como cualquier otra comunidad de inmigrantes.

Yo tenía, al igual que casi todo el mundo del oeste de Belfast, mucha familia en Inglaterra. A los que más conocía era a dos de los tres hermanos de mi madre. Paddy Maguire y su esposa, Annie, y Hughie Maguire y su esposa, Kate.

Hughie es una de las personas más amables y corteses que conozco, todo un caballero. Marchó a Inglaterra en los años cincuenta, cuando sólo tenía catorce años. En los sesenta fue el capataz de andamiaje en la construcción de la Telecom Tower. Es un hombre grandullón, fuerte y alegre, con abundantes cabellos grises y unos grandes y generosos ojos de cachorro. Cuando yo le visitaba en Londres, no había nada que le gustara más que ir al Paddington Conservative Club, cerca de donde vivía, a tomar una pinta de cerveza y jugar una partida de snooker. Le gustaba mucho, y le gusta, contar historias. Hughie nunca se olvidó de su familia de Belfast y siempre nos mandaba dinero, trajes, vestidos y jerseys. Ése es el tipo de persona que era. Kate limpiaba cines y otros locales de la zona oeste de Londres. Se trataba de una mujer muy atractiva y con un gran sentido del humor y al igual que ocurría con Hughie, con ella te lo pasabas de maravilla.

Siempre que íbamos a Londres nos alojábamos en casa de Hughie y Kate, tal vez porque eran siempre tan amables que nunca te sentías mal con ellos y porque al no tener hijos había más espacio en su casa.

Paddy Maguire era un hombre pequeño y vivaracho, con un gran sentido de la diversión. Estuvo en el Ejército británico, en el Cuerpo Real de Fusileros, y luego, en 1957, después de casarse con Annie Smyth, se estableció en Londres. Los Smyth, al igual que los Maguire, habían nacido y crecido en Lower Falls, a menos de medio kilómetro de nosotros, en la calle de Abyssinia, pero en los años setenta la familia de Paddy Maguire se había vuelto muy inglesa. Los chicos, Vincent, John, Patrick y Anne Marie, hablaban con acento *cockney** y en la casa había fotos de la Reina y de Winston Churchill. Paddy trabajó muchos años de ingeniero en la compañía de gas y cuando yo le conocí era un leal miembro de la Legión Británica y, al igual que su hermano Hugh, del Paddington Conservative Club.

Annie era la mujer más fuerte de su familia, quizá porque no le quedaba otro remedio. Trabajaba muy duro y los niños eran lo más importante de su vida.

* Acento londinense de las clases populares. *(N. de los T.)*

Annie también era muy atractiva, tenía la casa como los chorros del oro y vestía bien. Dudo que ella haya tenido nunca un buen concepto de mí.

Mi primer recuerdo de Londres se remonta a cuando fui allí con mi abuela. Yo tenía unos seis años. Ella solía ir cada verano a visitar a su familia y a comprar en las rebajas, y a menudo nos llevaba a mí o a mis hermanas. Esa vez nos alojamos en casa de otro pariente, mi tío Willie McCann y su esposa, Annie, hermana de mi madre, la misma a la que le quemaron la casa en los disturbios de 1969. Me llevaron a una tienda de su barrio a comprar leche. Era un hermosa y soleada mañana de domingo. La tienda estaba cerrada, pero en el exterior había una máquina expendedora de leche que funcionaba con monedas. Yo nunca había visto nada parecido. Y allí estábamos, echando monedas a la máquina, cuando apareció un africano que mediría un metro noventa y esperó a que termináramos para poder comprar su leche. Era la primera vez que veía un negro, a excepción de los que salen en las películas de Tarzán y que siempre quieren o matarle a él o matar a Jane. Y como era negro y llevaba una túnica africana pensé inmediatamente que iba a sacar una lanza y atacarnos. Empecé a gritar: «¡Tarzán! ¡Tarzán! ¡Éste es el que quiere matar a Tarzán!» Tuvieron que sacarme a toda prisa mientras yo chillaba como un histérico.

Mi idea personal de Inglaterra siempre ha tenido ese lado excitante. Cuando era adolescente y acababa de dejar el trabajo en la fábrica de Ross, en octubre de 1969, me escapé a Inglaterra con mis dos colegas Skee y Anthony. Estaban en la misma situación que yo: habían dejado el trabajo y no se lo habían contado a su familia. Teníamos muy poco dinero y compramos sólo billete de ida para el barco que va a Liverpool. Tampoco llevábamos equipaje porque, como es natural, no queríamos que nuestras familias sospecharan. Así que nos pusimos un pantalón encima de otro, una camisa encima de otra, un jersey encima de otro y nos dirigimos al puerto.

Nos sentíamos muy mayores paseando solos por Liverpool, con todas esas personas que hablaban con un acento tan extraño. Alguien nos dijo que podíamos alojarnos en la Asociación de Jóvenes Cristianos de Mount Pleasant, así que nos fuimos hacia allí. Estaba cerca de la oficina central de Correos y nos inscribimos con nombres falsos. Nos pareció que estaba muy bien situado, con la catedral en lo alto de Mount Pleasant y abajo el puerto. Recuerdo que había una mesa de snooker y lo único que tenías que hacer para que se encendieran las luces era echar una moneda de un penique, por lo que pensamos que la partida nos iba a salir muy barata. Pero, tan pronto como dispersamos las bolas, las luces se apagaron de nuevo. Duraban tan poco tiempo encendidas con cada moneda que, cuando terminamos la partida, nos habíamos gastado dos libras, todo un dineral, pero nos dijimos que no había problema, que ya encontraríamos trabajo al día siguiente.

Y al día siguiente fuimos a buscar trabajo e hicimos lo que hacen todos los irlandeses: ir a todas las obras y pedir empleo como albañiles. Pero éramos unos enanos delgaduchos de quince años y en todas partes nos dijeron que nos largáramos.

Esa época coincidió con el auge del movimiento de los cabezas rapadas, y conocimos a un grupo de ellos en la estación de la calle de Lime. Uno de ellos se quedó prendado de mis zapatos, unos Oxford, y quería quitármelos, pero al final acabamos hablando y nos llevaron a conocer Liverpool. Más tarde, pasamos junto a un coche aparcado en el que había un maletín y uno de los cabezas rapadas dijo: «¡A por él!» Así que rompieron una de las ventanillas, cogieron el maletín y salimos todos corriendo en direcciones distintas. Yo corrí con Anthony y Skee se fue con los cabezas rapadas, y nosotros llegamos primero al albergue. Una hora más tarde llegó Skee completamente borracho. Había estado bebiendo sidra con los cabezas rapadas.

Después de una semana sin encontrar trabajo, nos fuimos a dedo a Manchester por la East Lancs Road. Por la noche dormimos en un campo, cerca de St. Helens, y nos despertamos cubiertos de rocío y helados de frío. Llegamos a Salford y nunca olvidaré la cafetería de Eccles New Road a la que fuimos a desayunar. Apenas nos quedaba dinero, pero estábamos muertos de hambre y nos dimos el gustazo de desayunar como si fuéramos ricos: salchichas, huevos, patatas fritas, pan con mantequilla y té por tres chelines y nueve peniques. Al salir, Skee robó un abrigo con el cuello de piel sintética y nos lo pusimos por turnos mientras matábamos el tiempo en el canódromo de White City. No teníamos dinero para apostar, pero pasábamos el rato. Esa noche dormimos en un cementerio, en un diminuto cobertizo de jardinero que estaba lleno de herramientas. Si hubiéramos sabido dónde venderlas las habríamos robado, pero no lo hicimos.

Después de uno o dos días más merodeando por las calles y durmiendo en el cobertizo, la policía nos detuvo y creo que en aquel momento lo agradecimos. Nos encerraron en una celda y se pusieron en contacto con nuestras familias, y fue mi padre, como siempre, quien vino a buscarnos. Primero, nos echó un sermón sobre la estupidez que habíamos cometido y, luego, nos llevó a comer a un excelente restaurante de Manchester.

Teníamos que regresar a Liverpool para tomar el barco y recuerdo que mi padre nos llevó a todos a ver *El desafío de las águilas* con Clint Eastwood y Richard Burton. Terminó incluso pagando el viaje de vuelta a Belfast de uno de mis colegas. Cuando fue a ver a su madre y le dijo que nos habían encontrado, que iba a buscarnos y le pidió dinero para el viaje de regreso de su hijo, ella contestó: «Yo no voy a pagarlo. Es un descastado. Que se quede allí torturando a esa gente en vez de torturarnos a nosotros.» Pero mi padre lo trajo de vuelta. Después de todo, sólo teníamos quince años.

Cuando llegué a casa intenté hablar con mi madre, pero ella no quería hablarme. Estaba muy deprimida. Finalmente, al cabo de una hora o así, le pedí cigarrillos, lo cual era una excusa para que hablara conmigo.

—¿Cigarrillos? Qué cara más dura, mira que pedir cigarrillos. ¿No tienes nada que decir acerca de lo que has hecho?

—Oh, mamá, no te enfades conmigo. Te he traído un recuerdo de Liverpool.

—¿Qué es? —preguntó.

Metí la mano en el bolsillo y saqué un billete de autobús de Liverpool. Estalló en carcajadas y toda la tensión desapareció del ambiente. Daba gusto volver a estar de nuevo en casa: una cama limpia, y mis dos hermanas que me mimaban con tazas de té. Mis hermanas pensaban que yo era todo un personaje. Solían decirme: «Gerry, tienes tanto aire en la cabeza como para hacer funcionar un compresor.» Las había echado de menos y era evidente que ellas me habían echado de menos a mí. Y yo sabía que todo iba a salir bien.

La siguiente vez que viajé a Inglaterra fue en 1971 y yo sólo tenía entonces diecisiete años. Los *Stickies* me habían dado un toque y mis padres decidieron que desapareciera del mapa. Después de pasar un par de meses con mi tío Hughie, me porté muy mal. En esa época yo era un jugador empedernido, y un día le cogí el giro de su pensión, lo cobré y lo aposté a un perro que perdió. Nunca se habló del asunto, pero le debió de doler muchísimo lo que yo había hecho. Ya no podía seguir allí, me sentía muy avergonzado. Así que hice las maletas y me largué.

En 1972 pasé otra temporada en Inglaterra, esta vez trabajando. Fui con Pat Kane a Manchester y me alojé con los McCann, que se habían trasladado a esa ciudad después de perder su casa en los disturbios de 1969. Trabajábamos en el turno de noche de una fábrica de neumáticos llamada Greengate & Irwell, en Regent Road, y seguimos la gran tradición irlandesa de ir a Inglaterra a buscar empleo, trabajar y vivir hacinados, ahorrar un poco de pasta y, luego, sentir nostalgia y regresar a casa. Nunca nos olvidábamos de nuestras familias. Por entonces me hice tatuar los brazos cerca de Alexandra Park, en Moss Side. En el brazo derecho llevo un corazón atravesado por una daga y tres nombres: «Bridie», «Gerry» y «Ann». En el otro brazo llevo dos corazones entrelazados, en los que se lee «papá» y «mamá», y una golondrina sobre ellos. Pensé que eso era lo adecuado, lo hacían los hombres adultos.

De un modo u otro seguí yendo a Inglaterra, de vacaciones con Hughie y Kate o para trabajar. Así pues, cuando en verano de 1974 me llegó el dinero de la indemnización, empezaba a estar harto y aburrido de Belfast otra vez. Necesitaba más espacio a mi alrededor, más desconocidos en mi entorno, más horizontes para mis actividades. Pero allí estaba, esquivando balas y bombas, con los *Provos* a mis espaldas por culpa de mis hurtos y con mi familia empeñada en que buscara trabajo.

Por aquel entonces salía con una chica encantadora, llamada Eileen McCann, que vivía en Lower Falls. Yo le gustaba y ella me hacía sentir bien, así que un martes le dije: «¿Te gustaría que nos fuéramos a Inglaterra?»

Respondió que sí. Era el 2 de agosto. Al día siguiente, sábado 3 de agosto, nos embarcamos en el *Duke of Lancaster*, el transbordador nocturno que nos llevaría a Heysham.

6

SOUTHAMPTON

No teníamos ningún plan concreto. Simplemente íbamos a Londres a ver qué salía, hasta que en el transbordador nos encontramos con Mickey McQuaid. Era cocinero del barco y su familia procedía de la calle de Peel, en Lower Falls, la misma calle donde pasé mis años infantiles sentado en la cuna y después jugando al escondite en las casas, la misma calle que era territorio de los Comanches. Antes de cumplir diez años, seguro que había entrado y salido cientos de veces de la casa de Mickey. Mi amigo nos dio un camarote gratis en el barco, nos tomamos unas cervezas juntos y me preguntó:

—¿A qué lugar de Inglaterra vas, Gerry?

Respondí que a Londres, pero no a casa de mi tío Hughie. Tenía que evitar a mi familia porque Eileen estaba conmigo. Entonces, Mickey McQuaid nos dijo:

—Si en Londres no encontráis nada que os guste, ¿por qué no os acercáis a Southampton? Allí vive mi hermano Danny. Te encontrará trabajo y un lugar donde vivir. Le llamaré por teléfono y le diré que os pondréis en contacto con él.

Nos dio el número de teléfono de su hermano.

Llegamos a Londres un sábado, el peor día para buscar cualquier cosa. Eileen no había estado nunca allí y en seguida vio que no le gustaba.

—¿Por qué no nos vamos a Southampton, como dijo Mickey? —me propuso.

Le dije que sí, que no me importaba. Telefoneamos a Danny McQuaid y le conté que conocía a Mickey, su hermano pequeño, y que yo había vivido en la calle de Peel, como su familia, y le pregunté que si podía encontrarnos un sitio para dormir. Danny era por lo menos quince años mayor que yo, y llevaba todo ese tiempo en Inglaterra, por lo que no nos conocíamos personalmente.

—No hay ningún problema, Gerry. Veníos con nosotros —me dijo.

Él y su esposa, Mary, fueron muy amables. Pasamos un par de semanas en su apartamento y luego nos encontró uno en Portswood (en el número 39 de la avenida de Shakespeare), y un trabajo con los McAlpin en la construcción de la autopista Southampton-Portsmouth. Al principio pensamos que lo habíamos conseguido. Eileen trabajaba en una cafetería, yo en la autopista, ambos ganábamos bastante dinero y nos lo pasábamos bien de una manera tranquila. Yo solía ir a tomar unas copas con Danny y sus amigos un par de veces por semana, salía también con Eileen un par de veces y por el momento ni se me había ocurrido pensar en robar. Entonces, al cabo de un mes llamé a Danny para salir con él y Mary y me dijo que podíamos encontrarnos en el Crown, un pub de Shirley. Cuando llegamos allí, Danny estaba en la puerta.

—Gerry, dentro hay un tipo que dice que te conoce.

—¿Quién es?

—Dice que es de Belfast. Un chico joven llamado Paul Hill, más o menos de tu misma edad.

Miré al interior del bar a través de la ventana, vi a aquel chico delgado y de pelo largo, sentado ante su jarra de cerveza, y dije:

—Oh, sí. Solíamos hacer el golfo juntos en nuestra ciudad. Es amigo mío.

Yo le llamaba Benny Hill. Vivía en una finca a las afueras de New Barnsley, pero su abuela vivía en el número doce de la calle de Cairns, justo al doblar la esquina de nuestra casa, a unos treinta metros de distancia. Así que probablemente le conocía de cuando él tenía once o doce años e iba a visitar a su abuela y se quedaba a dormir allí. También habíamos ido a la misma escuela, a la secundaria de St. Peter, pero aunque casi teníamos la misma edad su cumpleaños debía de caer en el otro semestre y por eso iba un curso por detrás. De todos modos, habíamos jugado mucho a fútbol y a balonmano juntos y también habíamos salido de juerga. Era de los del grupo que cogíamos el barco para ir a Glasgow a ver los partidos de los Celtic.

Benny tenía dos cosas que le diferenciaban de mí. La primera era que nunca se apuntaba a ir a robar a las tiendas. No robaba, aunque siempre estaba sin dinero, siempre aguantando con las seis libras semanales de su subsidio de paro; pero a menudo se aprovechaba de nuestros robos. Si las cosas nos salían bien en el centro de la ciudad, le dábamos un billete de diez libras para que pudiera salir de marcha con nosotros. Si nos hacíamos con unas cuantas chaquetas de cuero, una era para él.

El segundo aspecto era que, aunque procedía de una familia como la mía, había estado en el Irish College, había estudiado la historia de Irlanda y sabía mucho sobre toda esa mitología de la rebelión de la Pascua y los Black and Tan. Yo, en cambio, estaba más interesado por la carrera de las cuatro y media en Kempton Park que por James Connolly y la historia del país.

Una vez, cuando tenía dieciséis años, le detuvieron y le encarcelaron, lo cual causó una gran controversia e indignación en Irlanda del Norte, y le liberaron a los pocos días. Su madre, Lily Hill, que es una gran mujer, mandó a Paul a Inglaterra a casa de unos familiares para que se mantuviera alejado de toda la agitación que se vivía en Belfast. Así, igual que yo, Paul había viajado regularmente a Inglaterra y por eso, aunque me encantó verle, el encuentro no me supuso una gran sorpresa.

Por aquel entonces yo empezaba a estar verdaderamente harto del panorama de los irlandeses en Southampton. Es una comunidad muy vieja y muy cerrada, concentrada en torno a Shirley o a St. Mary, cerca de los muelles, donde hay un pequeño mercado. Supongo que tiene sus orígenes en los asentamientos que fundaron los marineros irlandeses, y era precisamente a trabajar en el mar a lo que Danny McQuaid se dedicaba desde hacía años.

Pero todo me parecía demasiado serio y empecé a pensar que podía hacer algo más con mi tiempo libre que pasarlo con Danny y sus amigos. Eran muy buena gente y conmigo se habían portado de maravilla, pero yo tenía veinte años y ellos casi cuarenta, y todos estaban casados y llevaban una vida estable. Siempre se reunían en bares concretos, el Kingsland y uno llamado George, entre otros, y se sentaban y bebían pinta tras pinta de Guinness y hablaban sobre la situación en el Norte. Como es natural, tenían aspiraciones republicanas, al igual que las tienen todos los católicos irlandeses después de tomarse unas cuantas copas y cantar *Danny Boy* y otras canciones rebeldes.

He ido a Estados Unidos y he conocido irlandeses, cuyos padres y abuelos ya han nacido en Norteamérica, y no paran de hablar del Norte. Eso no significa que sean terroristas o activistas, como tampoco lo eran Danny McQuaid y sus amigos. Lo máximo que hacían era comprar *The Republican News*, emborracharse un poco, ponerse sentimentales, soltar unas cuantas palabras duras contra Ian Paisley y el Gobierno británico y luego regresar tambaleantes a sus confortables nidos. Todo ello me parecía demasiado rutinario y deprimente.

O sea que, al encontrarme allí con Benny Hill, pensé que al menos tendría al lado a alguien de mi edad, alguien que hablaba mi mismo lenguaje, alguien con quien salir, con quien correrme las juergas. Y en seguida nos pusimos manos a la obra.

Juntos fuimos a todos los clubes de Southampton, nos emborrachamos, fumamos droga, ligamos con chicas y conocimos gente, muchísima gente. Me acuerdo de un chico llamado Joe, un irlandés que se pasaba la vida entrando y saliendo de la prisión de Winchester por pelearse con la pasma, por desórdenes públicos y por posesión de marihuana. Y los tres recorríamos Shirley Road arriba y abajo a las dos o las tres de la madrugada, cantando y riendo.

Nos tomamos unas libertades increíbles. Recuerdo una vez que estábamos borrachos y robamos unas guitarras eléctricas en una tienda de música. Luego, no sabíamos dónde venderlas y nos paseamos por la avenida de Shirley, frente a la comisaría de policía de Shirley Road, con las guitarras colgadas al cuello y preguntándonos por qué no salían y nos arrestaban. Al final dejamos las guitarras en el cobertizo de un jardinero irlandés que conocíamos, con la esperanza de poder venderlas al día siguiente, pero no lo hicimos. Lo más probable es que sigan allí.

Por entonces entablé amistad también con otro irlandés que no se parecía en nada a Danny y sus amigos. Tony también había sido marinero, pero era un rebelde y le echaban de los barcos, por pelearse, según creo. Los gustos de Tony eran distintos: la música norteamericana y la ropa de moda. Formaba parte de una pequeña comunidad de irlandeses en Southampton que no eran aburridos y conformistas. Entre ellos se contaban Frankie, Jimmy y Eammon, que eran un poco mayores que yo y no participaban de la tradicional forma de entender la vida predominante entre los irlandeses. Ninguno de ellos estaba casado, pero todos vivían con alguna mujer. Tony se lo tenía bien montado, vestía a la moda, su chica era extraordinariamente guapa y en su apartamento lo primero que veías eran cuatro enormes altavoces para su equipo de música cuadrafónico, y todo al nivel del suelo. En casa de los McQuaid había el típico tresillo, la alfombra Axminster y la tele en color. Tony tenía *glamour*, tenía estilo. También fumaba porros.

A un chico de Belfast de diecinueve años, como yo, todo aquello le resultaba excitante. Allí se consumía todo tipo de droga. Para la Iglesia Católica, todas las drogas, excepto el vino, eran creación del diablo, y los del IRA eran gente que te pegaba un tiro en la rodilla sin pensárselo dos veces si sospechaban que estabas metido en algún asunto de drogas. Pero este tipo, Tony, conocía marineros que llegaban a Southampton procedentes de Marruecos, Suramérica y Extremo Oriente, y todos le traían droga. En su piso siempre había una buena cantidad de hachís sobre la mesa.

Él me presentó gente de una forma de ser distinta y solíamos reunirnos a tomar copas en un bar, el White Hart, que estaba justo al lado de la calle Alta de Shirley. Sólo con entrar ya te colocabas por el humo de los porros. Luego, íbamos al Fridays, al After Eight Club o, si era de día, al piso de Tony, nos sentábamos en el jardín y nos poníamos ciegos, escuchábamos sus discos de blues y hablábamos con toda aquella gente variopinta que se dejaba caer por allí.

Benny sólo participaba esporádicamente en las juergas porque vivía fuera de la ciudad, en casa de la hermana de su novia Gina, y no tenían teléfono. Si quería salir conmigo teníamos que organizarlo bien. Por lo general empezábamos viéndonos en el pub con los miembros de la vieja guardia de la comunidad irlandesa. Siempre elogiaban a Benny e insistían en verle, tal vez porque era el último que había llegado de Belfast y a él no le importaba participar en las arengas sobre las fuerzas de seguridad y sus atrocidades, cosas que a mí me parecían terriblemente aburridas. De modo que yo esperaba ansiosamente a que el dueño del pub dijera que era hora de cerrar y que los mayores se fueran a tomarse su vaso de cacao caliente y a acostarse, para que así Benny y yo pudiéramos irnos a los clubes.

En esa época empecé a llegar cada vez más tarde al trabajo y a veces ni siquiera me presentaba, por lo que me amenazaron con echarme. Eileen y yo apenas nos veíamos y estaba muy resentida conmigo. Yo salía por las noches con Benny Hill y la dejaba con Gina Clarke, la novia de Benny, cuando ella en realidad hubiera preferido estar conmigo. Al final, Eileen me dejó y no tardó demasiado en regresar a Belfast. No se lo reproché.

Benny aún no había encontrado trabajo y Gina le presionaba. Un día me dijo:

—Sería mejor que nos fuéramos a Londres, allí nos divertiríamos más. Southampton ya está quemado. Hemos estado en todos los clubes, hemos hecho todo lo que podíamos.

Esto coincidía con mis propios pensamientos. Estaba harto de Southampton. Londres significaba luces brillantes, diversión, clubes distintos y gente nueva. Así pues, Londres era una gran idea, el siguiente paso.

7

TRABAJANDO EN LONDRES

Llegamos a Londres un viernes por la noche, ya tarde, y nos dirigimos al piso de mi tío Hughie en Westbourne Terrace Road, cerca de Paddington. No telefoneamos antes, nos limitamos a presentarnos en su casa a las once de la noche. Sin lugar a dudas, no se alegraron especialmente al vernos a los dos a esas horas, pero, como siempre, nos recibieron y nos dieron una cama.

Resultaba obvio que no podíamos quedarnos allí una noche más. La última vez que yo había estado con ellos les creé problemas de todo tipo y aún recordaba con vergüenza el asunto del giro. En cualquier caso, el piso era pequeño, y además tenían alojada a una sobrina de Kate, llamada Maureen. A la mañana siguiente, empezamos a hablar de adónde podíamos ir y Kate sugirió que fuéramos al Centro Irlandés de Camden, ya que el sacerdote que lo dirigía podría encontrarnos algo. Y hacia allí nos fuimos.

Llovía a cántaros. Nos apeamos de un autobús e íbamos corriendo y esquivando charcos cuando vi algo en el asfalto. Pasé de largo, pero un sexto sentido me dijo que tenía que volver atrás y mirar de qué se trataba. Cogí a Benny por el brazo para que se detuviera.

—Para, he visto algo ahí atrás.

—Venga, vamos, está diluviando. Metámonos en la estación del metro.

Benny tiraba de mí para que me apresurara.

—No, espera un momento. Sé que ahí hay algo.

Retrocedí y encontré el sobre de una paga que algún imbécil habría perdido. Lo recogí y miré dentro. Allí había setenta y cinco libras. Me acerqué a Benny y nos lo repartimos. Empezaba a pensar que era nuestro día de suerte. En el Centro Irlandés le dijimos al sacerdote que acabábamos de llegar de Irlanda y que si podía ayudarnos a encontrar alojamiento o un piso. Parecía indeciso, pero al final nos dio la dirección de un albergue en Quex Road, Kilburn, dirigido por un sacerdote amigo suyo. Llegamos allí hacia la una del mediodía.

El albergue se llamaba Hope House y el sacerdote encargado de él era el padre Carolan. Era un lugar muy grande, con cien camas, todas ellas ocupadas por irlandeses solteros. En Londres siempre hay miles de chicos como ésos, que trabajan en la construcción o como obreros, que se quedan unos pocos días o unos pocos meses y luego se van a otro lugar o regresan a Irlanda. El padre Carolan, según supe más tarde, fue muy reacio a admitirnos porque no sabía nada de nosotros. No podíamos mostrarle ninguna carta del sacerdote de nuestra parroquia de Belfast, lo cual era el pasaporte normal para entrar en un lugar como aquél, ni teníamos ningún otro tipo de referencias. Pero cuando nos vio con aquel aspecto de ratas empapadas, hizo lo que todo buen cristiano debe hacer y nos dejó quedar.

Nunca había estado en un albergue de aquel tipo, y para ser sincero, tenía tantas ganas de quedarme como el sacerdote de que me marchara. Era un lugar regentado por la Iglesia Católica, que no aceptaría de ningún modo el tipo de vida que yo llevaba, y lo último que deseaba es que alguien quisiera meterme en cintura. Pensé además que aquel lugar estaría lleno de chicos de pueblo, unos tipos cuya cabeza estaba en un universo totalmente distinto del mío. Vi que, debido a la influencia de Tony, yo había empezado a desarrollar unas aficiones bastante avanzadas.

El padre Carolan nos alojó en habitaciones diferentes. Benny se quedó en la planta baja y yo en el primer piso. Cuando vi a mis compañeros de habitación se confirmaron mis primeras sospechas acerca del albergue. Parecían unos granjeros irlandeses cuyas únicas ideas sobre la vida eran ganar mucho dinero partiéndose la espalda para J. Murphy, Laing o McAlpine, mandar la mitad del sueldo a su madre y que les quedara lo suficiente para salir cada noche a tomar unas cuantas jarras. Por cierto, las jarras londinenses son tan grandes que «unas cuantas jarras» serían unas quince de las que tomamos en Irlanda.

Benny tuvo más suerte. Fue a parar a una habitación en la que había un hombre de Belfast, Paddy Carey, y otros dos. Yo solía dejar mis cosas encerradas en mi cuarto y bajar a la habitación de Benny a charlar, porque ya conocía a Paddy Carey. Le había visto en Belfast, en la sala de juegos Davitt de la calle de Dunville, jugando a las cartas. También conocía, al menos de vista, a otro de los compañeros de habitación de Benny. Siempre llevaba un sombrero verde de ala ancha y tenía una especie de fetichismo por todo lo que fuera de color verde. Sus trajes eran verdes, su abrigo y sus calcetines eran verdes y hasta su empleo era verde, porque trabajaba de verdulero. Pensé que se llamaba Paul, Paul el Verdulero. Pero más tarde resultó que Paul no era su nombre auténtico.

Esa noche, después de deshacer los equipajes, fuimos a cenar a casa de Hughie y Kate, así que caminamos hacia el metro de Kilburn Park y lo tomamos hasta la estación de Warwick Avenue, la más cercana a la casa de mis tíos. Por el camino pasamos ante un pub llamado

Memphis Belle y en la puerta había un hombre que llevaba una bufanda del Celtic. Me volví para mirarle porque me pareció conocerle de Belfast. Más tarde supe que se trataba de Jimmy Goodall, que limpiaba las mesas del Memphis Belle. Junto a él había otro tipo con barba, el pelo hasta los hombros y vestido al estilo hippy. En seguida me llamó la atención, pero no le reconocí. Entonces me llamó:

—¡Gerry! —Le miré de nuevo, pero no sabía quién era—. ¿No te acuerdas de mí?

—No.

—Soy Paddy Armstrong, de Milton. Entrad y tomaos una pinta.

La calle de Milton estaba en Lower Falls, salía del extremo de la calle de Murray opuesto a nuestra casa, así que como es natural, conocí de inmediato a Paddy en cuanto mencionó su nombre. Pero su aspecto había cambiado. Siempre fue un tipo muy aseado, pero ahora parecía una reliquia del período hippy de los sesenta: descalzo, con una enmarañada barba y el pelo muy largo. Estuvo en la escuela con Benny y conmigo, pero como era cuatro años mayor que nosotros no fuimos compañeros de clase. Le recuerdo, sin embargo, de las calles de nuestro barrio. Paddy solía merodear por las esquinas donde aprendíamos a jugar a las cartas o por los locales de apuestas. Nunca tenía dinero y no podía apostar, pero siempre cabía la posibilidad de llevarse algo si alguien sacaba una buena tajada.

Me acuerdo de que era muy amigo de mi primo Patsy Conlon, que una noche se emborrachó en el transbordador que iba a Inglaterra y apostó con alguien a que podía caminar por encima de la barandilla del barco. Pobre Patsy, perdió la apuesta. Cayó al mar y nunca más volvió a saberse de él. Paddy nunca hubiera hecho algo tan temerario, pues era un tipo tímido y apacible. Tal vez su logro más importante en Belfast fue que su hermana era Eileen Armstrong, una de las chicas más guapas de

Lower Falls. En Irlanda trabajé con Paddy durante un breve periodo. Ambos estuvimos en Mackie's, una fábrica de piezas de maquinaria, un trabajo que acepté sólo porque la seguridad social había amenazado con quitarme el subsidio si no lo hacía. Debíamos de ser unos cuatro mil obreros, pero de ellos sólo doscientos eran católicos. Paddy y yo estábamos en la sección de molduras y recuerdo que íbamos a la cantina con dos o tres más y los hombres que había allí nos tiraban tuercas y tornillos. Y no lo hacían sólo para divertirse.

Así que Benny y yo nos tomamos la primera de las muchas copas que nos beberíamos en el Memphis Belle. Paddy nos contó cosas de Londres, de la cantidad de irlandeses que había en la zona de Kilburn, de que iba a esas fiestas en las que se fumaba droga y de lo que no debía hacerse.

—Si queréis verme —dijo cuando nos marchábamos— o venir a una fiesta con los otros chicos, siempre podréis encontrarme en el Memphis Belle. No lo olvidéis.

El lunes, tras habernos instalado en Hope House empezamos a trabajar en una obra de Camden, donde ya trabajaba un tío de Benny, Frank Keenan. Reconstruíamos un bloque de pisos de antes de la guerra en Mornington Crescent. El capataz era un hombre llamado Tucker Clarke, un tipo de Limerick, casado con una chica de Ballymurphy, Belfast.

Era un buen trabajo. Había personajes muy curiosos, no sólo irlandeses. Me acuerdo de un par de hermanos escoceses absolutamente lunáticos. Cuando parábamos para el tentempié de las diez, nosotros bebíamos té y ellos sacaban whisky o vodka y luego se colgaban del andamio e imitaban a Tarzán, balanceándose agarrados de una sola mano a quince metros del suelo y soltando el grito de Tarzán.

Yo sabía que, con frecuencia, a los nuevos les gastaban bromas. Recuerdo que en la obra donde trabajé en 1971 me mandaron a la tienda a buscar dos corchetes. Yo no sabía qué eran los corchetes, pero me dijeron que necesitaría una carretilla. Tomé una carretilla, salí de la obra y fui a la tienda de enfrente, y todos los trabajadores iban detrás de mí riéndose. Cuando llegué a la tienda me enteré de que los corchetes no eran más que presillas. En esta ocasión, el primer trabajo que me dieron fue hacer un encargo, ir a una pequeña cafetería cercana y volver con comida. Y en la lista habían escrito «pasteles de roca». Yo nunca había oído hablar de pasteles de roca, no sabía que era un término inglés para los bollos con pasas. Pensé que lo de «pasteles de roca» era una tomadura de pelo. Cuando regresé me dijeron:

—¿Dónde están los pasteles de roca, eh, Belfast?

—No, esta vez no me habéis pillado —contesté yo—. Los pasteles de roca no existen.

Yo no era apto para hacer todos los trabajos de la obra. Al principio, Tucker me puso a trabajar con un par de carpinteros, pero llevando tablas de madera rompía un montón de ventanas. Alguien decía «¡eh, Belfast!», yo me volvía y rompía el cristal que estaba a mis espaldas. Entonces me mandaron al montacargas, que parecía un trabajo bastante fácil porque sólo tenía que accionar el botón de arrancar y parar. El problema fue que allí había un chico llamado Dublin Joe (los irlandeses siempre tienen la costumbre de llamarse unos a otros por el nombre de su ciudad natal) que solía llevar porros al trabajo. Y como estaba allí arriba, fumando con Dublin Joe, se me olvidó parar el montacargas y cayó al suelo con varias toneladas de cemento dentro. El impacto fue tan fuerte que el montacargas quedó prácticamente enterrado y les costó casi un día sacarlo de nuevo. Finalmente, Tucker Clarke me puso a trabajar en tierra, mezclando arena y cemento, con lo cual era difícil que pudiera causarles más problemas.

El primer viernes que cobramos, nos fuimos con toda nuestra paga semanal al Memphis Belle. Paddy llevaba meses sin trabajar, pero siempre se sacaba algo en el pub limpiando las mesas. Allí le encontramos, y nos presentó a algunas personas de Belfast que estaban aquella noche en el bar: Jimmy Goodall, John McGuinness, Brian Anderson, Sean Mullin, Paul Colman y algunos más de los nuestros, sentados en la parte trasera del pub. Fue maravilloso encontrar gente de Belfast.

Esa noche Paddy celebraba su fiesta de cumpleaños y fui al piso de Rondu Road, en el que vivían muchos de Belfast. En aquella ocasión conocí a Carole Richardson, la novia de Paddy, y a su amiga Lisa Astin. Eran chicas jóvenes y guapas pero no me impresionaron mucho, aparte del hecho de que eran muy jóvenes e inglesas. Allí se congregó un grupo de gente muy maja, todos muy despreocupados y abiertos. Y lo que más me gustó de ellos es que fumaban muchos canutos.

Durante las tres semanas siguientes nuestra vida fue bastante regular. Trabajábamos en la obra de lunes a viernes, íbamos dos o tres tardes a la semana a casa de Hughie, y pasábamos otras dos o tres veladas con los amigos de Paddy y Armstrong. Con Hughie teníamos una rutina muy bien establecida. Tomábamos el té que nos hacía Kate, luego íbamos al Conservative Club, aunque hacíamos una parada antes en el pub Bridge House para beber un par de pintas. En el Club jugábamos a las cartas o al snooker y a las once volvíamos al albergue.

Un viernes por la noche fuimos a un baile en la sala Carousel de Kentish Town Road. Tocaba un grupo de Belfast llamado los Wolfhounds. Aquello estaba lleno de irlandeses, entre ellos algunos miembros de mi familia y también Frank Keenan, un tío de Benny. Mi tía Annie estaba allí sentada con Hughie y Kate y, como no se conocían, le presenté a Benny. Se pasaron media fiesta hablando de nuestro país, de si su familia era de la calle de Abyssinnia y la de él de la calle de Cairns, y de que si Benny conocía a su hermano Robert y ella conocía a su tía. Congeniaron mucho y, en una fecha posterior, muchos de los detalles que salieron de la boca de mi tía se repitieron en una comisaría de policía de Guildford y constaron como prueba de que Benny Hill y Annie Maguire se habían reunido varias veces antes de esa noche y no por razones sociales.

Estábamos ganando una suma de dinero razonable, once libras al día más nuestro subsidio, pero Benny y yo siempre aspirábamos a algo mejor. Al cabo de tres semanas, Benny dijo que podíamos ganar catorce libras en una obra al lado de Piccadilly, así que dejamos el trabajo de Camden Town el viernes y el lunes por la mañana nos fuimos al West End. No tuvimos suerte. No había nada, aunque nos dijeron que tal vez conseguiríamos algo si nos sacábamos el permiso de trabajo, el cual tardaríamos una semana en obtener. En fin, que íbamos a tener que vivir del subsidio y de lo que pudiéramos lograr con nuestro ingenio.

Ese mismo lunes fuimos a Rondu Road para ver si había alguien allí. La casa estaba vacía y la puerta abierta. Entramos y nos llevamos alguna que otra cosilla, que vendimos en una tienda de objetos de segunda mano. Luego, nos mantuvimos a flote con algunas buenas ganancias en el local de apuestas, con un 7 a 1 incluido, *Hard Attack*, al que el yóquey irlandés Tony Murray consiguió hacer ganar por una cabeza en el Captain Ryan Price. Benny se quedó en el pub, pues no le iba mucho el juego, mientras yo entraba y salía apostando, cada vez más excitado al ver que la suerte me sonreía. Una de las veces que fui del pub al corredor de apuestas, me encontré con un tipo al que conocía del albergue. Estaba leyendo el tablón de anuncios con los mensajes escritos a mano: «Gran pecho en venta o clases de francés.» Los señaló y me dijo que eran anuncios de prostitutas. Yo nunca había caído en ello.

—Me estás tomando el pelo —dije.

—No, en serio. Todas son putas. —Golpeó el cristal del tablón de anuncios—. Viven en sitios muy fáciles de desvalijar. Y siempre tienen algo de pasta en casa.

Entendí su sugerencia y copié algunos números de teléfono.

Esa noche teníamos un poco de dinero de mis ganancias y nos fuimos en busca de Dublin Joe a los bares que decía frecuentar en Kensington. Uno era el KPH, el Kensington Park Hotel, de Ladbroke Grove, pero el camarero me dijo que no le conocía. Fuimos a otro pub que Joe había mencionado, el Elgin, y tampoco le encontramos allí. De todas formas, le compré droga a una negra que estaba en ese bar y me puse ciego.

Nos preguntábamos cuánto tardaríamos en estar sin blanca otra vez y me acordé de lo de los pisos de las prostitutas. Hurgué en los bolsillos hasta encontrar el trozo de papel en el que había anotado los números y telefoneé a una de las de pechos grandes, fingiendo ser un cliente interesado en sus servicios. Me dio una dirección en Bayswater.

Benny se fue al albergue a dormir, pero yo quise darme un pequeño paseo por Kensington Gardens hasta Bayswater. Encontré la casa. Era una vivienda en el sótano. No se veía luz en las ventanas, o sea que o bien estaba dormida o divirtiendo a un cliente a oscuras o había salido. En la esquina de la calle había una cabina telefónica y marqué de nuevo el número, con la intención de colgar si respondía. Pero la señal sonó una y otra vez y nadie descolgó el aparato. En esa época todavía no se utilizaban los contestadores automáticos. Había salido.

Era la una de la madrugada. Me metí en la zona del sótano y me quité el abrigo que llevaba, una chaqueta

Harrington que pertenecía a Benny. La puse contra la ventana y di un golpe con el codo. Se oyó ruido de cristales rotos. Me quedé inmóvil, escuchando, pero no oí nada. Entonces empecé a ensanchar el agujero quitando trozos de cristal del marco de madera. Me corté la mano, pero al final conseguí hacer un agujero lo bastante grande como para pasar por él.

Yo no llevaba linterna y la habitación estaba iluminada sólo por el resplandor naranja de las luces de la calle. De repente apareció un perro pequeño, un chihuahua, gruñendo y ladrando alrededor de mis tobillos. Era un perro estúpido, aunque evidentemente intentaba cumplir con su deber, así que le cogí y traté de hacerle callar, pero siguió ladrando. Le lancé al sofá y procuré no hacerle caso. Empecé a abrir cajones, tirando ropa y papeles por todas partes. El perro no se rendía, se me tiraba a las piernas y me mordía los tobillos. Le di una patada para que se quedara inconsciente y se callara. Quedó tendido en el suelo, pero cuando me marché de la casa parecía recuperado.

Miré a mi alrededor y deseé haber tenido una furgoneta para llevarme todo aquello. Era una casa como las de la alta sociedad, llena de lujosas alfombras y un equipo de música muy caro, pero seguí revolviendo el lugar en busca de algo portátil por lo que hubiera merecido la pena entrar allí. Había un pequeño dormitorio. Abrí el armario y encontré una bolsa, algo parecido a las bolsas que se utilizan para guardar comida en el refrigerador. A través del plástico vi que estaba llena de billetes. Cuando los conté, descubrí que había unas setecientas libras.

Ahora, dieciséis años más tarde, no me siento nada orgulloso de lo que ocurrió esa noche.

Exactamente un año y una semana después del robo,

un tribunal inglés me declaró culpable de cinco asesinatos, de atentado con explosiones y de conspiración, y según el juez inglés mi condena no iba a ser inferior a treinta años.

En realidad, desvalijar un piso es el delito más grave que he cometido en toda mi vida.

8

ARRESTADO EN BELFAST

En cierto momento del verano de 1974 el IRA decidió iniciar una campaña de atentados con bombas en Inglaterra. Muchas de las personas con las que crecí en el oeste de Belfast terminaron en la cárcel por las actividades del IRA. Algunos de ellas habían ido a la escuela conmigo. Ni los tipos con los que salía a beber ni quienes gritaban a mi lado animando a su caballo en el local de apuestas estaban metidos en ello. Pocos, por no decir ninguno, sabían nada de esa campaña, aparte de lo que leían en la prensa.

La decisión de empezar esa campaña en Inglaterra se tomó, como supe más tarde, en la República de Irlanda, no en Belfast. La gente que la realizó fue elegida especialmente por su sangre fría, su dedicación absoluta y su habilidad para esconderse por un tiempo. Cuando salían de nuevo a la luz, con nombres falsos, elegían sus objetivos (organismos oficiales y militares), y uno de los primeros que escogieron fueron dos pubs de Guildford, en Surrey, frecuentados por soldados libres de servicio procedentes de los campamentos de instrucción de las cercanías.

Así, la noche del 5 de octubre de 1974 esos hombres colocaron bombas de relojería en dos pubs de Guildford: el Horse and Groom, y el Seven Stars. Fue una atrocidad terrible. Cinco personas resultaron muertas y otras muchas gravemente heridas y mutiladas. Sé muy bien lo horrible y cruento que fue, ya que, como acusado, tuve el privilegio de ver las fotografías tomadas por la policía.

Pero cuando ocurrieron los atentados de Guildford, aquello apenas me impresionó. La primera vez que Benny se marchó a Southampton a ver a Gina era un sábado, y al día siguiente yo estaba en el dormitorio hablando con Paddy Carey cuando Benny regresó. Recuerdo que dijo que el tren de regreso había sido desviado en Guildford, donde el Ejército Republicano había puesto unas bombas la noche anterior, y que tenía el periódico del domingo. Leímos la noticia del atentado, pero, si habías vivido los enfrentamientos callejeros de Belfast, el Viernes Sangriento y lo del McGurk's Bar, y sabías todo acerca del Domingo Sangriento de Derry, esas noticias no te impactaban demasiado, sobre todo si eras una persona como yo.

Desvalijé el piso unos diez días después. A la mañana siguiente, contamos el dinero y había tanto que empecé a ponerme algo nervioso. Recordaba haber dejado mis huellas digitales por toda la casa, porque estaba muy colocado y abstraído, así que, como no teníamos que ir a trabajar, le dije a Benny que por qué no íbamos a Manchester con el dinero a ver a mis tíos Willie y Anne McCann. De ese modo nos quitaríamos de en medio por un tiempo. El miércoles nos marchamos, pero antes fuimos de compras a la calle Alta de Camden y me compré un abrigo afgano y unos pesados zuecos de esos que estaban de moda en aquella época. Benny también se compró un abrigo afgano y unos zapatos de plataforma de color rojo y crema. Salimos caminando, o mejor dicho tambaleándonos, de la tienda y pensando que parecíamos un par de estrellas del rock, unas imitaciones de Marc Bolan y Gary Glitter.

En Manchester pasamos unos días tranquilos. Íbamos al cine, salíamos a beber, yo iba a apostar y, cuando regresamos a Londres el sábado por la mañana, apenas nos quedaba dinero.

Estaba cayendo en la misma rutina que había dejado en Belfast y, para vivir de ese modo, era mejor regresar junto a la familia. Londres no había estado a la altura de mis expectativas. Nada de luces brillantes y éxito. En vez de eso, compartía una habitación con dos personas en un miserable albergue. No había conocido a nadie interesante, a excepción de John Conteh en un café, justo cuando acababa de ganar el título mundial, pero ni siquiera me telefoneó para invitarme a una pinta. Me estaba juntando con inadaptados sociales, y desde luego yo, en esa época, era uno de ellos. Había robado setecientas libras y ahí estaba, a los tres días, otra vez a cero. En Londres no hice amistades auténticas, sólo Benny y mi familia, a los que, por otro lado, ya conocía. Empecé a pensar que Belfast era mucho más divertido, a pesar de sus problemas. Echaba de menos a mi gente y me sentía vulgar y deprimido, terriblemente solo y vulnerable.

Benny se marchó a Southampton y yo me acerqué al Memphis Belle; allí me tomé unas pintas, perdí algunas apuestas y empezaba a sentirme aún más deprimido cuando, de repente, como caído del cielo, alguien me ofreció una pastilla de LSD.

Nunca había tenido un viaje de LSD. Carole y Paddy ya lo habían probado, así como muchos de sus amigos, y creí que había llegado el momento de que me iniciara. Pero jamás me habían contado nada del ácido, no conocía las normas básicas de esa droga: tenías que tomarla en momentos en que te sintieras feliz y seguro, y estar con otra gente que supiera de qué iba el rollo. Pensé que bueno, que muy bien, que me lo tomaría y tal vez me levantase el ánimo. Hurgué en mis bolsillos, saqué todo el dinero que me quedaba y me tragué la pastilla con una pinta de cerveza.

Si no hubiera sido un completo ignorante acerca del LSD, probablemente habría soportado la experiencia; pero el efecto del ácido me produjo una terrible conmoción. Al cabo de unos tres cuartos de hora, me encontré de pronto ante paredes que se movían y luces que destellaban, grandes estallidos de color ante mis ojos y una especie de sensación eléctrica y sibilante en mi interior. Tuve miedo de volverme loco, porque aquello duró mucho, muchas horas; esa sensación de que mi cuerpo ya no me pertenecía, con todo moviéndose a mi alrededor, todo distorsionado. Tenía grandes temblores y me sentía absolutamente confundido. Aparte de eso no recuerdo mucho más del viaje, sólo que en un momento determinado tomé la decisión de regresar a Belfast. Me sentía muy deprimido, nunca en mi vida lo había estado tanto, y muy autocrítico. Londres me parecía un auténtico desastre. Había ido allí en busca de un poco de estabilidad, pero había perdido el trabajo y empezaba a presentir que la pasma me pillaría robando en un lugar u otro.

Mucho después, el sacerdote del albergue recordaría lo extraño que estaba yo esa noche, con mi abrigo afgano, muy alterado e incapaz de sentarme ni de relajarme. Me encontraba en su despacho pidiéndole que me devolviera el adelanto de una semana de alojamiento que le había dado, para poder así regresar a Belfast. No quería dármelo porque pensaba que estaba al borde de un ataque de nervios y me preguntó que si necesitaba un médico, pero yo me fui a mi cuarto y me tumbé en la cama.

En la habitación había un tipo nuevo llamado Paddy Hackett, un profesor de Irlanda del Sur. Más tarde recordó que yo le había molestado pidiéndole dinero para el billete. Según contó, le decía que estaba destrozado y que quería largarme, y me dio unas pocas libras. Finalmente, volví a ver al sacerdote y me dio las cinco libras que me faltaban para comprar el billete. Me dijo que tuviera cuidado y que no hiciera dedo. Llamó a la estación para hacer la reserva, pero el tren a Heysham ya había salido. Sin embargo, había uno que iba a Holyhead y conectaba con el transbordador de Dublín. Yo dije que, si no quedaba otro remedio, volvería a Irlanda por esa ruta. No recuerdo en absoluto esa conversación, tan confundido estaba por el ácido. Recogí mis pocas pertenencias y me las apañé para llegar a tiempo a la estación. Cuando me marché de Hope House llovía a cántaros, igual que el día que llegué allí, exactamente cuatro semanas antes.

En Holyhead, mientras esperaba para subir al barco, un poli de la Sección Especial me sacó de la cola. Era la una y media de la madrugada y el ácido ya me había bajado, pero sentía mucha conmiseración hacia mí mismo, estaba muy abatido y probablemente se me notaba.

—¿Nombre?

—Gerry Conlon.

—¿Nombre completo?

—Gerald Patrick Conlon.

—¿Fecha de nacimiento?

—1 de marzo de 1954.

—¿Y cuál es tu número de la seguridad social, «señor» Conlon?

Me pareció que aquella pregunta no venía a cuento, pero se lo dije.

—BT-07-54-12-D.

Lo apuntaba todo en un impreso. Yo seguía nervioso y crispado, asustado de que notara que me había tomado un ácido.

—¿De dónde vienes y adónde vas?

—De Londres a Belfast.

Alzó la cabeza y me miró.

—¡Belfast! Pues es raro, porque este barco va a Dublín.

—Perdí el tren de Heysham, y éste es el único barco que va a Irlanda esta noche.

—Comprendo. Dame la dirección en Londres y la de Belfast.

Le di la dirección de Quex Road y la de mis padres. Quiso saber también los nombres completos de éstos. Después dijo:

—Muy bien, hijito. Quédate ahí.

Entró en un despacho y yo me quedé allí, acordándome de sus muertos porque me haría perder el barco. Finalmente, al cabo de unos diez minutos, salió.

—Vale, chico. Puedes marcharte.

Llegué a casa, con mi abrigo afgano y el aspecto de un extraño y enorme yak, y mi hermana Ann abrió la puerta. Al fijarse en el abrigo estalló en carcajadas.

—Por Dios, Gerry, ¿qué es eso que te ha salido en la espalda?

Cuando me vio mi madre comentó:

—Vaya manera de presentarse por sorpresa. Pareces un salvaje de Borneo.

Yo llevaba el cabello largo y enmarañado y, de repente, el peludo abrigo afgano del que me había sentido tan orgulloso me pareció ridículo. Fui a sentarme junto a mi abuela y ella dijo:

—Gerry, espero que ese abrigo no tenga pulgas.

Conque allí estaba yo, que un minuto antes me había sentido magnífico con el abrigo y un minuto después me veía como un auténtico gilipollas. Mi padre había salido a tomar una pinta al Murphys y no le vi hasta pasado un rato. Se alegró mucho de verme, pero, como era de esperar, se burló de mí.

—Así que Inglaterra ha sido demasiado duro para ti, ¿no, hijo?, y has vuelto a tu cama limpia y caliente y a que tu mamá y tus hermanas te cuiden.

El abrigo estaba colgado, y cuando mi padre lo vio exclamó:

—¡Por todos los santos! ¿Qué es eso?

—Es un abrigo afgano, papá. Me costó una fortuna.

Cuando le dije lo que había pagado por él, me espetó:

—Por mucho menos dinero podrías haberte traído una alfombrilla nueva para la puerta.

Huelga decir que no le conté a mi familia lo que había hecho en Londres. Si hubieran sabido cómo conseguí el dinero para el abrigo, me habrían llevado en seguida a que me santiguara con agua bendita y me confesara.

Mis primeros días en Belfast los pasé recuperando la confianza en mí mismo y me prometí que nunca más volvería a tomar ácido. También evitaba encontrarme con Eileen y los suyos, que no habían aprobado nuestra marcha a Inglaterra y mucho menos que ella hubiera regresado sola. Me sentía demasiado trastornado para salir a robar y, si tengo que ser sincero, ni siquiera se me pasó por la cabeza. Lo único que hacía era ir a firmar el paro para cobrar el subsidio y salir a tomar un par de pintas y jugar un par de partidas de snooker. Me sentía al borde del abismo. Durante ese viaje de ácido hubo una laguna de varias horas en mi vida, apenas me acordaba de nada. No sabía qué hacer conmigo, pero ya tenía veinte años y tal vez debía poner orden en mi vida y darle algún sentido.

Volví a encontrarme con Pat Kane. Había estado en Inglaterra en la misma época que yo e incluso me buscó por Southampton. Si tenemos en cuenta lo que me ocurrió después, Pat tuvo mucha suerte al no encontrarme.

Una noche, me encontraba con Pat cuando nos detuvieron los soldados al vernos discutir y forcejear en la calle con otros dos chicos, por asuntos de chicas, supongo. La patrulla británica nos vio, nos metió en su coche y nos llevó a su cuartel. Nos preguntaron el nombre y la edad y comprobaron por radio si teníamos antecedentes. Yo no mencioné que acababa de volver de Inglaterra y Pat tampoco lo hizo, pero llegó el sargento y me preguntó que qué había estado haciendo en Inglaterra. Me di cuenta de que debían de tener mi ficha de la noche que regresé por Holyhead. Tuve que dar la dirección en la que había estado y nos retuvieron allí media hora más y luego nos soltaron.

Pasaron dos o tres semanas y yo llevaba una vida tranquila, levantándome tarde y ganduleando. Un viernes, me levanté a eso de las once de la mañana cuando mi padre volvió a casa y me dijo que acababa de encontrarse a Lily Hill, la madre de Benny, en la panadería de la calle de Leeson. La mujer le contó que había recibido una llamada telefónica en la que le decían que la policía había detenido a Benny en Inglaterra, pero ella no sabía por qué.

—¿Os metisteis en algún lío en Inglaterra, Gerry?

—No, papá, no hicimos nada —respondí, pues yo no creía que el arresto de Benny tuviera nada que ver conmigo.

Esa noche, la del viernes, dos amigos me llamaron para salir a tomar una copa, pero yo no tenía dinero. Mi padre había salido a tomar algo al Engineers Club y mi madre trabajaba en el turno de tarde. En casa sólo estaba la abuela, que aunque en aquella época vivía en los pisos de Divis no dejaba de venir por casa ni un solo día.

—Sal con ellos, Gerry —me dijo—. Te daré dinero para que te tomes algo.

—No. Dámelo mañana.

Así que me quedé en casa y por eso vi el noticiario en televisión, en el que contaron que habían detenido a un hombre por el atentado de Guildford y aparecía una imagen suya saliendo de un coche patrulla con una manta que le tapaba la cabeza. Nada más verle supe que era Paul Hill. La imagen duró apenas dos segundos, pero reconocí sus pantalones, sus zapatos y su forma de caminar.

Me reí y bromeé, porque sabía que él no había hecho lo que decían en el informativo; yo lo hubiera sabido, ¿no? Mi abuela seguía insistiendo en que saliera a tomar algo y yo le dije:

—¿Quieres callarte, abuela? Ya me darás dinero mañana.

Mi hermana Ann andaba por allí con su amigo, ocupados en sus cosas. Yo bromeaba con la abuela.

—Tengo que volver a casa —decía ella una y otra vez.

Eran aproximadamente las nueve de la noche, así que le desabroché la cremallera de las zapatillas y las tiré a la calle, diciendo:

—Ahora tendrás que quedarte a dormir aquí, Mary Catherine.

De todos modos se fue a su casa, pero no pudo darme dinero para tomar una copa la noche siguiente ni ninguna otra noche. Me acosté y nunca más volví a ver a mi abuela en nuestra casa.

A las cinco y media de la mañana llamaron a la puerta. Eran un miembro de la Real Policía del Ulster y cuatro o cinco soldados británicos. Preguntaron por mí y mi madre les dejó entrar. Subieron corriendo las escaleras y me despertaron. Tuve que salir de la cama, medio dormido, y afrontar la situación. El policía me preguntó mi nombre y, cuando se lo dije, me comunicó que estaba arrestado.

—¿Qué pasa? —pregunté, todavía en pijama.

—No me preguntes, hijo. Tenemos órdenes de detenerte.

—Pero ¿puedo vestirme?

Me dejaron solo en la habitación y me puse la ropa. En esos momentos no pensaba en Benny ni en Inglaterra, sino que me detenían por mis robos. El poli no se tomaba el arresto demasiado en serio, se comportaba de forma rutinaria y no parecía pensar que yo fuera un individuo peligroso. Me vestí y bajé las escaleras despacio. Me metieron en un coche blindado y me llevaron a los barracones del Ejército de la calle de Mulhouse, donde me hicieron sentarme en un banco frente al escritorio de un sargento que estaba ocupado en sus cosas. El poli y los soldados se marcharon.

Pasaron unos tres cuartos de hora, durante los cuales observé las idas y venidas de los soldados por la oficina de los barracones. Luego, llegaron dos hombres, desaparecieron unos diez minutos detrás de una mampara que había junto al escritorio y, cuando salieron, se me acercaron.

—¿Nombre?

Se lo dije.

—Exacto, eres nuestro prisionero. Ven con nosotros.

—¿Adónde?

—A Springfield Road. Tenemos que interrogarte.

Me metieron esposado en un coche, en la parte trasera y sentado entre ambos. Uno de ellos me mostró la pistola que llevaba en la axila.

—Si intentas escapar, Conlon, me veré obligado a coserte a tiros.

Le miré como si se hubiera vuelto loco. El coche cogió velocidad y por la ventanilla vi a nuestro lechero, Joe McCann, que pasaba con su carrito de leche junto a Dunville Park, el Wee Park, como lo llamábamos nosotros. Me puse a pensar en que me dejarían libre en seguida, que podría ir a hacer apuestas y ver las carreras de caballos en televisión. Aquello no era nada, un simple control rutinario, ese tipo de cosas que ocurrían continuamente donde yo vivía.

Springfield Road es la comisaría central de policía en la parte oeste de Belfast. Era, y es, un puesto de mando militar fortificado, completamente encerrado tras una jaula de redes de metal y alambradas de espinos. En el exterior patrullaban vehículos blindados, revolviendo el barro. Eran las siete de la mañana cuando dos grandes puertas de hierro acanalado se abrieron para dejar paso al diminuto coche de policía.

Me llevaron a la planta superior, a un despacho en el que había tres policías. Estuve media hora allí sentado. Dos de los polis no me hicieron el más mínimo caso, pero el tercero se me acercó y me dijo:

—¿Sabes por qué estás aquí?

—No, ¿y usted?

Negó con la cabeza.

—Tiene que ser algo serio. El gran jefe quiere verte en persona.

Luego, me condujeron ante el escritorio del sargento de guardia y le dijeron:

—Éste es Conlon. Ya conoces las instrucciones. Nadie puede verle y nadie puede ponerse en contacto con él hasta que llegue el señor Cunningham. Está en cuarentena, ¿de acuerdo?

Me encerraron en una celda, una caja de cemento sin ventanas e iluminada por un fluorescente en el techo. En una esquina había un poyo de piedra lo bastante largo como para tumbarse en él, con una delgada colchoneta de goma encima. Por lo demás, el recinto estaba vacío. Me quitaron los cordones de los zapatos y, mientras yo caminaba perplejo hacia el centro de la celda, la puerta de acero se cerró a mis espaldas y el cerrojo se encajó con un fuerte sonido metálico.

9

ACUSADO DE COLOCAR LAS BOMBAS

Si eres fumador, la primera preocupación que tienes cuando te ves solo en una celda son los cigarrillos. ¿Te bastarán los que te quedan? ¿No tienes ninguno? Los míos se habían quedado fuera. Miré a mi alrededor y vi un timbre junto a la puerta. Llamé.

—¿Podrían darme mis cigarrillos?

—No. Cuando quieras fumarte uno, llamas al timbre y vendremos a encendértelo. En la celda no se pueden tener cerillas.

Las horas pasaban tediosamente, pero yo no sabía cuántas porque no llevaba reloj. No tenía nada que hacer, a excepción de pensar que me estaba perdiendo las carreras de caballos y preguntarme quién habría ganado la de la una y media, la de las dos, la de las dos y media. De vez en cuando, llamaba para pedir un cigarrillo y decía:

—Me estoy volviendo loco aquí dentro. ¿Pueden dejarme un periódico?

—Los periódicos no están permitidos.

—¿Puedo ir al servicio?

Me escoltaron hasta el servicio y noté que algunos de los otros policías me miraban divertidos, como si supieran algo que yo no sabía.

—¿Les importaría decirme qué coño pasa?

Pero ellos se limitaron a encogerse de hombros y a responderme que ya lo sabría cuando llegara el jefe. Les pregunté:

—¿Me pueden decir si hoy ha ganado *United*?

—No, no podemos. Vas a pasar la noche aquí, así que, acuéstate, ¿vale?

Me dormí, me desperté y volví a dormirme.

De repente, pasada la medianoche, oí ruido de pasos en el corredor. Me desperté y me apoyé sobre un codo, preguntándome si debía llamar para pedir un cigarrillo. Me levanté y en aquel momento oí un tintineo de llaves y la puerta se abrió. Entraron dos policías. Uno era un hombre grande y corpulento, el otro tenía una estatura normal y una constitución más delgada.

—¿Nombre?

—Gerald Patrick Conlon.

Luego siguieron con la monserga de mi dirección y la fecha de nacimiento, y el más pequeño de ellos me preguntó:

—¿Sabes por qué estás aquí, Conlon?

—No.

—¿Conoces a Paul Michael Hill?

—Conozco a Paul Hill, no sé si se llama Michael.

El más pequeño de los dos, un inspector de policía llamado McCaul, sacó una fotografía.

Era la típica foto policial de una persona con la espalda contra la pared. Llevaba un jersey de cuello alto, de color amarillo canario, y unos pantalones de espiguilla. Miraba a la cámara y yo conocía muy bien ese rostro.

—Oh, sí, es mi amigo Benny Hill.

McCaul cerró el puño y me golpeó en la nariz.

—Ahora ya sabes por qué coño estás aquí.

Me llevé la mano a la dolorida nariz y retrocedí.

—No, no lo sé.

Tal como testifiqué en el juicio, McCaul dio un paso adelante, lanzó una patada que me alcanzó en la barbilla y luego quiso volver a golpearme con el puño. Pero el poli más grande, que resultó ser el superintendente Cunningham, le detuvo y dijo:

—Tienes diez minutos, Conlon, diez minutos para recordarlo todo. Prepárate para contárnoslo.

Se marcharon. La nariz me sangraba y me quedé allí, sentado en el poyo de dormir y demasiado confundido para pensar.

Cuando la puerta se abrió de nuevo, entró sólo McCaul.

—Vamos, Conlon, dime por qué estás aquí.

—Ya he dicho que no lo sé.

—Claro que lo sabes. Y nosotros lo sabemos porque tu amigo nos lo ha contado.

McCaul me agarró del pelo, me puso en pie y me llevó a rastras hacia la puerta.

De repente, en el umbral aparecieron dos hombres detrás de McCaul, y uno de ellos entró en la celda.

—Somos policías ingleses, Conlon. Soy el sargento Jermey y él es el inspector jefe Grundy. Estamos investigando un asunto, un asunto muy serio, por cierto, y pensamos que puedes ayudarnos.

—No creo —conseguí decir.

Grundy habló por primera vez:

—Venga, vamos a llevarle arriba.

McCaul aún me tenía agarrado por el pelo y me llevó a rastras fuera de la celda y hacia la escalera. Pasamos junto a un grupo de soldados y McCaul gritó:

—¡Mirad, éste es uno de los hijos de puta que hizo lo de Guildford!

Guildford. Era la primera vez que alguien mencionaba esa ciudad, pero yo nunca había estado en Guildford, ni en el Guildford de Surrey y ni siquiera, por todos los santos, en el Guildford de County Down.

McCaul me agarró por el cuello de la camisa, tiró de mí escaleras arriba y me hizo entrar en un despacho. Se quedaron todos de pie rodeándome y Grundy empezó el interrogatorio.

—Tenemos razones para creer, Conlon, que participaste en un atentado con bombas que perpetró el IRA y mató a cinco personas en Guildford, en Surrey. ¿Tienes algo que decir?

Debí de tambalearme o se me doblaron las rodillas, porque pusieron una silla junto a mí para que me sentara.

—Yo no lo hice —contesté.

Los miré uno a uno y vi que no me creían. Lo intenté de nuevo:

—Nunca he estado en Guildford. Nunca he puesto ninguna bomba. No soy del IRA. Mi familia ni siquiera es republicana. Pregunten a quien quieran.

Al principio, Grundy no dijo nada. Luego, con movimientos pausados, abrió su portafolios y sacó una carpeta que contenía varias hojas de papel. Me las pasó para que las leyera.

—Si eso es cierto, ¿cómo explicas esto?

Había cuatro o cinco páginas, escritas a mano, y reconocí la letra de Benny Hill. Aquí y allá aparecía mi nombre rodeado de círculos rojos. Empecé a leer. Era como una fantasía, una absoluta ficción. La declaración decía que yo había llevado a Benny a conocer a un tipo del IRA llamado Paul y a otro llamado Dermont y que vestía un largo abrigo negro y no cesaba de golpearse el costado para demostrar que llevaba una pistola. Venía luego cantidad de chorradas sobre una chica llamada Marion, que me había enseñado a fabricar bombas, y muchas otras sobre cómo Benny, yo, Paddy Armstrong, dos chicas de identidad desconocida y ese tal Paul habíamos ido en dos coches a Guildford a poner las bombas.

Cuando terminé de leer, me sentí invadido por una oleada de incredulidad.

—Son todo mentiras, señor —me limité a decir.

Noté un fuerte golpe en la parte posterior de la cabeza y McCaul dijo:

—Pero es tu colega, tú mismo has dicho que es tu mejor amigo. ¿Por qué iba a decir todo eso de ti tu mejor amigo si no fuera verdad?

—No lo sé, señor. No lo sé.

Era todo lo que podía decirles, pero pareció que los enloquecía. Todos me hacían preguntas a la vez, gritando e insultándome. McCaul me golpeó de nuevo, me dio codazos en las costillas y en la espalda y patadas en los muslos.

—¿Cuándo sucedió todo eso? —pregunté finalmente—. ¿Cuándo se supone que ocurrió?

—No se supone que ocurrió. Ocurrió de verdad. Y lo hiciste tú, hijo de puta mentiroso.

—Yo no estaba allí. No estaba en ningún lugar cerca de allí. Díganme cuándo ocurrió y yo les diré dónde estaba.

—En octubre.

—En octubre yo estaba en Londres.

—Ya lo sabemos. En octubre estabas poniendo bombas en Londres.

—No, estuve trabajando y también robé un poco. Eso es todo. Luego volví a casa. ¿Qué día de la semana era?

—Un sábado.

Entonces pensé en mi tío Hughie, pensé que posiblemente estuviera con él, ya que en esa época le veía unas tres veces por semana.

—Puedo probar que no fui yo —les dije—, porque siempre iba al Conservative Club de Paddington con mi tío Hughie. Comprueben el registro de visitantes donde yo firmaba.

Fue un disparo a ciegas, porque en el estado en que me encontraba no podía decir de improviso lo que había estado haciendo un determinado sábado por la noche dos meses antes, pero tuvo el efecto deseado. Los dos policías ingleses retrocedieron y se miraron el uno al otro. Me dijeron que comprobarían esa información y que ya volverían a verme más tarde. Sentí un alivio increíble cuando vi que se marchaban.

McCaul me llevó de nuevo a la celda, pero antes de dejarme dijo:

—Ponte contra la pared, con las piernas y los brazos separados. Quiero registrarte. —Después de hacerlo añadió—: Volveremos a por ti muy pronto, Conlon. No queremos que nos cuentes más mentiras. Será mejor que nos digas lo que queremos oír.

La puerta se cerró a sus espaldas.

Me sentía muy mal, escupía sangre y tenía ganas de vomitar, pero no podía porque no había comido prácticamente nada. Llamé al timbre e hicieron pasar a un médico para que me visitara. Era un hombrecillo calvo que ahora sé que se llamaba McAvinney. Me preguntó que qué me pasaba.

—Me duelen los testículos y los riñones.

El doctor McAvinney me tomó la presión sanguínea y me miró la garganta. Dijo que tenía una infección renal y me recetó unas tabletas de antibióticos. Cuando se marchó me tumbé e intenté dormir.

A la mañana siguiente, las primeras personas a las que vi fueron Cunningham y McCaul. McCaul me daba un miedo terrible.

—Estás metido en esto hasta el cuello, Conlon. Te hemos seguido la pista desde hace tiempo. Admítelo, eres un dirigente de los *Provos*, pero te escondes temporalmente, eres un hombre itinerante que sólo aparece para realizar acciones especiales.

Era todo un disparate, irrisorio, pero yo no me reía porque McCaul me estaba golpeando de nuevo en todo el cuerpo, en los riñones, en el estómago, en la cabeza, mientras me preguntaba por toda la gente del

IRA de Lower Falls. Acallé sus preguntas lo mejor que pude.

—No sé nada. No pertenezco al IRA. Ya he tenido mis propios problemas con ellos. Lo siento, pero no puedo ayudarles.

—Tú pusiste las bombas en la Cooperativa —insistió.

—Yo no he puesto bombas en la Cooperativa. Les robé todo lo que pude, pero nunca puse ninguna bomba. —Y sin poder evitarlo grité—: Bueno, si se supone que soy del IRA y ustedes lo saben, ¿por qué no me encierran en Long Kesh?

—No te hagas el gracioso conmigo —dijo McCaul, golpeándome de nuevo en el rostro—. Pronto desearás estar en Kesh.

—Lo estoy deseando ya.

Me parecía increíble, y aún me lo parece, que esos policías del Ulster pudieran acusarme de poner bombas en Inglaterra, de ser miembro de un comando activo, de ser un hombre itinerante. Los polis ingleses no sabían nada de Belfast y eran lo bastante ignorantes como para creérselo todo. Pero aquél era terreno de la Real Policía del Ulster. Lo único que tenían que hacer era salir y preguntar y en seguida tendrían la respuesta. «¿Conlon? Es un rufián, roba en las tiendas, le gusta beber, es un jugador empedernido. El IRA no lo querría ni regalado. Le echaron del Fianna.»

Si salieron a preguntar, lo único que puedo hacer es suponer que se hicieron los sordos ante las respuestas.

Hacia el mediodía aún no había vuelto a ver a Jermey ni a Grundy, los policías ingleses, pero había visto de nuevo al médico sin ningún resultado concreto. Nunca me dieron las medicinas que me recetó.

Entonces reaparecieron Jermey y Grundy y se hicieron cargo del interrogatorio. Y, si no había podido convencer a McCaul y a Cunningham de que yo no pertenecía al Ejército Republicano, ¿cómo iba a conseguir que me creyeran esos dos? Así que siguieron con lo mismo de antes una y otra vez: ponte de pie, siéntate, contra la pared. Yo les dije que no sabía nada de Guildford y que no comprendía por qué Benny había contado esas cosas de mí. Y de repente me dijeron que iban a llevarme a Inglaterra.

—¿Hay alguien ahora en tu casa? —quisieron saber—. Vamos a mandar que traigan ropa limpia, tienes un aspecto asqueroso, Conlon.

Huelga decir que era verdad. McCaul y otro policía perverso me habían hecho jirones la camisa manchada de sangre. Los tejanos estaban sucios y rotos, tenía la nariz hinchada y me habían pisoteado los dedos de los pies.

Me trajeron la ropa limpia y me llevaron a un lavabo que se encontraba al final del pasillo que llevaba a la recepción. Me quité la camisa y los pantalones y me lavé lo mejor que pude, vigilado siempre por un agente de la Real Policía del Ulster. Notaba que tenía moratones en la cara y me dolía la nariz. Me hubiera gustado ver mi aspecto, pero allí no había espejo. Me mojé el rostro y el contacto con el agua me hizo sentir bien. El olor del jabón me volvió a una cierta normalidad. Me puse la ropa limpia, sabiendo que mi madre debía de haberla sacado del armario sólo una o dos horas antes.

Con el pensamiento de mis padres reciente en la cabeza, salí del lavabo y los vi. Me parecieron dos pequeñas figuras en el otro extremo del pasillo ante el despacho de recepción. Hablaban apremiantemente con el sargento de guardia, le hacían preguntas, y yo los llamé y eché a correr hacia ellos. Pero en un abrir y cerrar de ojos, el policía me agarró del pelo y volvió a meterme en el lavabo. Me retuvieron allí hasta que se hubieron marchado, y me dijeron que no fuera tan estúpido y que no volviera a hacer nada parecido. Mis padres no oyeron el jaleo. Más tarde supe que les dijeron que, cuando ellos llegaron, yo ya estaba camino de Inglaterra.

Iba en la parte trasera de un coche patrulla, esposado a Jermey y con Grundy sentado al otro lado. Enfilamos Springfield Road, giramos por la calle de Cooper y tomamos la avenida de Lawnbrooke, donde antes había un cine llamado Stadium. Nos detuvimos ante un semáforo en rojo en el cruce con Shankill Road, justo delante del cine, y allí había un grupo de chavales unionistas, conocidos como la Banda del Tartán por su costumbre de llevar los colores tartán. Estaban merodeando ante el Stadium y, a mis ojos de católico, me parecieron realmente malvados, perversos y capaces de cualquier cosa. De repente, McCaul se volvió, riéndose maliciosamente, y le dijo a Jermey:

—Quitémosle las esposas y entreguémoslo a esa gente. Si les decimos quién es, darán buena cuenta de él.

Y, momentáneamente, me pareció bien ir a Inglaterra. Hasta entonces había pensado, si es que había pensado en algo, que mi suerte en Belfast sería mejor porque allí, al menos, comprendían qué era el IRA. Pero en aquel instante descubrí que en mi ciudad natal el fanatismo había llegado a tal punto que las mentes de los miembros de la Real Policía del Ulster estaban obcecadamente en mi contra. La policía inglesa, pensé en mi inocencia, no tendría tantos prejuicios.

El coche arrancó de nuevo, en dirección al aeropuerto de Aldergrove. Pasamos ante un puesto de control y el coche enfiló hacia la terminal de salidas. Jermey puso su abrigo sobre las esposas y caminamos hasta el avión.

Las últimas palabras que me dijo McCaul quedarán grabadas en mi mente hasta que me muera. Estaba yo saliendo del coche patrulla, esposado a la muñeca de Jermey, y McCaul, con la sonrisa perversa de nuevo en los labios, sentenció:

—Te van a encerrar tantos años, Conlon, que la próxima vez que vuelvas a Belfast habrá vuelos diarios a la Luna.

10

EL INTERROGATORIO EN SURREY

Grundy y Jermey eran policías de Surrey y me llevaron primero a Addlestone, una pequeña ciudad-dormitorio situada a unos veinte kilómetros de Guildford. Surrey es para la clase dirigente inglesa lo que Lower Falls Road es para la población católica humilde de Belfast a la que yo pertenezco. Los prados de Surrey son ricos, verdes y lisos como tapetes, los coches son nuevos y brillantes, hay montones de casas sólidas, cómodas y respetables y se respira tanta prosperidad que hace que Cherry Valley parezca una ciénaga. De modo que, si bien me sentía aliviado por haber escapado de la miseria de Springfield Road, empezaba a darme cuenta de que allí, en Surrey, estaba en un país extranjero. La gente tenía verdaderos problemas para entender lo que yo decía, por no hablar de lo que yo realmente era.

No obstante, había algo de lo que estaba completamente seguro: no me tratarían tan brutalmente como lo habían hecho en Springfield Road. Sólo necesitaba explicarles que no había hecho lo que ellos pensaban, contarles todo lo que había hecho el día en cuestión, y me dejarían marchar. En ningún momento se me ocurrió que podrían llegar a tratarme con la misma violencia, a pesar de mi experiencia en Springfield Road. Eso no podía pasar en Surrey.

Pero, tan pronto como atravesé la puerta de la comisaría de Addlestone, cualquier idea consoladora sobre la civilizada Surrey se desvaneció. Alcancé a ver el cartel azul iluminado con la palabra «policía» en el frente del edificio cuando entramos en el aparcamiento situado en la parte posterior. El lugar estaba iluminado con luces halógenas. Comenzaba a nevar, y los copos de nieve brillaban contra la luz antes de caer suavemente al suelo.

Me bajaron del coche, me quitaron las esposas, subimos un tramo de escaleras y entramos en una habitación grande y alargada en la que parecían estar esperándome todos los policías de la ciudad, formando dos filas y dejando un pasillo en medio por donde yo debía pasar. Mientras Grundy me empujaba adelante, los policías me miraban de arriba abajo como si fuese un objeto, no una persona. Escuché que uno de ellos murmuraba: «Bastardo irlandés.»

Entonces, una bota salió disparada de la fila y me golpeó en el tobillo.

Un salivazo aterrizó en mi camisa y recibí otro violento puntapié en el tobillo. Me tambaleé ligeramente, Grundy volvió a empujarme y continué vacilante a lo largo de la habitación, reculando con cada golpe y cada insulto. Después de recorrer unos diez metros llegué a un mostrador de recepción. Allí había un sargento que me miró fijamente.

—¿Nombre?

Respondí en un susurro apenas audible. El sargento se inclinó hacia delante, me cogió de la camisa y me atrajo hacia sí hasta que quedé tendido encima del mostrador. Mi rostro estaba a pocos centímetros del suyo.

—¡Asesino, basura irlandesa, eres un animal! ¿Qué digo? ¡Un animal irlandés asesino! Ahora dime tu nombre, tu fecha de nacimiento y tu dirección con palabras que yo pueda entender.

Se lo dije y me soltó.

—Bien, desnúdate.

Eché un vistazo a mi alrededor, buscando a alguien que me indicará dónde ir. El sargento comenzó a vociferar.

—¿Qué es lo que buscas, animal? ¡Te he dicho que te desnudaras, aquí mismo!

Empecé a quitarme la ropa, temblando de miedo. Pero mi sensación era de absoluta incredulidad. Aquello no podía estar sucediendo, no podía sucederme a mí, no podía suceder allí.

Cuando estuve completamente desnudo, me obligaron a que permaneciera de pie mientras se burlaban de mí.

—Jesús, *eso* no parece gran cosa.

—Deberíamos cortársela.

—Tendrá una larga y jodida espera antes de que pueda volver a usarla.

Comencé a llorar. Algunos de ellos me abofeteaban mientras el resto se reía o me empujaba o me golpeaba en la espalda. Luego, me llevaron a través de un corredor, se abrió una puerta y me empujaron al interior de una celda. La puerta se cerró con violencia detrás de mí, pero inmediatamente escuché que levantaban la mirilla de la puerta para vigilarme.

En la celda sólo había un banco de madera y estaba helado. Era la primera noche de diciembre y los dos pequeños ventanucos, en la parte superior de la pared y fuera de mi alcance, tenían los cristales rotos. Me senté en el banco y comencé a temblar inconteniblemente mientras el viento frío de la noche entraba en la celda. No tenía sentido buscar un poco de comodidad en ese cuarto helado, no había absolutamente nada, ni mantas, ni ropa, nada con lo que poder cubrirme.

Me eché a llorar otra vez, helado y aterrorizado. Me tendí en el banco de madera y me encogí como un bebé. Pero, en cuanto lo hube hecho, la puerta se abrió con violencia.

—¡Levántate, jodido animal irlandés asesino! —gritó una voz—. ¡No puedes acostarte! ¡No puedes dormir!

Yo *era* como un animal, un animal del zoo, sucio, sin comida, sin nada para beber. Me acurrucaba sobre el frío suelo de cemento o en el banco de madera, tratando de entrar en calor. Pero ellos venían cada cinco minutos, abrían la mirilla de la puerta y comenzaban a gritarme e insultarme.

—¡Levántate, arriba, basura! ¡Nada de dormir! ¡Nada de descanso! ¡No para ti, animal! ¡Maldito irlandés hijo de puta!

En ocasiones me invadía una terrible furia por lo que me estaba pasando.

—¡Soy inocente! —chillaba—. ¡No he hecho nada!

Ellos se echaban a reír.

—¿Oh, sí? Sólo has puesto una bomba y te has cargado a un montón de gente. Sólo ha sido un jodido asesinato en masa.

Seguía sin poder creer lo que estaba pasando. Simplemente no podía entenderlo. Al amanecer les pedí que me devolvieran la ropa.

—¿La ropa? Debes de estar de broma. Desde ahora no recibirás nada, absolutamente nada.

Se hizo de día y la luz de la mañana entró en la celda a través de los ventanucos. Pensé que las cosas mejorarían. Una vez que la noche había pasado comprenderían que no podían seguir tratándome de esa manera. Pero nada cambió salvo el hecho de que habían llegado policías de refresco y eran ellos los que se encargaban de gritarme, insultarme y aporrear la puerta de acero de la celda. Las horas que pasaban podían haber sido semanas. Yo temblaba violentamente y me sentía sucio y débil. Entonces regresó Grundy. Se había cambiado de ropa. Tenía todo el aspecto de haber dormido bien y su comportamiento hacía mí era más considerado. Me dio mi ropa.

—¿Cómo estás, Conlon?

—Señor, estoy helado y tengo miedo. Lo que me han estado haciendo aquí no está bien. No he hecho nada de lo que dicen que he hecho.

Le pedí un poco de agua y me la dio. Mientras yo bebía, Grundy me dijo:

—Mira, ¿por qué no te facilitas las cosas a ti mismo? Sólo tienes que admitir que pusiste la bomba, igual que tu compañero. Sólo tienes que decirnos que lo hiciste tú y te dejaremos en paz, nadie volverá a pegarte, podrás dormir y meter un poco de comida en el estómago.

—Señor, yo no puse esa bomba. Lo único que he hecho ha sido robar algunas cosas. Ésa es la razón por la que nunca me uní al IRA. No sé nada de ninguna bomba.

Grundy se encogió de hombros, me puso las esposas y me llevó a un coche de policía. Nadie me dijo adónde me llevaban.

Era otra comisaría, esta vez en Godalming, a unos cuarenta kilómetros. Llegamos a la una de la tarde aproximadamente y me llevaron directamente a la sala de interrogatorios.

Estaban Grundy y Jermey otra vez, con las mismas preguntas que se repetían sin cesar.

—Tu amigo Hill dice que aprendiste a fabricar explosivos.

—No sé absolutamente nada de explosivos. Lo único que he hecho ha sido fumar porros y tomar ácido.

—Dice que fuiste a una casa de Brixton donde te enseñaron a preparar explosivos.

—¿Brixton? Jamás he estado allí.

—¿Conoces a una chica llamada Marion? Hill dice que fue ella quien te enseñó a fabricar explosivos.

—No, no conozco a ninguna Marion. Lo juro por Dios. Nunca he tenido nada que ver con explosivos.

—Estás negando todo lo que Hill dice que es verdad.

—Le estoy diciendo la verdad, señor. No tengo ni idea de qué va todo esto.

—Pero él es tu amigo, tú dices que él es tu amigo. Y, sin embargo, él asegura que tú estabas metido en esto. ¿Por qué iba decir todas esas cosas de ti si no fuese verdad?

—No lo sé. No lo sé.

—Estás mintiendo, Conlon. Eres un bastardo embustero y asesino. Admítelo.

De pronto, recibí un golpe en la cabeza y luego otro. Después, Grundy le dijo a Jermey:

—Sargento, estoy harto de esto. Quédate con él.

Grundy se marchó muy cabreado y regresó unos minutos más tarde.

—Sargento, ve a buscar a Hill —dijo con voz firme—. Le traeremos aquí para que este jodido cabrón pueda verle.

Jermey se fue. Me quedé inmóvil en la silla, como si estuviese en trance o en estado de muerte aparente. Incluso hoy soy capaz de recordar aquella habitación con todo detalle. Había una ventana frente a la puerta y daba al aparcamiento de la comisaría. Yo estaba sentado a la mesa, a un costado de la puerta, y había un reloj en la pared opuesta. Eran las dos menos diez. Me encontraba exhausto. No había dormido ni comido. Ni siquiera me habían dejado fumar. Seguramente debía de tener un aspecto horrible y también debía de parecer aterrorizado.

Entró Benny, y Jermey le tenía cogido por el bíceps del brazo derecho. Benny estaba fumando y sostenía el cigarrillo con la mano izquierda. Llevaba la misma ropa que yo le había visto en la fotografía de Springfield Road. Parecían limpias y pulcras. Apenas si me miró; sus ojos se encontraron con los míos y apartó rápidamente la vista. Grundy me señaló con el dedo.

—¿Quién es éste, Hill?

—Gerry Conlon.
—Dile lo que hizo.
—Puso la bomba en Guildford.
Yo estaba rígido, completamente tenso. Grundy me tenía cogido del cuello de la camisa.
—Benny, ¿por qué dices eso? —grité—. ¡Mírame a la cara y dime que yo lo hice! ¡Mírame!
Pero no lo hizo. Sus ojos estaban clavados en el suelo.
—Estoy diciendo la verdad —dijo—. Tengo la conciencia tranquila. Te dije que hicieras lo mismo.
—Está bien, es suficiente —concluyó Grundy.
Y se lo llevaron.

El sargento Jermey declaró durante el juicio que entonces yo comencé a confesar. El policía sostuvo que, una vez que Benny salió de la habitación, salté de la silla, dije que les contaría la verdad y me puse a farfullar que era Benny quien sabía fabricar explosivos y no yo y que una noche salimos a dar un paseo en coche y yo iba totalmente colocado. Se supone que les dije que leí lo del atentado de Guildford al día siguiente de ese paseo nocturno en coche, pero que no lo relacioné con la noche anterior. La historia del policía era que ellos siguieron tratando de que yo admitiera mi plena participación en el atentado por medio de un hábil interrogatorio y sin recurrir en ningún momento a la fuerza, lo que hizo que firmara la primera de mis dos confesiones obtenidas aquella noche.

Pero lo que sucedió en realidad fue completamente diferente. Dije que escribiría una declaración, porque eso era lo que no dejaban de repetirme, que hiciera una declaración, que hiciera una declaración. Pedí papel y bolígrafo y escribí con esfuerzo un relato de todo lo que era capaz de recordar acerca de mi estancia en Inglaterra entre agosto y octubre. Probablemente fue una declaración confusa e incompleta porque estaba totalmente agotado. Llevaba sin dormir desde la noche del sábado, y aquella noche tampoco había dormido demasiado, de modo que me pareció que escribir esa declaración me llevaba horas, pero finalmente logré terminarla. Se la entregué y la leyeron. Súbitamente, Grundy se volvió loco. Hizo pedazos mi declaración y la arrojó a la papelera.

—Lo que has escrito no me vale, me has hecho perder el tiempo. No hay nada sobre Guildford. Ni una palabra acerca de que fuiste allí a cumplir una misión del IRA. Es lo único que me interesa leer, jodido asesino irlandés.

—Lo que he escrito es la verdad, señor. Lo juro por Dios.

—Bien, Conlon, si ésa es la verdad, será mejor que empieces a contarnos mentiras.

El interrogatorio y los golpes volvieron a empezar. Me dijeron que me colocara de cara a la pared y apoyara las manos en ella. Se inclinaron sobre mí y me gritaron en el oído, al tiempo que me golpeaban en los riñones.

—Harás una declaración porque eres culpable. Eres culpable, así que harás una declaración.

—No podrás con nosotros, Conlon. Podemos seguir con esto mucho más de lo que puedes resistirlo.

—Eso es. Podemos seguir así otros cinco días porque la ley dice que podemos hacerlo, y tú no debes ver a nadie. Ésa es la ley. Estamos legalmente autorizados a retenerte durante siete días y no puedes ver a nadie.

Los miré mientras fumaban; yo me moría por dar una calada.

—¿Qué tal un poco de té? —dijo Grundy.

—¿Qué quieres, jefe, té con limón? —preguntó Jermey.

Salió de la habitación y regresó con dos tazas de té con limón. Nunca había oído hablar del té con limón.

—Para ti no hay té, Conlon. Y no habrá nada para ti hasta que no confieses haber colocado esa bomba. Nada de té, nada de comida, nada de cigarrillos hasta que hayas confesado.

Cuando volvieron a arrojarme dentro de la celda para que pasara la noche, sólo había bebido un par de vasos de agua en todo el día y no había comido nada. Los policías se pasaron toda la noche golpeando la puerta de la celda con sus porras para que no pudiera dormir. Me quedé sentado en el banco de madera mientras todo giraba a mi alrededor.

A las diez de la mañana siguiente, martes 3 de diciembre, me llevaron nuevamente a la misma sala de interrogatorios. No me habían dado nada para desayunar. Continuaron con la misma rutina, abofeteándome, obligándome a ponerme de pie, a sentarme, a ponerme de pie otra vez.

—A la mierda con esto —dijo Grundy—. Vete a buscar a Tim. Él le hará cambiar de opinión.

Jermey regresó con un tío corpulento que parecía un delantero de rugby. Era el inspector Timothy Blake. Yo estaba de pie, apoyado contra la pared con las piernas abiertas, y Blake me cogió de las pelotas y tiró hacia abajo.

Me dijeron que las cosas podían ser fáciles o difíciles, que dependía de mí, mientras Blake se quitaba la chaqueta y se arremangaba la camisa. Pude ver los tatuajes que llevaba en los brazos. Resultó ser el sádico feliz que prefiere el camino más duro para el detenido. Jermey se colocó detrás de la silla donde yo estaba sentado y comenzó a buscar dos puntos precisos detrás de las orejas, justo allí donde los lóbulos se unen al cráneo. Por un momento sus dos dedos corazón permanecieron apoyados en ambos lóbulos y entonces, súbitamente, los apretó con fuerza contra mi cabeza al tiempo que tiraba hacia arriba, arrancándome literalmente de la silla.

El dolor era indescriptible. Jermey estaba satisfecho. Se sentía orgulloso de esa técnica para infligir dolor sin dejar marcas. Dijo que la había aprendido en la RAF. Volvió a izarme y Blake me golpeó en los riñones. Yo gritaba de dolor. Era como un niño al que le están haciendo daño y recuerdo que pensé que me matarían, que podían matarme.

Blake tenía una mirada profunda. Me dijo que era católico y provenía de una familia irlandesa, pero que los malvados bastardos asesinos como yo le ponían enfermo. Dijo también que había visto a algunas de las víctimas del atentado y se había sentido tan mal que pensaba que debían fusilarme o ahorcarme por ello. Estaba diciendo esas cosas y golpeándome y zarandeándome en el aire cuando la puerta se abrió de golpe.

Eran dos policías de alto rango a los que no había visto hasta aquel momento, el subjefe de policía Christopher Rowe y el inspector jefe Wally Simmons. Rowe era un hombre alto y reservado, con bigote, mientras que Simmons era un hombre delgado y apuesto. Rowe me miró, me dio unos golpecitos en el pecho, dijo que yo era culpable y que me convenía hacer una declaración lo antes posible, y se marchó.

Simmons parecía muy enfadado. Hizo que Blake saliera de la habitación y les dijo a los otros que me sentaran en la silla. Él se sentó en la mesa para poder mirarme desde arriba.

—Ahora quiero que me escuches con mucha atención, Conlon, porque si no lo haces puedes lamentarlo. Me encargo de este caso y estoy convencido de que eres culpable.

—No lo soy —dije—, soy inocente. Se han equivocado de hombre.

Simmons se inclinó sobre mí y me propinó un terrible bofetón. Después continuó hablando:

—Estoy tan convencido de que eres culpable, Conlon, que estoy preparado para tomar algunas medidas, unas medidas inusuales, pero no desconocidas, para obligarte a confesar. ¿He sido lo bastante claro?

Sacudí la cabeza, así que cogió el teléfono.

—Póngame con la comisaría de Springfield Road en Belfast, con el superintendente Cunningham.

Se produjo una larga pausa, durante la cual Simmons siguió hablando conmigo.

—¿Tu madre se llama Sarah?

—Sí.

—¿Y trabaja en el hospital Royal Victoria?

No respondí, sólo cerré los ojos.

—Y tu hermana Bridget trabaja en... —Echó un vistazo a un papel que llevaba con él—. ¿En una fábrica que está en Dublin Road? Ése es el lugar donde suelen cometerse esos asesinatos sectarios, Dublin Road, ¿verdad, Conlon?

Tenía razón. La zona de Dublin Road era tierra de nadie, un lugar donde siempre aparecían cuerpos acribillados a balazos.

No había que ser adivino para comprender lo que Simmons quería decir.

Para cuando le pusieron con Cunningham, yo estaba temblando y me eché a llorar. Simmons se identificó.

—Verá, este pequeño bastardo de Conlon no está cooperando. ¿No podría preparar un pequeño accidente en su distrito, algo que le persuada a cambiar de actitud?

Simmons me cogió del pelo y me levantó la cabeza para que la oreja quedase a la altura del auricular. No alcancé a escuchar lo que decían al otro lado de la línea.

—¿Quiere repetirlo? —dijo Simmons—. Hay interferencias en la línea.

—Sí —oí que decía una voz —. Estoy seguro de que podemos arreglar algo así.

Simmons me empujó hacia atrás, dijo que volvería a llamar más tarde si era necesario y colgó.

—Muy bien, Conlon. Ahora depende de ti. Te dejaré solo para que lo pienses.

Yo lloraba y temblaba sin poder controlarme.

—¿Qué piensa hacer? Mi familia no ha hecho nada.

—Lo que pueda ocurrirle a los miembros de tu familia está en tus manos, Conlon. No pienso seguir perdiendo el tiempo contigo.

Abandonó la habitación.

Simmons no se estaba echando un farol. Probablemente podría haber preparado un «accidente» a un miembro de mi familia, pero lo irónico del asunto era que yo lo sabía mejor que él. Yo vivía en Belfast, y la experiencia de cada día me había enseñado la terrible violencia que había en las calles.

Los tiroteos sin sentido se sucedían todos los días y no se detenía a nadie por ellos. Podía ver a mi madre o a mi hermana alcanzada en plena calle por la bala de un francotirador, y sería muy sencillo hacerlo pasar por un asesinato sectario contra la familia de un terrorista detenido. La Real Policía del Ulster, como sabía todo el mundo en Belfast, tenía contactos con mucha gente que podía realizar algo así. Y siguen teniéndolos.

De modo que, tal vez, Wally Simmons era un bastardo más listo de lo que él mismo creía. Su táctica le dio el resultado que él estaba buscando, porque mi resistencia se derrumbó. Pero no en la tarde del 2 de diciembre, como sostiene la policía. La primera de mis declaraciones autoincriminatorias la redacté el 3 de diciembre por la tarde. Y redacté otra el día siguiente. Cuando las firmé, pensaba que más tarde podría retractarme. Pensé que nunca podrían presentarse como una prueba bien fundada. No me di cuenta de que estaba renunciando a mi libertad durante los siguientes quince años.

11

DECLARACIONES Y RESPUESTAS

No sabía qué era lo que debía escribir, de modo que se lo pregunté a Jermey. Era como un niño hablando con su maestra de inglés. Jermey dijo que tenía que empezar por poner que estaba escribiendo esa declaración por mi propia voluntad y que había sido advertido de ello. Me indicó luego que describiera cómo llegué a Inglaterra, cómo conocí a Benny Hill y cómo me trasladé a Londres. Ya me traería después las declaraciones de Benny y me permitiría copiarlas.

Escribí tres o cuatro páginas de cosas sin importancia y pensé que debía incluir algunos detalles sobre explosivos, el IRA o armas. De modo que puse que Benny estaba muy comprometido en la lucha republicana y que la policía estaba vigilando a su familia en Londres. Añadí que el IRA buscaba a Benny para que hiciera un trabajo para ellos y que el capataz de Camden estaba implicado. Decidí escribir eso porque la obra de Arlington Road figuraba en la declaración de Benny, donde él decía que el IRA nos había proporcionado los puestos de trabajo. Benny declaraba también que habíamos almacenado explosivos en el almacén de cemento de la obra. El capataz era completamente inocente y jamás ha sido procesado por nada de lo que dijimos, pero el simple hecho de que yo repitiera su nombre debió de causarle un gran sufrimiento.

Después de escribir todo eso me quedé en blanco. Jermey me enseñó la declaración de Benny, en la que hablaba de las lecciones que habíamos recibido de una chica llamada Marion para fabricar explosivos. Me leyó algunos párrafos. Benny había escrito que las «lecciones» tuvieron lugar en un piso de Brixton, pero en su segunda declaración cambió la localización a un piso en Rondu Road, Kilburn. Comprendí que se refería a la casa de McGuinness, aunque no nombró a ninguno de los miembros del Memphis Belle que vivían allí. Escribí una versión del mismo suceso, pero añadí que, en aquel momento, me encontraba pasado de ácido y no sabía dónde me encontraba ni qué estaba pasando. Y afirmé que no conocía a esa chica.

Volví a quedarme atascado. Jermey dijo que debería describir los explosivos que había allí.

—Nunca he visto un explosivo en mi vida. No sé qué aspecto tienen.

—En su declaración, Hill dice que parecía azúcar moreno, pero no pongas azúcar. Va a parecer que os habéis puesto de acuerdo.

Así que lo cambié por arena. Escribí algo sobre una caja que contenía arena. También recordé que Benny había escrito algo acerca de unos relojes, de modo que puse que vi un reloj fijado a la caja.

Volví a quedarme en blanco. Jermey me dijo que escribiera cómo había seguido en el proyecto del atentado, y me inventé un cuento increíble acerca de que Benny me amenazaba con decirles a los «chicos» de Belfast que yo estaba metido en las drogas. Tenía miedo de que me liquidaran por estar enganchado a las drogas, y ésa fue la razón por la que acompañé a Benny y a Paddy Armstrong. Benny había escrito mucho sobre Paddy, de modo que pensé que era mejor que le incluyera en mi declaración. Afirmé que estuvimos dando vueltas con el coche y que Benny me dijo que fuese a un *pub* con una chica. Yo no la conocía. Escribí también que la chica llevaba un bolso, pero que yo ignoraba qué había en el interior, y que Benny me advirtió que no le contara a nadie dónde había estado y que yo le pregunté que por qué no.

En un par de ocasiones, mientras yo seguía escribiendo, Jermey salió de la habitación para buscar las declaraciones de Benny con el fin de que yo pudiese copiar algunos fragmentos. Cuando hube terminado dejé caer el bolígrafo. La historia que había inventado decía que sí, que fui en aquel coche a Guildford, entré en el *pub* con una chica a la que no conocía y nos marchamos, pero que nunca supe, nunca me di cuenta, de que se trataba de un atentado con explosivos. La declaración no pretendía ser convincente, pero, extrañamente, hubo un momento en que me vi a mí mismo en la escena que estaba describiendo. Cerré los ojos y me dije: ¡Dios mío, tal vez *estuve* allí! Recordé mi viaje con el ácido y cómo borré de mi mente la mayoría de las cosas que me habían sucedido. Así que, por un instante, tuve la horrible sensación de que quizá me encontraba bajo los efectos del ácido y fui a Guildford sin saberlo. Me sentía completamente exhausto y alucinaba con que las cosas que acababa de escribir eran ciertas. Luego, recobré el control, pero tal vez todo ello le dio a la declaración un barniz de autenticidad. En cualquier caso, los policías estaban encantados. Jermey tenía una expresión triunfante. Se marchó, hizo que le pasaran a máquina mi confesión y firmé todas las páginas y puse mis iniciales en cada uno de los errores de mecanografía corregidos. No volví a leer la declaración completa, pues me encontraba completamente agotado.

Me llevaron abajo de nuevo y me metieron en una celda.

En la celda de Godalming me permitieron conservar la ropa y los altos ventanucos tenían los cristales intactos. Por lo demás, era exactamente igual que la celda de Addlestone: una caja de cemento y vacía. Las paredes estaban pintadas del frío color azul de un moratón. El suelo era de cemento y la luz de la bombilla, enrejada, hacía daño a la vista. Jamás la apagaban. Pero al menos había un colchón sobre la plataforma de madera donde se suponía que debía dormir y a la que no podía darse el nombre de cama. El colchón no era gran cosa: una plancha de goma mugrienta de un par de centímetros de espesor. Estaba rajada y agujereada y olía a vómito, y no había nada con que cubrirme; pero era lo único blando de toda la celda.

Al principio resistí la tentación de tumbarme. Me senté en la plataforma y traté de reflexionar sobre mi situación. Tenía agarrotados los miembros y doloridas la nariz y las espinillas, me dolía la parte inferior de la espalda, alrededor de los riñones, y cualquier movimiento que hacía me producía agudos dolores. Me dolían también el estómago y los testículos y sentía que me latía la cabeza; no había una sola parte del cuerpo que no me doliese.

No podía concentrarme en lo que había hecho en la sala de interrogatorios, en la declaración que había firmado. Mientras redactaba mi declaración traté de convencerme a mí mismo de que ningún jurado podría condenarme por algo que no había hecho, por algo tan terrible como aquello. Incluso pensaba que las cosas no llegarían hasta ese punto, que la policía entraría en razón y me dejarían en libertad. Pero ya lo había olvidado todo y estaba totalmente confuso. Las últimas horas no existían, no eran importantes, no tenían ningún sentido. Habían dejado de golpearme y eso era lo único que importaba.

Sólo que incluso entonces, incluso después de haber cooperado, las tácticas de terror seguían funcionando.

De vez en cuando, el policía que hacía el turno de noche abría la mirilla de la celda. Si yo mostraba signos de estar dormido, comenzaba a aporrear la puerta de acero con su porra y se ponía a gritar como un energúmeno.

—¡Despierta, maldita sea! ¡Despierta! ¡No puedes dormir, jodido bastardo!

Tenía la sensación de que le hubiese gustado tener mi cabeza en la punta de su porra en lugar de la puerta.

Caminaba alrededor de la celda completamente desorientado, tanteando las paredes. Pensaba que la noche nunca acabaría. Ansiaba un poco de alivio, un cigarrillo, una manta para abrigarme, un vaso de agua. No me dieron nada.

Si había pensado que ya se sentirían satisfechos, pronto descubrí cuán equivocado estaba. A la mañana siguiente volvieron a llevarme arriba.

—Queremos algunas respuestas más.

—Ya he hecho una declaración. Escribí una declaración.

—No es suficiente. Queremos saber quién más participó en el atentado.

—Los nombres que les dio Benny y que yo también di. Miren, he escrito esa declaración, pero yo no cometí el atentado. No sé absolutamente nada.

Alzaron la vista hacia el techo.

—Haz el jodido favor de no empezar otra vez con eso.

El interrogatorio continuó durante toda la mañana y luego volvieron a encerrarme durante una hora aproximadamente.

En alguna otra parte de la misma comisaría, seguían interrogando a Benny y él continuaba firmando declaraciones. La noche anterior había redactado una cuarta confesión, pero la policía quería más nombres. Por la tarde, ésta fue la primera pregunta que me hicieron.

—¿Quiénes eran las mujeres, Conlon? ¿Quiénes eran ellas?

—Ya se lo he dicho. Marion era una de ellas.

—¿Quién era ella?

—No lo sé. No la conozco.

—Había otra mujer, una mujer mayor. ¿Quién era ella?

—No lo sé. Nunca la vi.

El interrogatorio continuó de la misma manera y en la misma sala de interrogatorios hasta que alguien llamó a la puerta y Grundy abandonó la habitación. Permaneció fuera unos quince minutos. Cuando regresó, a eso de las cuatro y media, me dijo:

—Conlon, tú sabes quiénes eran esas mujeres.

—No, no lo sé. Le digo la verdad.

—Estás mintiendo otra vez. Lo sabes muy bien.

—¿Y quiénes son?

—Hill nos lo ha contado todo. Ha hecho una declaración. Dice que tu tía Ann te enseñó a fabricar explosivos.

Al principio no pude creer lo que estaba oyendo.

—¿Mi tía Ann? ¿Annie? ¿Annie Maguire?

—Sí.

—Debe de estar de guasa. ¿Annie Maguire? Ella es más inglesa que irlandesa. Vota a los conservadores y habla con acento de Londres. Es una mujer respetuosa con la ley. Todo esto es jodidamente ridículo.

—Supongo que el señor Simmons estaría muy interesado en oír lo que acabas de decir, Conlon. El señor Simmons cree que Hill está diciendo la verdad. Y ya sabes cómo es el señor Simmons.

De modo que volvían a presionarme. Querían obtener otra declaración, querían que yo confirmara los nombres de las mujeres que Benny les había dado: mi tía Annie y la novia de Paddy. Cerré los ojos. Me habían privado de sueño, de comida, de cigarrillos. Me habían desnudado, insultado, golpeado y arrojado a una celda helada. Había soportado las palizas. Y ahora las vidas de mi madre y mi hermana estaban amenazadas. Me encontraba al límite de mis fuerzas, pero al final todo saldría bien. *Tenía* que salir bien.

Y accedí a hacer otra declaración.

Me dijeron claramente lo que querían que escribiese. La mujer que estaba en el piso era realmente Annie Maguire y ella fue quien nos enseñó a fabricar los explosivos. La chica que me acompañó al *pub* era Carole, la novia de Paddy Armstrong. Después sugirieron que escribiera otros detalles del atentado, como en qué lugar del *pub* me encontraba. A esas alturas yo accedía a escribir cualquier cosa que ellos me decían. Si me hubiesen pedido que escribiera los nombres de la Reina o del duque de Edimburgo o del mismísimo Papa de Roma, los hubiera escrito.

Fue una declaración mucho más breve que la anterior, pero cuando terminé todos se mostraron muy complacidos.

Justo antes de empezar a redactar esta declaración vi por primera vez a un hombre que después supe que era Peter Imbert, superintendente de la brigada antiterrorista. Pensé que probablemente pertenecía al Cuerpo Especial. No se presentó, entró silenciosamente en la habitación y se quedó unos diez minutos, mirándome fijamente. Mientras estuvo allí, Jermey y Grundy iniciaron otro tipo de preguntas; preguntas acerca de otros hombres del IRA en Inglaterra, preguntas acerca de explosivos y fábricas de explosivos. Yo no sabía nada de todo eso y así se lo dije.

Una vez que hube terminado la segunda declaración, me metieron nuevamente en la celda durante cuarenta y cinco minutos, aproximadamente, y luego volvieron a sacarme. Comenzaba a anochecer, pero yo había perdido prácticamente la noción del tiempo. Me dijeron que debía ver a alguien, un tío del Ejército, de unos veintipocos años. Se presentó como teniente de Inteligencia militar. Era formal, pero cortés. Me hizo un montón de preguntas acerca de mis amigos de Londres y la gente que solía frecuentar en Belfast. Me dio una lista de nombres y me preguntaba que si los conocía, a lo que yo respondía solamente sí o no. Todos los nombres que reconocí eran de Lower Falls, la mayoría de ellos de personas muy conocidas. Pero casi todos los nombres de la lista eran absolutamente desconocidos para mí. Desde aquel día, ese teniente desapareció del expediente de mi arresto. No estuve con él mucho tiempo —entre treinta minutos y una hora— antes de que me llevaran de nuevo a la celda. El teniente debió de ver el estado en que me encontraba y comprendió que no iba a serle de mucha ayuda. Para entonces los interrogatorios no significaban nada, el tiempo no significaba nada. Yo estaba completamente confundido a causa del agotamiento.

Pasé otra noche en la caja de cemento. Al día siguiente todavía no habían terminado conmigo. Me sacaron de la celda a las nueve y media de la mañana, me pusieron las esposas y me dijeron:

—Venga, iremos a dar un paseo por el campo.

Me cubrieron la cabeza con una manta y me llevaron fuera. Caminamos unos pasos y, un momento después, estaba dentro de un coche que partió a toda velocidad. Unos minutos más tarde me quitaron la manta de la cabeza. Seguramente había periodistas y gente de la televisión fuera de la comisaría, aunque no me dijeron nada de ellos. Se mostraban tensos y eficientes.

—Queremos que nos enseñes dónde preparaste los cxplosivos, Conlon.

Miré a mi alrededor. Estábamos en la campiña de Surrey y circulábamos por caminos rurales que nunca había visto. Observé que el conductor llevaba una pistola. Uno de los otros policías la señaló y se echó a reír.

—Reza tus oraciones, hijo.

Los otros también se echaron a reír. Era su idea de la diversión.

Ascendimos por un estrecho camino y el coche se detuvo junto a un monumento, una cruz de piedra que se alzaba en el borde de la hierba. Cuando me arrestaron, yo llevaba una cruz —una cruz celta— alrededor del cuello.

—Es igual que la que llevabas colgada de una cadena.

—Sí —dije—. Es una cruz celta.

—¿Es aquí entonces donde preparaste los explosivos?

Los miré. Tenían una expresión expectante en el rostro. Les dije lo que querían oír.

—Sí, es aquí.

Emprendimos el camino de regreso. Después de recorrer un par de kilómetros me dijeron:

—Echa un vistazo a tu alrededor, Conlon. ¿Reconoces alguna cosa, alguna señal que hayas visto antes?

—Miré hacia todas partes. Nada. En ninguna parte había nada que yo pudiera reconocer—. Por el amor de Dios, seguramente hay algo que puedas reconocer, porque éste es el camino que tomasteis para llegar a Guildford. Ésta es la ruta que seguisteis.

Para entonces yo aceptaba cualquier cosa que me dijeran, simplemente me dejaba llevar. Pasamos delante de un *pub* que tenía un cartel con un ancla o un barco encima de la puerta.

—Eso me resulta familiar —dije.

Pero no era verdad, lo hice sólo para complacerlos. Me llevaron de regreso a Godalming y me encerraron otra vez en la celda.

Una vez a solas fui capaz de comprender, quizá por primera vez, lo que estaba haciendo. Quería complacer a la policía para que no volvieran a pegarme, para que no me insultaran más, para que dejaran de abusar de mí. Realmente quería complacer a esos cabrones. Me encontraba en un terrible estado de confusión y pánico. Lloraba. Estaba destrozado moralmente y abatido. Y lo único que deseaba era complacer a esos policías, complacerles y quitármelos de encima.

12

ACUSADO DE ASESINATO

Creo que la policía de Surrey necesitaba creer que yo era culpable, y sin duda los estaban presionando para que consiguieran un resultado positivo. En Londres, la campaña de atentados con explosivos no cesó, y, mientras tanto, se habían producido dos atentados del IRA contra *pubs* de Birmingham, que se saldaron con veintiún muertos. La policía de Birmingham había practicado numerosos arrestos a las pocas horas de producirse las explosiones y, sin embargo, ahí estaba la policía de Surrey dando palos de ciego dos meses después del atentado de Guildford.

El Parlamento británico los había ayudado aprobando con carácter de urgencia la Ley de Prevención del Terrorismo tres días antes de que me arrestaran. Fue una medida originada en el pánico causado por los atentados de Birmingham y que permitía prolongar el tiempo que la policía podía retener a un sospechoso sin formular cargos contra él y sin permitir que tuviera acceso a un abogado o a un magistrado. Benny Hill fue el primer detenido al que se le aplicó esa ley. La nueva ley concedía a la policía hasta una semana para conseguir suficientes pruebas para acusar a alguien. Si hubiese estado en vigencia la antigua, que fijaba en dos días el tiempo máximo de detención sin pruebas, se habrían visto obligados a presentarme ante un tribunal el lunes anterior, después de lo cual mi historia hubiera sido muy diferente. En cambio, la policía tuvo todo el tiempo del mundo para aterrorizarme y presentar un caso que pudiera convencer a cualquier magistrado.

De modo que, la tarde siguiente a mi paseo por la campiña, volvieron a sacarme de la celda.

—Venga. Te llevaremos a Guildford, donde se presentarán los cargos contra ti.

Una vez en el coche, tenían una sorpresa para mí.

—Verás a un abogado. No digas una sola palabra sobre lo que ha ocurrido aquí. Cuando el abogado se marche volverás con nosotros, de modo que ya sabes lo que te espera.

En Guildford se repitió la rutina habitual. Me sacaron del coche con la manta en la cabeza, me hicieron bajar unas escaleras y me metieron en una celda. Media hora después me sacaron para llevarme a la sala de instrucción. A Grundy y a Jermey se unió un policía uniformado que parecía un oficial de alto rango, con un montón de insignias y galones y condecoraciones. Y, de pie detrás de ellos, con aspecto humilde, había un hombre joven, de unos veintitantos años y con el pelo rubio y fino. Llevaba una chaqueta demasiado pequeña para él —los puños estaban a mitad de camino de los codos— y una corbata verde y sostenía una carpeta de cartulina. Pensé que tenía un aspecto desaliñado, como algunos de los que veía en Kilburn, uno de los amigos de Carole y Paddy que ocupaban ilegalmente casas abandonadas.

—Aquí está tu abogado, Conlon. Puedes hablar unos minutos con él.

El joven se acercó, visiblemente nervioso.

—Hola, soy David Walsh, de Simon, Muirhead & Allen de Londres. Han contratado nuestros servicios en su nombre. —Miró al policía—. Por favor, ¿dónde podría hablar con mi cliente?

—Allí mismo, señor.

El policía señalaba una pequeña mesa en una esquina de la sala de instrucción. Fuimos hasta la mesa y David Walsh abrió su carpeta y sacó una pluma.

Yo, como es natural, no sabía absolutamente nada de él. No sabía cómo encajaba en todo esto, quién le había contratado, nada. Miré hacia los policías. Jermey y Grundy estaban juntos, escuchando todo lo que decíamos. Yo estaba medio histérico. Era mi primera oportunidad en cinco días de hablar con alguien que no fuese oficial de policía, y no sabía qué decir. Los policías se encontraban a menos de tres metros, observándonos. Fue una reunión muy breve, duró apenas unos minutos. Le dije a Walsh que había hecho una confesión falsa porque mi familia estaba amenazada, pero que yo era inocente. Me preguntó cómo me sentía, cómo me habían tratado, lo cual me daba la oportunidad de hablarle de las palizas. Pero Jermey y Grundy ya me habían advertido lo que me pasaría si me iba de la lengua, así que ¿cómo le iba a contar a mi abogado que me habían golpeado y humillado? De modo que traté de llamar la atención de Walsh, señalé hacia Jermey y Grundy y dije en voz muy baja:

—Esos dos policías han sido muy amables conmigo, no me han tirado del pelo, no me han pateado ni me han dado puñetazos por todo el cuerpo.

Pensé que eso le pondría en el buen camino. Pero en aquel momento entró Simmons en la habitación. Cuando le vi, no pude contenerme. Simmons era quien había amenazado a mi madre. Le señalé con el dedo.

—Pero *ese* policía no cree una sola palabra de lo que digo y he intentado decirles la verdad.

Todo quedó en silencio. Los oficiales de policía se acercaron a nosotros y eso fue todo. La reunión había terminado. El oficial uniformado leyó la acusación contra mí. Un único cargo por el asesinato de Caroline Slater en el *pub* Horse and Groom, de Guildford, el 5 de octubre.

—Soy inocente —me limité a decir.

Antes de marcharse, David Walsh recordó un par de cosas que tenía que decirme. Primero, que sólo estaría detenido una noche más y después me llevarían a juicio. Y lo segundo que me dijo, con su voz tímida, fue:

—Debería saber que ya no pueden seguir interrogándole. No tiene que decirles nada más.

Luego, se marchó.

Recuerdo que la puerta se cerró tras él, una sólida puerta de madera dura con un tirador de bronce. Yo sabía que había ido demasiado lejos al decir aquello sobre Simmons y que tras cerrarse la puerta volvía a estar a merced de la policía. Grundy y Jermey se abalanzaron sobre mí como dos leones.

—¿Qué le dijiste? ¿*Qué* le dijiste a ese hombre?

Me sujetaron los brazos detrás de la espalda de modo que todo mi cuerpo quedó arqueado hacia atrás. Me empujaron hacia el corredor y pasamos delante de algunas celdas mientras me llamaban las cosas más repugnantes que se les ocurrían y levantaban mis muñecas a la altura de la nuca. La mirilla de la puerta de una de las celdas estaba abierta y la persona que estaba adentro se acercó a ella.

—¡Eh! —gritó.

Me las ingenié para echar un vistazo al hombre. Me llevaban medio en volandas, de otro modo me hubiese caído al suelo de la sorpresa. El que estaba gritando era mi tío Hughie.

—¡Eh! ¡Dejad al chico en paz!

Pero no se detuvieron y continuaron arrastrándome por el corredor mientras uno de ellos le gritaba a Hughie.

—¡Mete la cabeza en la celda!

Intenté volverme para mirarle otra vez, pero no pude hacerlo.

—¡Es mi tío y tiene una pierna muy enferma! —chillé—. ¡Debería estar en su casa!

Llegamos al final del corredor, donde había una habitación pequeña y similar a una celda de una prisión norteamericana, con rejas de acero en lugar de puerta. Las rejas estaban pintadas de azul claro. Aparentemente la utilizaban para guardar los colchones. Alcancé a ver dos o tres apilados contra la pared. Hicieron que me girara y comenzaron a empujarme contra la pared.

—¡Te advertimos que no le dijeras nada a ese abogado! ¡Te dijimos que mantuvieras cerrada tu jodida boca!

Mi cabeza caía hacia atrás, golpeando la pared.

—El hecho de que haya comenzado la instrucción del caso no supone ninguna diferencia, Conlon. Todavía estás bajo arresto, ¿lo has entendido?

Después me cogieron entre los dos y me arrastraron nuevamente a través del corredor. La puerta de la celda de Hughie estaba cerrada. Pasamos delante de ella, subimos un tramo de escaleras y recorrimos otro corredor. A lo largo de él había salas de entrevistas.

—Te llevamos a ver a tu tía Annie Maguire. Le dirás lo que nos has dicho a nosotros.

—¿Qué?

—Que ella cometió el atentado contigo.

—Pero ella no tuvo nada que ver con el atentado.

Traté de apartarme, cuando abrieron una de las puertas, para impedir que me metieran dentro de la habitación. Pero me cogieron del pelo, uno a cada lado, y me empujaron a través de la puerta abierta.

Mi tía Annie estaba sentada junto a una mesa. Parecía encontrarse totalmente conmocionada. La acompañaban dos policías, un hombre y una mujer. Annie y yo nos estábamos mirando cuando entró Simmons y se rompió el silencio.

Incluso hoy, Annie y yo recordamos aquel momento de un modo diferente. Sé que yo seguía llorando, no podía parar. Sé que dije:

—Lo siento, lo siento.

Volvieron a cogerme del pelo y me llevaron nuevamente al corredor. La puerta se cerró con estrépito detrás de nosotros y me golpearon varias veces con el dorso de la mano.

—¿Por qué no le dijiste que había sido ella quien cometió el atentado?

Me sentía confuso y profundamente abatido. Había confesado ser el responsable de algo que no había hecho y ahora dos miembros inocentes de mi familia estaban detenidos. Mientras me llevaban a través del corredor y me metían en el coche para regresar a Godalming, iba como un sonámbulo.

Yo lo ignoraba, pero los abusos contra mi familia habían comenzado hacía una semana, antes incluso de que me arrestasen. Detuvieron a más de cuarenta personas para interrogarlas en varias comisarías de policía. Benny mencionó los nombres de Hugh y Kate Maguire en su primera declaración. Me sentí horrorizado cuando vi a mi tío Hughie metido en una celda; es un hombre encantador, y la idea de que estuviera sufriendo por mi culpa era difícil de soportar.

El piso de Hughie y Kate había sido registrado en la madrugada del sábado, una hora antes de que la Real Policía del Ulster me detuviera. Varios policías armados llegaron con perros, destrozaron el piso y se llevaron a Kate y a Maureen, su sobrina, a la comisaría. Luego, se llevaron a Hughie a otra comisaría. Acabó en una celda en Guildford, sin ni siquiera un camastro durante las tres primeras noches, sin vendaje para su pierna ulcerada, sin la asistencia de un médico cuando pidió ver a uno. Simplemente, le abandonaron en la celda. En realidad no estaban interesados en él, pues seguramente sabían que Hughie no tenía nada que ver con el atentado de Guildford. Le interrogaron sólo una vez, aunque le aplicaron la nueva ley para mantenerle confinado en solitario durante una semana. Al séptimo día su pierna ulcerada apestaba.

Muchos años después supe que a Kate la habían tratado de la misma manera, o incluso peor. Hughie preguntó por mi tía tan pronto como llegó a Guildford, y le mintieron, le dijeron que Kate había regresado a su casa. En realidad —yo lo ignoraba— la retuvieron en el mismo lugar donde yo estaba, en Godalming. En aquellos días tuvo el periodo y no le dieron absolutamente nada para que pudiera limpiarse. Tuvo que lavar las bragas en el retrete y permaneció descalza todo el tiempo. La interrogaron violentamente, queriendo saber si ella había cometido el atentado de Guildford, y le preguntaron que qué sabía de explosivos y del IRA, cosas de las que ella no sabía absolutamente nada, de las que nunca hubiese podido saber nada, como debió de resultar obvio después de los primeros diez minutos.

Kate sufrió mucho durante la detención y los interrogatorios. Cuando, hacia finales de semana, le permitieron regresar a su casa sin cargos —y sin ninguna disculpa— se hallaba en un estado lamentable. Desde aquellos siete días que pasó en la comisaría, mi tía no ha sido capaz de comer ningún alimento sólido y subsiste gracias a una dieta de papilla y leche, incluso quince años más tarde. Después de quedar en libertad intentó suicidarse, a causa de los malos tratos recibidos. Solía ser una mujer muy jovial y animada; ahora le tiene terror a la policía.

En aquellos días yo no sabía nada de lo que estaba pasando. Era como un zombi, me encontraba exhausto y, sin embargo, tenía miedo de dormir. No creía que pudiese dormir hasta no haberme librado de esos policías, pues pensaba que podían entrar en cualquier momento en mi celda y matarme. Toda capacidad de razonar con lógica había desaparecido.

A la mañana siguiente, cuando vinieron a buscarme, la atmósfera había cambiado ligeramente. Me ofrecieron comida por primera vez, un bocadillo de tocino grasiento. Miré el bocadillo con indiferencia y pedí un vaso de agua y uno de mis cigarrillos. Me dieron ambas cosas.

Esa mañana debía presentarme ante el tribunal y la abrumadora atmósfera de hostilidad, que para entonces ya había aprendido a esperar con resignación, comenzaba a disiparse. En aquel lugar aún existían vibraciones de odio hacia mí. Las miradas de desprecio seguían rodeándome, igual que los policías fuertemente armados. Pero iríamos al tribunal y luego, sin duda, me enviarían a una de las prisiones. La policía ya había conseguido de mí todo lo que necesitaba, y ellos lo sabían. Me habían exprimido hasta dejarme seco.

De modo que, nuevamente con la cabeza cubierta con una manta, me metieron en un coche y el convoy partió en dirección a Guildford. A pesar de la distancia alcancé a oír los gritos que profería la multitud. En ningún momento pude verlos, ya que iba cubierto con la manta cuando el coche redujo la velocidad, pero tuve la impresión de que la mayoría eran mujeres, exteriorizando su odio.

—¡Ahorcad al bastardo! ¡Colgadle!

Se oían golpes en el techo del coche y voces cada vez más cerca, junto a la ventanilla, pidiendo mi sangre. Entonces alguien tiró de mis esposas, me ajustaron la manta sobre la cabeza y oí decir:

—Sigue mirando hacia abajo. Mira al suelo o rodarás por las escaleras.

Un minuto más tarde estábamos fuera del coche y dentro del juzgado.

No recuerdo mucho de lo que se dijo. El magistrado estaba allí, y vi a David Walsh y a alguien de la oficina del fiscal. Tuve la sensación de que todo el mundo me miraba con hostilidad: periodistas, abogados, funcionarios del juzgado, policías. Todos querían creer que nosotros éramos los que habíamos puesto la bomba, los terroristas perversos y crueles retratados en la prensa sensacionalista; y lo creían. El tribunal era un circo de odio y Benny y yo figurábamos como las atracciones principales.

Colocaron a Benny junto a mí en el banquillo. Le miré con expresión vacía, como si ya no estuviese seguro de quién era él, como si no supiera qué decirle, aun cuando tuviese posibilidad de hacerlo. Yo lloraba. Ya no éramos Gerry y Benny, sino Gerard Patrick Conlon y Paul Michael Hill, los supuestos terroristas.

Benny estaba muy serio, pero me guiñó un ojo y dijo en voz apenas audible:

—Todo saldrá bien.

Yo no era capaz de imaginar cómo.

El magistrado dijo que nos encarcelarían durante una semana, y yo escuché esas palabras con increíble alivio. Estaba fuera del alcance de la policía.

De modo que todo el proceso anterior se desarrolló a la inversa, con las esposas, la manta, los gritos y los insultos alrededor del coche y el coche alejándose a toda velocidad y las voces apagándose detrás de nosotros. Me llevaban a la prisión de Winchester.

Después de viajar unos cuarenta minutos, el coche redujo la velocidad hasta casi detenerse y luego volvió a acelerar. Un momento después oí que unas puertas se cerraban detrás de nosotros. Cuando el coche finalmente se detuvo escuché una voz que gritaba:

—¡Ya han llegado!

Cuando bajamos del coche no comprendía por qué seguía con la cabeza cubierta con la manta, ya que debíamos de estar dentro de los muros de la prisión. Pero me di cuenta de que era para que los presos, que atisbaban por las ventanas de sus celdas, no pudieran reconocer a los terroristas de Guildford. Me hicieron subir por una escalera hasta llegar a lo que supuse que era el área de recepción. Una vez allí me quitaron la manta de la cabeza. Paul Hill había llegado en el mismo convoy y, al igual que yo, parpadeaba y miraba a su alrededor.

Un grupo numeroso de guardias nos miraba, veinte pares de ojos que nos observaban con furia. Los policías nos quitaron las esposas.

—Aquí los tenéis, muchachos. Para vosotros.

Antes de marcharse no nos dijeron nada, lo cual me pareció de perlas; sólo adiós cuando se fueron.

13

EN PRISIÓN A LA ESPERA DE JUICIO

A Paul y a mí nos encierran en dos pequeños cubículos justo al lado del área de recepción y, mientras estoy de pie en ese diminuto espacio, el alivio que sentía por la marcha de la policía se evapora. Pienso en que no tengo la más remota idea de cómo puede ser la vida en la prisión. Hace sólo una semana yo era un hombre libre que sólo pensaba en apostar y emborracharme, y ahora soy un preso. ¿Cómo me tratarán? ¿Con quién compartiré la celda? ¿Cómo sobreviviré?

Oigo que a Paul le sacan de su cubículo y le llevan a corta distancia de allí. Puedo oír su voz y la agresividad de los guardias cuando comienzan a tomarle los datos. Espero sentado a que llegue mi turno.

Me sacan del cubículo y me llevan hasta una mesa.

—Quítate la ropa.

Por un momento pienso en Addlestone y me desnudo rápidamente. Mientras estoy allí de pie, el guardia comienza a cumplimentar un formulario.

—¿Nombre? ¿Fecha de nacimiento? ¿Domicilio? ¿Ocupación? ¿Religión? ¿Parientes más próximos? ¿Dieta?

Esta última pregunta me deja perplejo. La única dieta de la que he oído hablar es la de la gente que quiere perder peso.

—No sigo ninguna dieta.

El tío me mira.

—¿Te estás quedando conmigo?

—No, no sigo ninguna dieta especial. No sé de qué está hablando.

—Significa qué clase de comida comes habitualmente.

Me encojo de hombros.

—No lo sé. Comida normal.

El guardia mira a su compañero.

—Por Dios Todopoderoso, ¿nos han traído a un gilipollas, o qué?

Luego, proceden a clasificar mis ropas, me miden, me pesan y me toman las huellas dactilares. Sigo desnudo, y los guardias continúan allí, mirándome con evidente hostilidad. Después de unos veinte minutos me arrojan un par de calzoncillos que debieron usarse en la final de la Copa de 1924. Me los pongo y me caen hasta la altura de las rodillas. Me pongo una camisa dos tallas más grande y un par de calcetines de lana tan encogidos que apenas me cubren los tobillos. Luego, unos pantalones marrones con una cinta amarilla a los lados. Todos los presos de primer grado llevan esa cinta al costado de los pantalones para poder identificarlos en todo momento, así como una chaqueta a juego y un par de alpargatas mocasines. Permanezco allí, vestido y sintiéndome completamente ridículo, como un mono amaestrado.

Traen un bulto informe de mantas que deduzco que es la ropa de cama. Me lo dan de mala manera y añaden un orinal, una jarra grande, una cuchara, un tenedor y un cuenco. Ahora estoy cargado de cosas.

El guardia de la recepción firma el formulario y lo arranca del cuaderno.

—Y ahora desaparece de mi vista.

Cuatro guardias me llevaron a través de un largo corredor. Cualquier ilusión que pudiera haber tenido sobre que estaría más seguro allí que con la policía había desaparecido. Los guardias se volvían para mirarme y podía sentir clavada en la nuca la mirada de los dos que marchaban detrás de mí. Ninguno de ellos me dirigió la palabra, pero me sentía terriblemente pequeño y asustado en aquel inmenso y lóbrego lugar.

Los guardias abrieron una puerta y entramos en la zona principal de la prisión, donde se encontraban los pabellones. Y los presos se arremolinaban en los rellanos de las escaleras y nos miraban desde las galerías. Seguramente sentían curiosidad por mí, ya que me acompañaban cuatro guardias. Atravesamos ese pabellón y entramos en el siguiente. Había un gran cuadrado negro con una letra ce amarilla pintada en el centro.

Atravesamos el Pabellón C, bajamos por un pequeño tramo de escaleras y llegamos a una zona donde había unas pocas celdas. Paul había llegado un poco antes que yo. Nos esperaban otros cuatro guardias.

Empujaron a Paul al interior de una de las celdas, y a mí me metieron en otra tres puertas más allá. Dejé las cosas que llevaba y permanecí de pie, mientras los guardias seguían vigilándome. De algún sitio próximo a la celda de Paul alguien gritó:

—¡Coge agua!

Escuché que corría el agua de un grifo, ruidos de pasos y una puerta que se cerraba con estrépito. Luego, escuché la misma voz fuera de mi celda.

—¡Tú! ¡Coge agua!

Dudé un momento sin saber cómo obedecer esa orden. Entonces vi la jarra blanca de plástico y la cogí. Salí de la celda y vi una especie de nicho en mitad de la pared opuesta a las doce celdas. Llené la jarra debajo del grifo y regresé a mi celda. La puerta se cerró con violencia detrás de mí.

Por la forma en que los guardias me habían mirado,

yo estaba seguro de que regresarían para golpearme. Era lo único que se me ocurría después de haber visto sus miradas de odio; no sabía que ésa era la manera en que siempre miran a los presos. De modo que dispuse las mantas sobre la cama, cogí la silla de madera, la llevé a un rincón y me senté con la espalda dando a la pared. La ventana quedaba arriba detrás de mí y la puerta de la celda estaba en la pared opuesta. Esperé.

Yo aún no lo sabía, pero me encontraba en el bloque de castigo, encerrado en una celda de ocho metros cuadrados que apestaba a orines y a sudor rancio. Las paredes, el techo y el suelo estaban muy sucios, y sólo había una silla, una mesa de madera y una cama baja, a pocos centímetros del suelo y sin colchón.

Pasaron unos minutos y no sucedió nada. Me subí a la silla y eché un vistazo por la ventana. Sólo podía ver una valla metálica coronada de alambre de espino. Reuní el poco coraje que aún tenía y grité a través de la ventana.

—¡Benny! ¡Benny!

Escuché su voz, que me contestaba.

—¿Gerry?

—Sí, soy yo. ¿Qué es lo que pasa? ¿Cómo coño hemos llegado aquí? ¿Qué pasó?

—Ahora no. Te lo diré cuando salgamos a hacer ejercicio.

Tuve que conformarme con eso. Al menos había oído una voz que no era hostil.

Llegó la hora de la comida. Los guardias vinieron y abrieron la puerta. Saqué mi plato y me sirvieron una especie de papilla hecha con picadillo de carne, una papilla de color marrón grisáceo. La miré sin nada de hambre. Pensé que podía contener veneno, escupitajos de los guardias, cualquier cosa. Tenía un olor absolutamente repugnante. Pero también me habían dado un trozo de pan, que devoré en pocos segundos. Dejé el resto, extendí la ropa de cama donde debía haber estado el colchón y me acosté. Hacía varios días que había superado el límite del agotamiento y me comportaba de un modo estúpido y automático. Pero cerré los ojos y me dormí.

Los guardias debieron de regresar sigilosamente, después de comer ellos, para espiarme a través de la mirilla. Ni siquiera les oí cuando abrieron la puerta, pero de pronto sentí que alguien me pateaba las suelas de los zapatos.

—¡Levántate! ¡Levántate, bastardo!

Miré con la vista nublada a los dos guardias que estaban de pie junto a mí.

—No se puede dormir durante el día. No está permitido. La cama sólo debe usarse por la noche.

—Está bien.

Recogí la ropa de cama y me levanté.

—Muy bien, basura fuera.

—¿Qué?

—Basura fuera.

—¿Qué es eso?

Los dos se miraron con esa mirada de desprecio y repugnancia, como si dijeran: ¡Dios, qué gilipollas!

—Saca tu bandeja, tira lo que no has comido en ese cubo de basura y lava el cuchillo y el tenedor.

No había usado el cuchillo y tampoco el tenedor, así que me limité a vaciar el plato.

—¿Puedo ir al retrete?

—No. Vuelve a la celda.

Una vez dentro oí que repetían la operación con Paul Hill, de modo que esperé a que cerraran la puerta y volví a subirme a la silla.

—¡Eh, Benny! ¡Soy yo! Me estoy volviendo loco en este lugar. Pronto mataré a alguno de esos bastardos.

La voz de Paul llegó desde tres ventanas más allá de la mía.

—Tómatelo con calma. No hagas caso de sus provocaciones.

—Dios, no me importa que me provoquen. ¿Qué estamos haciendo aquí? Dime qué fue lo que pasó.

—Te lo diré cuando salgamos a hacer ejercicio. No es bueno hablar por la ventana, nunca sabes quién puede estar escuchando.

De pronto, la puerta de mi celda se abrió violentamente. Me volví. El guardia gritaba como un condenado.

—¡No se puede hablar por la ventana! ¡No se puede pisar la silla! ¡Si vuelvo a sorprenderte en la ventana haré que se lleven la silla y la mesa! ¿Entendido?

Aquel día lo peor fue el silencio. Lo rompí caminando arriba y abajo de la celda, recorriendo mi jaula con un montón de pensamientos dándome vueltas en la cabeza. Me habían acusado de asesinato. ¿Qué pensaría mi madre? ¿Y mi padre? ¿Qué estarían diciendo de mí en mi casa? ¿Pensarían que era culpable o inocente? Estaba rodeado por un muro de silencio.

A eso de las tres de la tarde el silencio fue roto por unos ruidos en el exterior de la celda y, a pesar de la advertencia del guardia, no pude contenerme. Me subí silenciosamente en la silla y me asomé por la ventana. Pude ver que la zona que se extendía debajo de las celdas era un patio de ejercicios y que estaba lleno de presos —aproximadamente dos centenares— que caminaban formando un círculo dentro de esa jaula de alambre. Me quedé mirando la escena absolutamente fascinado, pensando que pronto yo también estaría allí. Caminaban en grupos reducidos y dejé pasar el tiempo tratando de imaginarme entre ellos, tratando de adivinar en qué pabellones estarían y con quiénes acabaría entablando conversación.

Me llevó un rato darme cuenta de que podía oír lo que decían algunos, aquellos que pasaban más cerca de mi ventana: fragmentos de conversación; en su mayor parte, cosas que no entendía porque había mucha jerga de la prisión en lo que decían, palabras que para mí tenían tanto sentido como un idioma extranjero. Pero de pronto una conversación llegó claramente a mis oídos, algo que me produjo un escalofrío. ¡Estaban hablando de mí!

—¿Has oído lo que dicen? Han traído a algunos de los terroristas.

—Sí, llegaron esta mañana.

Hablaban de mí como de un terrorista, un asesino. Bajé de la silla, me senté y apoyé la cabeza encima de la mesa. Comprendí de inmediato cómo iban a considerarme en esa prisión. La policía me había condenado, los guardias me habían condenado, y ahora me enteraba de que los presos también me habían condenado. Para ellos era un terrorista, un asesino. Esa misma noche, todos mis amigos saldrían de copas, probablemente buscando ligar con alguna chica, seguirían con su vida normal, haciendo lo que yo debería estar haciendo. Pero, en cambio, me encontraba encerrado en aquella asquerosa celda, rodeado de odio. Ese pensamiento hizo que me compadeciera de mí mismo y empecé a llorar. Lloré hasta quedarme dormido con la cabeza apoyada en la mesa.

Escuché un ruido muy fuerte y, al despertarme, vi que la puerta de la celda estaba abierta. Me levanté de un salto. El guardia me miraba con cara de pocos amigos.

—Vamos. Es la hora del té.

Esos hombres me aterrorizaban, parecían muy poderosos y malvados. Sentía tanto pánico que ni siquiera me atrevía a hablar, y me limité a hacer lo que me decían.

Salí fuera de la celda y eché un vistazo a la comida. Parecía ser pescado hervido con patatas. También había un pequeño pastel de aspecto extraño, tres rebanadas de pan y un poco de margarina. Tenía un vacío en el estómago y, por primera vez toda la semana, comencé a sentir hambre. Llevé la bandeja al interior de la celda y me lo comí todo, salvo el pescado. No me fiaba demasiado.

Después del té volví a dar vueltas por la celda y descubrí entonces los nombres escritos en las paredes. Una de las razones por las que las celdas estaban tan mugrientas era porque las paredes se hallaban cubiertas de inscripciones, nombre tras nombre de las distintas generaciones de presos que habían ocupado la celda antes que yo, hasta tan arriba como alcanzaba la mano. Me encontré tratando de leer todos los nombres, revisando la pared hasta en los rincones más oscuros, cualquier cosa con tal de mantener la mente ocupada.

Tuve que sacar los restos de la comida y recoger un colchón. Estaba realmente inmundo. Tenía manchas de orín, de vómito y de sangre, semen seco y mocos. Tal vez lo hubieran sacudido para limpiarlo un poco, pero era evidente que hacía años que no lo lavaban. Le di la vuelta y el otro lado estaba exactamente igual.

Cinco minutos después, un guardia abrió la puerta y me arrojó una almohada que me dio de lleno en la cabeza. Estaba igual que el colchón, cubierta de mocos y de vómito. Di gracias a Dios porque tenía una funda de almohada entre las cosas que me habían dado al llegar.

Hice la cama, deseando acostarme en ese mismo instante, pues estaba totalmente agotado. Pero me quedé petrificado, tan aterrorizado de que no fuese la hora correcta que me quedé sentado en la cama mirando al cielo oscuro. Me pregunté qué podría ver desde la ventana, de modo que me subí en la silla y conseguí ver la hilera de luces en lo alto del techo opuesto y, debajo, el patio de ejercicios vallado. Estaba contemplando la noche cuando oí la voz de Paul, que me llamaba suavemente.

—¡Gerry! ¿Estás en la ventana?

—Sí.

—No te preocupes. Todo saldrá bien. Te veré mañana.

Bajé de la silla y volví a pasearme por la diminuta

celda, leyendo las inscripciones de la pared, hasta que se abrió la puerta y me encontré con un preso que llevaba un gran recipiente con té.

—¿Té? ¿Quieres un poco de té? —dijo el guardia detrás de él.

—No. ¿Pero puedo ir a buscar un poco de agua?

El guardia dudó un momento y dijo:

—Por supuesto que puedes ir a buscar un poco de agua. Mañana por la mañana.

Cerró de golpe la puerta en mis narices.

Unos minutos más tarde la luz se apagó. Me quedé inmóvil, sintiéndome extraño e incapaz de comprender por qué. La oscuridad me hacía bien, era reconfortante. Entonces recordé que llevaba una semana sin estar a oscuras. Me desnudé y me metí en la cama.

Dormí profundamente toda la noche y no tuve sueños. No me desperté hasta que se encendió la luz y los guardias aporrearon la puerta, gritando:

—¡Venga, arriba, arriba!

Había amanecido, pero aún estaba oscuro. No sabía qué hora era. Cuando apoyé los pies en el suelo estaba tan frío que me puse los calcetines primero y luego el resto de mi indumentaria dos tallas más grande. Se abrió la puerta y un guardia se quedó mirándome.

—Basura fuera.

No reaccioné. Pensaba que eso se hacía después de comer, pero aún no había desayunado. El guardia miró el orinal.

—Venga, basura *fuera*.

Cogí el orinal, lo llevé fuera y lo vacié. Luego, tomé la bandeja con el desayuno y, antes de entrar en la celda, reuní el coraje suficiente para preguntar:

—¿Saldremos al patio a hacer ejercicio hoy?

—Eh, señor, llámame señor. Cuando hables con un funcionario de la prisión has de decir siempre señor.

Cerró violentamente la puerta y yo cogí mi jarra de plástico, vertí un poco de agua en el cuenco y me lavé la cara. No utilicé el jabón White Windsor porque olía a rayos. Comí un trozo de tostada fría, un par de rebanadas de pan y bebí un poco de agua. Se abrió la puerta.

—Basura fuera.

Llevé la bandeja fuera de la celda.

—¿Cuándo haremos ejercicio?

El guardia que estaba más cerca se volvió, me cogió de la camisa y acercó mi cara hasta casi tocar la suya.

—Ya te lo hemos advertido antes, bastardo irlandés. Cuando te dirijas a nosotros debes llamarnos señor.

Me gritaba a pocos centímetros de la cara, rociándome con su saliva. Me arrastró hasta mi celda y me arrojó dentro. No sé qué sucedió en la hora y media siguiente. El tiempo simplemente pasaba y en el exterior había cada vez más actividad, que llegó a su punto culminante cuando la puerta de mi celda volvió a abrirse.

—Ponte de pie ante el director de la prisión, Conlon. Nombre y número.

No sabía que tuviese ningún número, de modo que dije:

—Mi nombre es Gerry Conlon y no debería estar aquí. No he cometido ningún delito.

El director caminaba a mi alrededor escoltado por un guardia uniformado de alta graduación.

—Bien, eso es lo que oímos siempre, Conlon, continuamente. ¿Cómo le han tratado? ¿Alguna queja?

—No lo sé, no tengo nada a qué atenerme, ¿no le parece, señor director? He preguntado que si podía hacer ejercicio y cada vez que lo pregunto estos dos no hacen más que gritarme.

El director se volvió hacia ellos.

—Encargaos de que haga ejercicio.

Pero yo aún no había terminado. Se me ocurrió otra cosa.

—¿Qué posibilidades hay de que recupere mi ropa?

El director alzó una ceja.

—¿Tiene su propia ropa?

—Sí, pero me la quitaron al llegar aquí y me dieron ésta.

—Lo investigaré.

Se marchó y la puerta volvió a cerrarse.

La comida se servía a las once en ese pabellón, y cuando la trajeron descubrí que estaba muerto de hambre. Me lo comí todo: un tazón de sopa, un trozo de carne de ave y un pastel cubierto con natillas. Me apoyé en la pared, sintiendo que recobraba las fuerzas. Pero entonces se presentó un nuevo problema. Necesitaba ir al retrete. Miré el orinal; pero no, rechacé la idea y, en ese momento, tomé una decisión, que mantuve sin romperla una sola vez: nunca usaría el orinal para cagar. Era una cuestión de dignidad y de respeto por mí mismo, una línea que nunca cruzaría.

De modo que traté de distraerme paseando arriba y abajo de la celda, deseando que se abriera la puerta para sacar los restos de la comida y poder ir al retrete. Finalmente, oí que se acercaban. Pero, en lugar de abrir primero mi celda, continuaron hasta la de Hill. Oí las voces:

—Basura fuera.

Y luego:

—Muy bien, Hill. Ejercicio. Ponte la chaqueta.

Los guardias abrieron y cerraron varias puertas y volvió a reinar el silencio. ¿Cuándo vendrían a mi celda?

Por último, mi puerta se abrió.

—Basura fuera.

Salí disparado, como si fuese un galgo. Dejé los trastos sucios encima de una pequeña mesa que había junto al cubo de la basura y me metí en el retrete. Treinta segundos después, entró uno de los guardias.

—¿Quién te ha dado permiso para entrar en el retrete?

—Nadie, pero tenía que hacerlo.

—¿Para qué coño crees que tienes ese orinal en tu celda, Conlon? Es para que mees y cagues en él.

—Sólo quería usar el retrete.

—Bien, la próxima vez usa el orinal.

Cuando salí del retrete traté de prolongar el tiempo fuera de la celda lavando una y otra vez los cacharros de la comida, hasta que empecé a temer que los guardias se dieran cuenta y me amonestaran. Cuando regresaba a mi celda, lo más lentamente que podía, volví a preguntar:

—¿Podré hacer ejercicio?

—¿Cuántas veces hay que decirte las cosas, bastardo irlandés? Cuando hables con nosotros, di *señor*. Y no, aún no vas a hacer ejercicio.

—Pero Paul Hill lo está haciendo.

—Sabemos que él está haciendo el puñetero ejercicio, porque nosotros le hemos llevado para que lo hiciera. Tú lo harás cuando él haya terminado.

Me hizo entrar en la celda y cerró la puerta.

Fui directamente a la ventana y miré hacia fuera. Allí estaba, solo y dando vueltas alrededor del patio. Le tenía dentro de mi campo visual durante unos veinte metros y luego desaparecía de mi vista durante un trecho similar. Cuando pasó cerca de mi ventana, traté de llamar su atención.

—¡Psst!

No me oyó y siguió caminando. En el patio había con él dos guardias, apoyados contra la valla metálica, y más guardias patrullando por el perímetro exterior con perros alsacianos. Paul volvió a pasar cerca de mi ventana.

—¡Psst!

Alzó la vista y vio mi cara en la ventana. Le saludé con la mano.

—¡Eh!

Paul movió apenas la cabeza y siguió caminando.

Luego, volvieron a encerrarle en la celda. Me puse la chaqueta y me senté a esperar. Ansiaba salir al patio, como un niño que espera a la hora del recreo. Pasaron diez minutos, quince, y no ocurrió nada. Pensé que tal vez debía llamarlos y recordarles que me sacaran al patio. Había un botón que hacía sonar un timbre en la oficina de los guardias y dejaba abierta la mirilla que había en la parte exterior de la puerta. Varias veces mi dedo estuvo a punto de pulsar el botón, y otras tantas me falló el coraje. Entonces, después de que hubiese transcurrido media hora, ya no pude seguir esperando y lo pulsé. Oí que la mirilla se abría. Esperé.

Pasaron cinco minutos y oí unos pasos. El guardia pasó por delante de mi celda y cerró la mirilla. Pasaron otros cinco minutos y reuní el valor suficiente para volver a oprimir el timbre. El guardia se acercó lentamente a mi celda y, en esa ocasión, me habló.

—¿Qué quieres?

—Hacer ejercicio. Me dijeron que saldría al patio a hacer ejercicio.

—No, hoy no.

—¿Por qué no? Paul Hill ha salido al patio. ¿Por qué no puedo salir yo también?

—El tiempo es inclemente.

Me quedé desconcertado. No sabía a qué se refería. Era la primera vez que escuchaba la palabra inclemente.

—Lo siento, ¿qué significa eso que ha dicho?

—Que está lloviendo. De modo que, mala suerte, hoy no harás ejercicio.

Fui a la ventana y miré afuera. No llovía.

A la hora del té me trajeron ensalada con queso, pero no probé bocado. La desesperación y la tensión me habían quitado las ganas de comer, y sólo pude tomar un trozo de pan y un vaso de agua. Temía lo que pudieran decirme y hacerme cuando abrieran la puerta para que lavara los cacharros.

Finalmente la puerta se abrió.

—Basura fuera.

Me encontré frente a un guardia completamente desconocido. El turno había cambiado.

Me dirigí nerviosamente al fregadero, consciente de que uno de los guardias nuevos no apartaba su mirada de mí. Entonces, de forma totalmente inesperada, me preguntó:

—¿Quieres ducharte?

Me quedé perplejo; realmente era lo último que podía imaginarme.

—Sí, por favor.

—Bien, acaba de lavar esos cacharros, busca el jabón y la toalla y ve a la ducha.

Lo hice rápidamente, antes de que cambiara de idea. El agua estaba caliente y aunque el jabón apestaba era mucho mejor que la suciedad acumulada durante ocho días. Salí de la ducha con la confianza renovada.

—¿Hay alguna posibilidad de recuperar los cigarrillos que dejé en recepción? Me los quitaron cuando llegué.

—Lo siento —dijo el guardia que me había llevado a la ducha—. No puedo hacer nada con respecto a eso, pero recibirás tu paga por la mañana. Toma un cigarrillo.

Y me encerró de nuevo en la celda.

Una vez que se cerró la puerta me quedé atónito. Era como si se hubiese producido un milagro. Alguien había sido amable conmigo, la primera muestra de amabilidad que veía desde el momento en que me detuvieron. Y venía de un guardia. Sólo había un problema, que no tenía fuego para encender el cigarrillo. Me daba tanto miedo volver a apretar el timbre que me quedé sentado una hora y media con aquel cigarrillo sin encender en la mano, oliéndolo, tratando de inhalar el aroma del tabaco. Cuando se abrió la puerta, el guardia me preguntó:

—¿Quieres una taza de té?

—No. ¿Pero podría darme un poco de agua y una cerilla?

El guardia se echó a reír.

—¿Y has estado sentado ahí todo el tiempo? ¿Por qué no usaste el timbre?

Así que conseguí encender el que, probablemente, fue el mejor cigarrillo de mi vida.

Al día siguiente me dijeron cuál era mi paga: 1,29 libras a crédito, que podía gastar en la cantina de la prisión. Me dieron una lista impresa en la que podía señalar lo que necesitaba. El tabaco Old Holborn, el papel de liar y las cerillas se llevaron la mayor parte del dinero, pero me quedó el suficiente para pedir una barra de Mars. El guardia se llevó la lista y oí que abría la celda de Paul. Luego, le dijo a uno de sus compañeros:

—Voy a la cantina a por el pedido de estos chicos.

Estuvo ausente unos quince minutos. Yo estaba sentado en el borde de la silla y sentía una terrible excitación en el pecho. Era el mismo guardia que me había dado un cigarrillo la noche anterior y, cuando abrió la puerta y me entregó una bolsa de papel marrón, juro por Dios que para mí era Papá Noel.

14

MI PADRE ENTRE REJAS

Todo aquel domingo el cielo estuvo cubierto de nubes y yo miraba por la ventana, esperando que la lluvia cesara el tiempo suficiente para poder salir al patio de ejercicios. Pasé el tiempo liando cigarrillos que resultaban demasiado flojos o demasiado apretados, hasta que por fin los guardias vinieron a buscarme.

Fui el primero al que sacaron al patio. Me acompañaba la escolta reglamentaria, dos guardias y un tercero con un perro. Mientras yo caminaba por el patio, soltaron al perro para que corriera por fuera del perímetro vallado. Era la primera vez, desde que salí de mi casa de Belfast, que respiraba aire puro. Lo aspiré agradecido, llenándome los pulmones.

No estuve solo mucho tiempo. Oí que la puerta de la valla se abría detrás de mí y me volví rápidamente. Traían a Paul para que estuviera en el patio conmigo. Apreté el paso y nos encontramos a mitad de camino.

—¿Qué está pasando? ¿Qué hacemos aquí? ¿Cómo ha ocurrido esto, Benny?

Paul hizo que me diera la vuelta y comenzamos a caminar alejándonos de los guardias. Habló en voz muy baja.

—Éste no es momento de hablar de ello. No queremos que los guardias nos oigan.

—Eso no importa, ¿qué coño estamos haciendo en prisión? Yo nunca he matado a nadie en mi vida. ¿Por qué me acusan de asesinato? Todo esto empezó por ti, Benny. ¡Dime qué está pasando!

Pero Benny no quería hablar y continuó diciéndome que me callara porque los guardias podrían oír lo que hablábamos. De todos modos, me contó que la policía le había amenazado con presentar cargos contra su novia, Gina.

—No te preocupes, Gerry. Tranquilo, todo saldrá bien, ¿de acuerdo?

—De acuerdo, pero me gustaría saber qué coño está pasando aquí.

Poco después acabó el tiempo de recreo sin que yo supiera más que antes. Regresé al interior del pabellón pensando que tal vez todo saldría bien y, cuando entré en la celda, vi que había papel de carta de la prisión encima de la mesa. El corazón me dio un brinco dentro del pecho. Eso significaba que podía escribir una carta, escribirles a mis padres, decirles que era inocente. Me senté dispuesto a escribir, pero, inmediatamente, me levanté y pulsé el timbre.

—No tengo bolígrafo.

El guardia me trajo uno y volví a sentarme. Comencé a escribir sobre los renglones impresos en la parte superior, como estaba ordenado: «*Al Sr. y la Sra. Patrick Conlon, 32 Cyprus Street, Belfast 12.*» Luego, llevé el bolígrafo al espacio en blanco que había debajo: «*Queridos mamá y papá.*»

Me quedé sentado mirando a la carta, una hoja de papel. ¿Cómo podía explicarles lo que me había pasado en una sola hoja de papel? Ni siquiera era capaz de explicármelo a mí mismo. ¿Cómo podía explicar mi inocencia? La acusación contra mí era terrible y yo sólo disponía de un pequeño trozo de papel.

Derrotado, dejé la hoja sobre la mesa.

Debían de ser más de las seis, después de haber sacado la basura, cuando comenzó a llover. Entonces, oí que Paul me llamaba desde su ventana y me subí en la silla para hablar con él. Las luces instaladas en el techo del ala del hospital, al otro lado del patio de ejercicios, iluminaban la lluvia que caía torrencialmente sobre el suelo de cemento.

Paul me habló por encima del sonido de la lluvia.

—No debes preocuparte, Gerry. Todo saldrá bien. Te lo explicaré en la primera oportunidad que tenga, pero no te preocupes. Yo tampoco tuve nada que ver con ese atentado.

Era la primera vez que me decía que era inocente. Hasta entonces yo no sabía qué pensar, pero ya sabía que ninguno de los dos había tenido nada que ver con lo sucedido en Guildford. Pensé que todo quedaría aclarado. ¿Cómo podrían probar que lo hicimos nosotros? Ese pensamiento nacía de mi ignorancia; yo lo ignoraba todo acerca de los tribunales ingleses y la policía inglesa. En Irlanda las cosas eran muy simples: un policía te mataba, o te molía a palos, o hacía que te encerraran. Pero estábamos en Inglaterra, el hogar de *Dixon of Dock Green* y de *Z Cars**. La Real Policía del Ulster y los tribunales del Ulster eran perfectamente capaces de caer en la corrupción, pero, incluso después de lo sucedido en Addlestone y en Godalming, seguía teniendo fe en la justicia y la decencia inglesas. ¿Acaso no lo había visto en televisión durante toda mi infancia? De modo que para mí inocencia equivalía a no culpable en un tribunal inglés. Así era de ingenuo en aquella época.

* *Dixon of Dock Green* y *Z Cars* fueron dos series policiacas de televisión de enorme éxito en Inglaterra. Ambientadas en Londres y en Liverpool, respectivamente, presentaban policías incorruptibles que cumplían eficazmente con su deber. Más tradicional la primera y realista la segunda, estas series se mantuvieron en antena durante muchos años desde su lanzamiento en las décadas de los cincuenta y los sesenta. *(N. de los T.)*

Los presos, incluidos los presos en espera de juicio, no pueden permitirse ser ingenuos durante mucho tiempo, y yo estaba empezando a abrir los ojos, al menos en lo que concernía a sobrevivir en aquel lugar. Ya había establecido algunas de mis propias reglas, tomando importantes decisiones relativas a conservar mi dignidad y mi autoestima: no cagaría en el orinal, no llamaría señor a ninguno de esos bastardos. Algo completamente nuevo se estaba apoderando de mí; en Winchester me estaba convirtiendo en una persona diferente, porque todo el peso de mi postura recaía exclusivamente sobre mí. Debía defenderme a mí mismo, no había posibilidad de correr a casa a refugiarme con papá y mamá, con mis tíos y mis tías.

La primera vez que me enviaron a Winchester, vi a David Walsh y le dije que tenía un dolor agudo en los riñones y no me daban nada para aliviarlo. Fui a ver al médico de la prisión, pero no me recetó absolutamente nada. Yo no confiaba para nada en el médico de la prisión. También escribí a mi familia para hablarles de ese asunto. Mi familia, a su vez, le escribió a David Walsh para preguntarle que si él podía hacer algo al respecto. Walsh les contestó diciendo que si querían otro médico tendrían que pagarle para que fuese a verme a la prisión. Naturalmente, mi familia no podía permitirse ese gasto. Después de un mes el dolor remitió, pero pasé momentos realmente terribles. Aún hoy tengo problemas en los riñones.

El resto de la semana no fue tan malo como los dos primeros días. Comencé a sentirme menos asustado e intimidado. Los guardias seguían presionándome para que los llamase señor y yo me negaba. Paul los llamaba jefe, como se hace en las obras de los edificios en construcción. Yo me dirigía a ellos por usted o no los llamaba de ninguna manera.

Después de siete días, nuestro encarcelamiento en espera de juicio debía ser renovado. Se había hecho tan interminable como todo un año, pero empezábamos a comprender cómo podíamos sobrevivir a la larga espera hasta que nos llevaran a juicio. Cuando volvimos al juzgado éramos varios más: Paddy Armstrong, Carole Richardson y Annie Maguire comparecieron junto con Paul y conmigo para luego ser enviados nuevamente a prisión, en esta ocasión durante dos días.

Annie no ofrecía buen aspecto, aunque nunca tuvimos oportunidad de hablar. Una vez terminada la vista, Paddy regresó con nosotros en el furgón y a las mujeres se las llevaron a Brixton. A Paddy le habían arrestado el 3 de diciembre y le llevaron a Guildford, donde le interrogaron durante todo el día siguiente. La policía le presionó para que admitiera su culpabilidad, igual que habían hecho con Paul y conmigo. Paddy, lo mismo que nosotros, estaba seguro de que esas declaraciones no se sostendrían ante un tribunal.

Dos días más tarde nos llevaron nuevamente ante el tribunal y allí también estaban John McGuinness, Paul Colman y Brian Anderson, todos ellos de Kilburn, acusados del atentado de Guildford y enviados a prisión en espera de juicio por otros siete días. El pabellón en Winchester comenzaba a llenarse.

La primera vez que salimos todos juntos al patio fue como una fiesta y todos tratábamos de obtener información de los demás.

—¿Qué coño es todo esto?

—¿Cómo he venido a parar aquí?

—Lo peor que he hecho es fumar un poco de marihuana.

—Lo peor que he hecho es robar unas pocas libras.

Íbamos de unos a otros haciendo las mismas preguntas y diciendo las mismas cosas: éramos inocentes. No estábamos en el IRA porque el IRA jamás aceptaría a gente como nosotros, de modo que nos absolverían porque nunca podrían presentar una acusación contra todos nosotros. Investigarían nuestros antecedentes y verían que habían detenido a un grupo de vagos, fumadores de hierba, ladrones de poca monta y dirían que, por el amor de Dios, que habían cogido a la gente equivocada.

Esa noche me fui a la cama sintiéndome mucho mejor y, a la mañana siguiente, me levanté con un gran sentimiento de solidaridad. Podíamos ducharnos y, como éramos seis, los guardias tenían que repartirse el trabajo. Ya no podían hacer lo que querían. Alguno de nosotros tenía visita y nos traían algunas cosas, así que en el momento de sacar la basura, John o Brian dejaban un regalo en mi puerta, un paquete de patatas fritas, una tableta de chocolate, una lata de Coca-Cola. Fueron los primeros contactos con el exterior.

Mi madre me envió un poco de dinero, pero nadie me visitaba y yo me preguntaba por qué. Mi padre estaba enfermo, aunque yo estaba convencido de que haría lo imposible para sacarme de este problema. No podía imaginarme cuán horriblemente en lo cierto estaba.

El domingo, llevaba en el patio de ejercicios unos diez minutos, alejado por un momento del resto del grupo, pensando en el fútbol y en los resultados del día anterior y en lo bueno que sería tener un balón para poder jugar entre nosotros, y entonces fue cuando lo oí:

—¡Gerry!

Era una voz que yo conocía. Me di la vuelta, pero no había sido ninguno de los muchachos.

—¡Gerry! ¡Gerry!

Alguien hacía ruido golpeando con un objeto contra otro.

—¡Eh, Gerry!

Más golpes, un ruido sordo como si alguien golpeara el cristal de una ventana, y reconocí la voz: sonaba como la voz de mi *padre*. ¿Pero cómo podía tratarse de él? Eso era imposible. Miré a los otros y nadie parecía oír nada. Seguí caminando.

Regresé nuevamente al mismo lugar y, no sé por qué, alcé la vista hacia el ala del hospital. Y allí, en una de las ventanas, con las manos aferradas a los barrotes, estaba mi padre.

—¡Gerry! ¡Gerry!

Mi corazón dejó de latir. Por un momento no pude entender lo que estaba pasando y, luego, me cogí de la alambrada y comencé a sacudirla. Hubiese subido por la valla de haber sido capaz de llegar hasta él.

—¿Qué haces *tú* aquí? ¿Por qué te han encerrado?

Y pensé en Annie Maguire y en Hughie Maguire y en que a ellos también los habían detenido. Pero ellos estaban en Inglaterra. ¿Qué tenía que ver mi padre con esto? ¿Qué estaba haciendo detrás de esos barrotes?

Alcancé a oír su voz:

—Me han tendido una trampa. Pusieron algo en mis manos.

Más tarde supe lo que había pasado. Mi padre había ido a sacar a su hijo del agujero, como siempre lo había hecho. Y ellos le detuvieron.

Cuando mi padre se enteró de que me habían llevado a Inglaterra, intentó primero conseguirme una representación legal y después, enfermo de tuberculosis como había estado durante años, cogió el primer barco a Heysham. Se suponía que un abogado de Belfast, llamado Ted Jones, debía acompañarle, pero no apareció y mi padre hizo el viaje solo.

Cuando llegó a Londres trató de ponerse en contacto con Hughie, aunque sin éxito, porque sin que nadie lo supiera excepto la policía, Hughie, Katie y su sobrina Maureen estaban detenidos. De modo que mi padre fue a la casa de Paddy Maguire en la Avenida Tercera para ver si podía alojarse allí. Al caer la noche, aún no habían podido ponerse en contacto con Hughie, aunque mi padre consiguió hablar con David Walsh en la firma de abogados. A las siete, aproximadamente, Paddy y él fueron a tomar una copa con Sean Smyth, el hermano de Annie, y con Pat O'Neill, un amigo de los Maguire que había ido allí para dejar a sus hijos al cuidado de Annie, ya que su esposa se encontraba en el hospital y él estaba a punto de entrar en el turno de noche en su trabajo. Mi padre había concertado una cita con David Walsh para la mañana siguiente y estaba dispuesto a remover cielo y tierra para poder verme lo antes posible. Nadie se daba perfecta cuenta del efecto de la Ley de Prevención del Terrorismo, y todos pensaban que mi padre podría verme. Pero mientras estaban en el *pub*, irrumpió la policía en la casa. Buscaban la fábrica de explosivos de mi tía Annie. Encontraron a los Siete Maguire.

Todos fueron arrestados. A los cuatro hombres los cogieron cuando regresaron del *pub*. A Annie la detuvieron junto con mis primos Vincent, de quince años, y Patrick, de trece. Interrogaron a los siete sobre los explosivos y a todos se les practicó la prueba de la parafina en las manos para ver si habían manipulado nitroglicerina. Todas las pruebas dieron resultado positivo, excepto en el caso de Annie Maguire. Posteriormente se hizo la prueba en un par de guantes que se pensaba que eran de ella, y el resultado fue positivo.

Cuando regresé a mi celda vi que había otro papel de carta de la prisión sobre la mesa y me di cuenta de que la conmoción de haber visto a mi padre había eliminado el bloqueo que me impedía escribir. Me senté inmediatamente y escribí una carta a mi madre, llorando amargamente, contándole que había visto a mi padre, lo mal que me sentía y pidiéndole por favor que no se creyera las cosas de las que se me acusaba. Pero sentía un enorme sentimiento de culpabilidad porque sabía que yo era la única razón por la que mi padre había viajado a Inglaterra. Si estaba allí era por mi culpa.

A la mañana siguiente, el director de la prisión nos hizo una visita y le dije que quería ver a mi padre.

—Pero se encuentra en el hospital de la prisión —objetó.

—Sí, lo sé. Pero quiero ver a mi padre.

—Eso he de decidirlo yo, Conlon. Debe presentar una solicitud formal y yo la estudiaré.

Esa misma tarde recibí una llamada del psiquiatra de la prisión en la que me decía que quería verme en el hospital, a fin de elaborar un informe sobre mi salud mental para presentarlo ante el tribunal. Intenté que el psiquiatra me echara una mano para ver a mi padre, pero fue inútil. Al día siguiente me enteré de que rechazaban mi solicitud por razones médicas.

A mediados de semana, los guardias vinieron a mi celda y me dijeron:

—Tienes visita.

Era algo absolutamente inesperado. A principios de esa misma semana había visto a David Walsh (él tampoco pudo ayudarme en mis intentos de ver a mi padre), de modo que pensé que se trataba nuevamente de él. Pero no era así. Como declaré ante el tribunal, entré en la habitación y me encontré a Rowe y a Simmons, de la policía de Surrey.

Cuando vi a Simmons me puse como loco y fui hacia él.

—¡Bastardos! ¿Qué clase de gente sería capaz de hacerle eso a un hombre enfermo?

Nunca llegué a saber por qué acudían a verme, ya que la entrevista acabó allí. Les grité que era inocente y que mi padre también lo era y ellos se marcharon. Luego, los guardias me devolvieron a mi celda.

No vi a mi padre hasta que nos llevaron de nuevo a todos a la audiencia del tribunal del viernes siguiente.

Estaba pálido, parecía enfermo y respiraba con evidente dificultad.

—¿Hay algo que yo deba saber de todo esto, hijo?

—Yo no he hecho nada. Soy inocente, papá. Soy tan inocente como tú.

Mi padre me conocía, me conoció de bebé, de niño y de adolescente. Sabía perfectamente cuándo le mentía y cuándo le decía la verdad. Y me creyó.

15

EL TRASLADO A BRIXTON

Cuando le vi en el tribunal, mi padre me contó lo que le había sucedido a él y a los Maguire. Sin que lo supiéramos Paul Colman y yo, puesto que nos hallábamos encerrados en el bloque de castigo del Pabellón C, cuatro de los que fueron acusados junto con mi padre habían sido trasladados a otro pabellón de la cár-cel de Winchester: Paddy Maguire (mi tío), Sean Smyth (hermano de Annie Maguire), Pat O'Neill (un amigo de la familia) y Sean Mullin (un compañero de piso de John McGuinness y Brian Anderson). Todos ellos se hallaban en otro bloque de castigo de Winchester, en el Pabellón A. En total, había diez hombres inocentes encarcelados en unas condiciones infrahumanas, mientras mi padre permanecía en el hospital de la prisión, más o menos en cuarentena. Sólo le veía cuando comparecíamos una vez a la semana ante el tribunal, aunque a veces mi padre estaba demasiado enfermo para acudir.

Ninguno de nosotros nos explicábamos cómo era posible que nos sucediera aquel desastre, que había destrozado a la familia Maguire, había trastornado las vidas de McGuinness, Anderson, Colman y Sean Mullin, y nos había arrebatado la juventud a Paul, Carole, a Paddy y a mí mismo. Al final, incluso provocó la trágica muerte de un inocente. Pero esto todavía no se había producido entonces.

Mientras la policía preparaba el caso para la vista, continuó la farsa de nuestras comparecencias semanales ante el juez. Cada vez que acudíamos a Guildford, una multitud, compuesta principalmente por mujeres, nos aguardaba ante el tribunal, sosteniendo unos horcas y pancartas que decían: «Colgad a esos cabrones asesinos» y «Ahorcadlos». Cuando pasábamos ante ellos en el coche celular, gritaban y nos dedicaban toda clase de epítetos cargados de odio. Aunque todavía nos sentíamos angustiados, el hecho de estar juntos en los dos bloques de la prisión nos ayudaba a superar nuestros temores. Según dicen, la unión hace la fuerza. El permanecer juntos nos proporcionaba una mayor serenidad para afrontar la situación, al tiempo que les impedía a los guardias seguir amedrentándonos y tomarse ciertas libertades, como habían hecho al principio.

Pero el ambiente de hostilidad que nos rodeaba por doquier, tanto en la cárcel como fuera de ella, generó en nosotros odio y amargura crecientes a medida que transcurrían las semanas. Sobre todo en mí, dada la situación de mi padre, al que veía casi todas las semanas en el tribunal, respirando trabajosamente mientras subía y bajaba por la escalera. Tenía un aspecto tan frágil que parecía increíble que fuera capaz de soportarlo. Pero él y yo no éramos los únicos que nos hallábamos en esa situación. Había catorce personas en prisión preventiva acusadas de los mismos cargos, todas ellas inocentes y víctimas de la apremiante necesidad de la Policía de Surrey y de la Policía Metropolitana de hallar unas adecuadas cabezas de turco. Patrick y Vincent, los jóvenes Maguire, fueron acusados posteriormente, el 24 de febrero de 1975.

En ocasiones, cuando me hallaba ante el tribunal, la rabia hacía presa en mí, venciendo mi temor a la ley y llevándome a gritar: «¡No sé qué hago aquí! ¡Soy inocente!» Otras, cuando se me acercaba un guardia, le insultaba llamándole cabrón, torturador y acusándole de habernos incriminado injustamente a mi padre y a mí.

Supongo que la policía se estaba esforzando en reunir más pruebas contra nosotros antes de la vista, pero no existían. Lo único de que disponían era las pruebas de laboratorio de los Siete Maguire y las confesiones que nos habían arrancado a Paul, a Paddy, a Carole y a mí. Nadie más había confesado, aunque Brian Anderson me reveló que estuvo a punto de hacerlo en Guildford. Sentía deseos de declarar que había participado en el atentado de Guildford cuando, de improviso, el poli que le interrogaba tuvo que ausentarse para atender una llamada telefónica. En aquellos minutos Brian consiguió recobrar la compostura y reunir las fuerzas necesarias para resistir la tentación de confesarse culpable de un delito que no había cometido. De no ser por la llamada telefónica, probablemente nos hubiéramos convertido en los Cinco de Guildford, pese a que Brian Anderson era protestante.

Al final retiraron los cargos de asesinato y complicidad contra Anderson, Mullin, Colman y McGuinness, los cuales fueron liberados. Asimismo, la policía dejó de intentar involucrar a mi tía Annie en el atentado de Guildford, aunque siguieron acusándola a ella y a los otros seis de manipulación de explosivos.

Yo mantuve varias entrevistas con mi abogado, con consecuencias muy positivas. David Walsh me dijo que, si no me encontraba en Guildford en la fecha de autos, lógicamente debía de estar en otro lugar, y me pidió que procurara recordar dónde estuve y qué hice.

—Eso no es problema —respondí con decisión—. Estaba en la sala de baile Carousel. Fue la noche en que tocaron los Wolfhounds. Fui con Paul Hill y me encontré allí con mi tía Annie, con Hughie y con Kate.

Satisfecho, David Walsh se despidió, asegurándome que procuraría comprobar ese dato. Sin embargo, la siguiente vez que nos vimos observé que parecía muy desanimado.

—Me temo que traigo malas noticias —dijo—. El baile del Carousel se celebró el viernes, 11 de octubre, y el atentado de Guildford ocurrió el sábado, 5 de octubre. Así que su coartada no sirve, a menos que pueda demostrar lo que hizo aquel día.

Sus palabras me causaron un profundo desaliento. Creía tener una coartada perfecta, puesto que me había encontrado con Kate Maguire y con Paul Hill, aparte de los numerosos testigos que podían apoyar mi declaración. Al principio, cuando suponía que ésa era la noche en que se produjo el atentado, estaba seguro de que no tardarían en dejarme libre.

Walsh, sin embargo, no se dio por vencido. Me pidió que intentara recordar todo lo que hice ese día, pero me sentía incapaz. Sólo sabía que se trataba de un sábado. ¿Qué sucedía los sábados? Para empezar, Paul Hill se fue varios sábados a Southampton a ver a Gina Clarke. ¿Qué solía hacer yo los sábados? Iba al pub, a los locales de apuestas... ¡Los locales de apuestas! De repente recordé un detalle de vital importancia.

—Consígame un periódico del 5 de octubre —le pedí a David Walsh—, el que sea, con tal de que contenga una sección deportiva.

Estaba convencido de que se trataba de un golpe de suerte, pues siempre consigo recordar el nombre de un caballo por el que he apostado. La siguiente vez que nos vimos Walsh me trajo el periódico que le había pedido y me puse a examinar inmediatamente la sección de deportes. De pronto me detuve al ver el nombre de un caballo que participó en la carrera de las dos y cuarto en Newmarket. Se llamaba *John Cherry*. Era una carrera de tres kilómetros en terreno llano, que requería gran resistencia, y las apuestas estaban en 17 a 2 y yo aposté cuatro libras por ese caballo, que resultó vencedor.

Lo recordaba todo con tanta nitidez como si hubiera sucedido el día anterior: 5 de octubre, fecha en que *John Cherry* había ganado una carrera que probablemente me salvaba de pudrirme en la cárcel por un delito que no había cometido.

Mi recuerdo de aquel día era que Paul Hill se levantó antes que yo y preparó el desayuno, consistente en un bollo y un vaso de leche, que nos tomamos sentados en la cama. Luego, llevamos la colada al sótano del albergue, donde había dos lavadoras y una secadora. Probablemente me entretuve examinando la hoja de las carreras, tomando nota de algunos caballos —incluido a *John Cherry*—, mientras Paul iba a la tintorería. Tras recoger la colada nos dirigimos a Woolworths, en Kilburn High Road, para comprar unas hojas de afeitar. Regresamos al albergue, nos lavamos y nos afeitamos y esperamos a que abrieran los pubs.

A las once llegamos al Memphis Belle, donde nos bebimos la primera pinta del día. De pronto vi a Paddy Carey pasar frente al pub con su chica, di unos golpes en la ventana y los invité a entrar. Paddy se tomó una cerveza y su chica una Coca-Cola, y escuchamos unas cuantas canciones en el tocadiscos automático.

Al cabo de veinte minutos, Paul vio pasar a Danny Wilson y salió apresuradamente para saludarle. Danny es un tipo pelirrojo, perteneciente a una familia numerosa de Lower Falls. Su hermano mayor, Barney, es un ex boxeador que actualmente hace de árbitro en los combates pugilísticos. Puesto que Danny tenía prohibido poner los pies en el Memphis Belle, le dijo a Paul que nos reuniéramos con él más tarde en el Olde Bell.

Al cabo de un rato, Paddy Carey y su novia cogieron un autobús turístico para visitar la ciudad, mientras Paul y yo nos dirigíamos al Olde Bell, situado al otro lado de la calle. Allí nos encontramos a Paddy Armstrong acompañado de un tipo llamado Ninty, que estaba flipado y no hacía más que decir que era Jesucristo.

En esto, apareció Danny Wilson con dos amigos, un tipo de Belfast y un inglés. Era la primera vez que Danny y yo nos veíamos en Inglaterra, aunque nos conocemos desde niños. Ambos se sentaron con nosotros, pero, al parecer, los amigos de Danny habían participado en una pelea la noche anterior y el camarero los echó de allí. Al cabo de un rato se acercó Ninty y se sentó junto a nosotros, pero llevaba tal colocón que no hacía más que caerse del taburete. Finalmente le instalamos en una silla junto a la pared. Luego, vimos a dos tipos pegando unos carteles que anunciaban la actuación de los Wolfhounds en el Carousel el siguiente fin de semana. Se trata de un grupo de Belfast que todos conocemos, de modo que Paul les compró a esos tipos dos localidades para asistir a la actuación.

Cuando Paul cogió el tren para Southampton, Paddy y yo regresamos al pub y luego fuimos al local de apuestas. El caballo que yo había elegido ganó la carrera de las dos y cuarto, montado por Geoff Lewis, pero fue la única apuesta que gané. A las cuatro, dejé a Paddy en el local de apuestas, estuve un rato en el café que hay junto al Memphis Belle y luego volví al albergue. Me había tomado seis o siete pintas, de modo que me tumbé en la cama y me quedé dormido.

En algún momento apareció Paddy Carey y me dio una bolsa con varias cintas y un casete que eran de su chica. No mucho después vino Paul, el de la tienda de ultramarinos, luciendo un sombrero de fieltro. Yo estaba todavía medio borracho por la cantidad de cervezas que me había tomado. Más tarde, entré en el salón de televisión, donde me encontré al amigo de Paddy Carey, Joe O'Obrien, con un ojo morado debido a una pelea que había tenido la noche anterior en un pub. A eso de las nueve llamé por teléfono desde el albergue al Club de Ingenieros, de Belfast, donde suponía que estaría mi padre con mi tía Bridget. Había ideado un sistema por medio del cual conseguía llamar gratis por valor de una libra, simplemente diciéndole a la telefonista que había echado la moneda y no conseguía establecer comunicación. Pero cuando hablé con el club me dijeron que mi padre estaba en el bar y, debido a su afección pulmonar, cuando por fin cogió el teléfono ya se había cortado la comunicación.

Regresé al salón de televisión, me quedé allí hasta las diez y media y luego me acosté. No recuerdo haberme enterado del atentado de Guildford hasta el día siguiente, cuando Paul me contó que por ese motivo habían desviado el tren en el que regresaba él.

Me sentí aliviado al recordar por fin lo que había hecho ese día. Me acordaba de las dudas que había tenido en la comisaría de Godalming, al firmar aquella declaración en la que contaba lo que supuestamente había hecho ese día en Guildford, aunque en realidad no recordaba nada. Pero ya lo sabía todo, y gracias a un caballo llamado *John Cherry*.

Los Cuatro de Guildford comparecimos ante el tribunal para la celebración de la vista el día de San Patricio de 1975, en la impresionante sala de audiencias del Guildford Guildhall. Por primera vez vi a Michael Hill, el joven fiscal, el cual me aterrorizó. Se parecía a Al Pacino en *El padrino*, otro Michael, y era un tipo con un imponente aire de autoridad. He aquí a un hombre capaz de hacer que la historia más inverosímil parezca cierta, pensé entre mí. El caso es que consiguió fascinar al tribunal con la historia que contó sobre nosotros, presentándonos como unos conspiradores y unos perversos canallas asesinos.

Los abogados de la defensa apenas abrieron la boca. Lo único que les interesaba era que el juicio se celebrara fuera de Guildford, donde con toda seguridad seríamos condenados. Al final se decidió que el juicio se celebraría en el Old Bailey en una fecha por determinar. Paddy Maguire estaba encantado.

—No os preocupéis —dijo—. El Old Bailey es el tribunal más justo de Gran Bretaña, y los tribunales británicos son los más justos del mundo. Todo irá bien.

Un par de días más tarde nos trasladaron a Brixton.

Cuando llegué a Brixton comprendí lo que significaba realmente la existencia cotidiana para un preso de primer grado. En Winchester no existían instalaciones especiales, de modo que dispusieron el bloque de castigo para nosotros, lo que significaba que vivíamos más bien bajo un régimen de castigo que bajo uno de alta seguridad. Estábamos incomunicados y no nos tratábamos con los otros presos.

En Brixton, el Pabellón A estaba destinado a los presos en prisión preventiva, pero a los que representaban un fuerte riesgo de seguridad los encerraban en una unidad especial, llamada Segregación A y que constituye un anexo del pabellón, como un pequeño fuerte Knox, pero construido para custodiar hombres en lugar de oro. Para entrar en esta unidad especial hay que atravesar el pabellón normal hasta el tercer piso, donde hay una pequeña puerta. Después de correr una mampara y registrarte, un guardia abre la puerta. En el interior hay dos rellanos, el uno y el dos, con dieciséis celdas en cada uno de ellos y un preso en cada celda.

Nos condujeron a nuestras celdas, donde dejamos nuestras pertenencias. Lo primero que observamos fue que no cerraron la puerta inmediatamente a nuestras espaldas, como hubieran hecho en Winchester. Salimos y fuimos juntos a beber agua en lugar de hacerlo de uno en uno, y los guardias se paseaban por allí lo mismo que nosotros. Nos miramos perplejos, sin saber si debíamos regresar o no a nuestras celdas, y decidimos quedarnos un rato charlando fuera, formando pequeños grupos. Los guardias no protestaron porque estábamos bajo un régimen que nos permitía mantener trato entre nosotros, aunque lo ignorábamos.

En Segregación A todo se hace por rellanos: ducharse, hacer ejercicio y relacionarse unos con otros. El primer día, cuando llegamos, al mirar por encima de la barandilla del rellano vimos a los otros presos sentados a unas mesas jugando a los naipes y charlando. Al día siguiente bajamos para mezclarnos con ellos. De pronto, todos guardaron un silencio sepulcral. Los otros presos nos miraron y nosotros los miramos a ellos; luego, al cabo de unos segundos, reanudaron la partida y siguieron charlando como si nada hubiera sucedido, sin hacer caso de nosotros.

Poco a poco, a medida que fuimos conociendo a los demás presos, el ambiente entre nosotros se relajó. Era gente que aguardaba a ser juzgada por graves delitos de robo a mano armada, asesinato y fraude. Algunos de ellos, como nosotros, afirmaban ser inocentes, mientras que otros eran unos tipos duros y encallecidos que ya habían estado otras veces en la cárcel. No manifestaban ninguna hostilidad hacia nosotros, sino que nos llevábamos muy bien con ellos.

Las condiciones de la vida cotidiana en Brixton eran más humanas. El lugar estaba más limpio y disfrutábamos de un régimen más relajado. Yo podía relacionarme con mi padre y con los otros durante dos horas y media al día. Los presos se mostraban muy amables con nosotros, pero yo seguía teniendo problemas con algunos guardias.

Recuerdo un incidente que se produjo la primera vez que me rebelé. Mi madre no podía venir a visitarnos a mi padre y a mí, pero nos enviaba todas las semanas unos paquetes que contenían cigarrillos, galletas, periódicos irlandeses y golosinas. Nosotros estábamos impacientes por recibir esos paquetes, que mi madre envolvía cuidadosamente. Sabíamos que no le sobraba el dinero y que para ella representaba un esfuerzo enviarnos esas cosas.

Un día, cuando llegó el paquete de mi madre yo me encontraba en las duchas. Un guardia que era un verdadero cretino se acercó a mi padre, que estaba jugando a las cartas con otros presos. El guardia depositó el paquete sobre la mesa, se metió los dedos en las orejas y corrió a ocultarse detrás de otra mesa, como si el paquete contuviera una bomba. Lógicamente, mi padre se disgustó mucho y le llamó de todo. Como he dicho, mi padre era un hombre de temperamento apacible, pero en aquellos momentos toda la rabia que había ido acumulando a lo largo de los meses estalló. Le dijo al guardia que era inocente y que no sabía nada sobre bombas.

Salí de las duchas al cabo de un rato, sin saber lo que había ocurrido. Mientras me vestía, un preso londinense, que estaba en prisión preventiva por haber cometido un robo (por el que más tarde fue absuelto) y que se había hecho amigo de mi padre, me contó lo sucedido. Otro preso acababa de darme medio pomelo. Al igual que mi padre, toda la rabia que se había acumulado en mi interior salió a la superficie y fui en busca del guardia.

Le encontré en el despacho, sentado ante su mesa. Empecé a insultarle mientras él hacía unos comentarios frívolos y despectivos sobre los irlandeses y las bombas. Eso fue la gota que colmó el vaso. Le arrojé el pomelo a la cara y me abalancé sobre él. El guardia trató de refugiarse debajo de la mesa, pero yo me puse a propinarle patadas hasta que aparecieron sus compañeros y me encerraron en la celda de castigo. Al día siguiente me impusieron un castigo de veintiocho días, manteniéndome aislado, sin cigarrillos y sin poder escuchar la radio.

Al cabo de tres meses se llevaron a Paul Hill. Después de que Paul se hubo marchado, conseguí por primera vez ver una copia de las declaraciones que había efectuado en la comisaría. Pero era demasiado tarde para averiguar las respuestas a las preguntas que deseaba formularle. Paul fue trasladado de inmediato a Irlanda, donde sería juzgado por haber asesinado a un inglés, un ex soldado, en Belfast, un cargo independiente del atentado de Guildford. El asesinato ocurrió en julio del año anterior. Según parece, los del IRA se encontraron a ese hombre tomándose unas copas en un pub de la calle de Divis, se lo llevaron y le ejecutaron por ser un espía del Ejército. Paul Hill fue trasladado a Irlanda del Norte para ser juzgado ante uno de los tribunales sin jurado de Diplock, acusado de asesinato.

No conocíamos todas las alegaciones en su contra. Cuando nos enteramos en julio de que le habían condenado a cadena perpetua, nos sentimos muy afectados. Estábamos muy tristes, porque sabíamos que le habían condenado por un delito que no había cometido. Por otra parte, temíamos que pudiera ocurrirnos lo mismo a nosotros en Londres, un temor que ni siquiera Paddy Maguire, pese al entusiasmo que le inspiraba el Old Bailey, conseguía desterrar.

David Walsh siguió visitándome periódicamente mientras preparaba mi defensa. Estoy seguro de que hacía cuanto podía, pero era una ingrata tarea.

El equipo de abogados encargado de defenderme era impresionante. Uno de ellos era lord Wigoder, abogado de la Corona. El tener de mi lado a un lord, un miembro de la clase dirigente británica, me parecía increíble, pero no tardé en llevarme una profunda decepción.

Jamás olvidaré la primera vez que me llevaron a entrevistarme con él. Era una calurosa noche de agosto en Brixton y había llovido, lo que hacía que la atmósfera pareciera más limpia cuando atravesé el patio de ejercicios para reunirme con el lord. Era tarde, sobre las seis y media, y todos los reclusos de Brixton estaban encerrados en sus celdas, excepto yo. Iba a entrevistarme con las personas encargadas de defenderme y de rectificar aquella terrible injusticia. Me sentía optimista. Los consideraba una especie de caballeros de la mesa redonda, o unos soldados de la caballería de Estados Unidos que bajarían por la colina a galope tendido en el instante preciso en que los pieles rojas se disponían a arrancarme el cuero cabelludo.

Me condujeron por un estrecho pasillo subterráneo, con los muros pintados de azul celeste. Era como navegar en un submarino. Entré en una pequeña estancia, en la que me aguardaban David Walsh y un abogado auxiliar, Gordon Ward, el cual me cayó bien de inmediato. En cambio, Wigoder no me gustó. Tenía un aire muy aristocrático, altivo y distante. Me estrechó la mano como si temiera que fuera a contagiarle alguna enfermedad. Cuando Walsh y Ward comentaron las posibilidades que yo tenía de ser absuelto, le pregunté a Wigoder que qué opinaba.

—¿Quiere que sea sincero? —preguntó él con un impecable acento de Oxford.

—Desde luego.

—El caso es complicado. Debe comprender que resultará muy difícil conseguir su libertad, en vista de la cantidad de pruebas que existen en su contra.

Apenas podía dar crédito a lo que oía.

—¿Qué quiere decir? ¿Acaso se refiere a que van a meterme en la cárcel? Porque soy inocente, no he hecho nada malo.

Jamás olvidaré las palabras que Wigoder pronunció a continuación, las cuales me dejaron estupefacto:

—No se lo discuto, señor Conlon. Sólo que las pruebas indican lo contrario.

Intenté tragar saliva, pero tenía la boca seca.

—¿Cuántos años cree que me caerán?

—Probablemente le condenarán a cadena perpetua, y supongo que la recomendación será muy severa.

—¿A qué se refiere exactamente?

—A que el juez le recomendará al tribunal que cumpla usted una cierta parte mínima de su condena en la cárcel.

—¿Cuántos años?

—Probablemente treinta años, por lo menos.

Así fue mi primer encuentro con el hombre encargado de defender mi inocencia.

16

EL JUICIO

El martes 16 de septiembre, fecha en que comenzó nuestro juicio, nos llevaron a Paddy Armstrong y a mí a recepción. Los dos estábamos cagados de miedo, aunque tratábamos de disimularlo. En recepción vimos a un guardia leyendo el *Sun* y a otro el *Mirror*, cuyos titulares decían: «Unos francotiradores protegen el Old Bailey el día en que los terroristas comparecen ante el tribunal.» Según ambos periódicos, éramos culpables antes de habernos sentado en el banquillo de los acusados.

Tras esposarnos, nos hicieron subir en un vehículo blindado y atravesamos las puertas de Brixton rodeados de coches patrulla. Dentro del furgón nos encontramos con Paul Hill, también esposado. Era la primera vez que le veíamos desde que abandonó Brixton para comparecer ante el tribunal de Belfast, acusado de otro delito. Cada uno de nosotros ocupábamos un cubículo individual en el furgón. A lo largo de todo el recorrido desde Brixton, las sirenas de la policía no dejaron de sonar mientras el convoy atravesaba las calles con los semáforos en rojo. Los viandantes se detenían para presenciar el espectáculo. Cuando nos acercamos al Old Bailey, vimos un nutrido grupo de fotógrafos. Entramos por la puerta posterior y bajamos por una larga rampa hasta llegar a una plataforma giratoria de metal que hizo girar por completo el furgón. A continuación, los guardias abrieron la puerta de nuestros cubículos de uno en uno. Primero salió Paul, luego yo y por último Paddy. Atravesamos un puente, unidos por una cadena sujeta a las esposas, un guardia verificó nuestros nombres en una lista y entramos en el Old Bailey. Tras subir unos quince o veinte escalones, que conducían al primer piso, nos encerraron en celdas separadas.

Pese a todo, yo confiaba en que tendríamos un juicio justo, que el tribunal no rechazaría de entrada nuestras declaraciones. Allí estaba yo, un tipo de Lower Falls, dispuesto a entablar una batalla verbal con algunos de los letrados más distinguidos del país. Aterrado, recé para que el jurado nos viera tal como realmente éramos.

Al cabo de media hora aparecieron Gordon Ward, que era mi abogado auxiliar, y David Walsh, quienes me aseguraron que harían cuanto estuviese en su mano para que el tribunal me absolviera. Recuerdo que dije:

—Soy inocente. ¿Creen ustedes en mi inocencia?

Ambos respondieron afirmativamente, lo cual era un consuelo.

Diez minutos antes de que diera comienzo el juicio, nos condujeron por un estrecho pasillo, doblamos a la izquierda y vimos a Carole sentada en un banco, custodiada por dos funcionarias de la prisión. Carole trataba también de ocultar el terror que la invadía. Todos tratamos de animarnos mutuamente afirmando que todo saldría bien, aunque sabíamos que teníamos escasas probabilidades de ser absueltos.

Al cabo de unos instantes, los cuatro subimos la escalera y entramos en la Sala de Audiencias Número Dos del Old Bailey. Recuerdo que agarré con fuerza la barandilla de metal sintiendo la misma sensación de vacío que cuando trabajaba sobre un andamio con mi tío Hughie. Las rodillas me temblaban, y estaba tan asustado que sentí deseos de orinarme en los pantalones.

Permanecimos de pie, observando aterrados la sala del tribunal. Todo el mundo nos miraba. La galería reservada al público estaba de bote en bote, la reservada a la prensa se hallaba atestada y el centro de la sala aparecía ocupado por los letrados con sus pelucas y por los funcionarios del tribunal. Sólo el banco del jurado y la silla del juez se encontraban vacíos.

Lily Hill había acudido, pero mi madre no. No podía ir, pues se hubiera quedado sin empleo. No estaba presente ningún miembro de mi familia ni de la de Paddy. Ni siquiera contábamos con el consuelo que nos hubiera proporcionado la presencia de nuestros familiares; sólo sentíamos el peso de la sociedad británica, dispuesta a aplastarnos como a cucarachas.

El juez entró en la sala ataviado con una toga roja y una aparatosa peluca. Se trataba del juez (actualmente lord) Donaldson. Posteriormente averigüé que nunca había presidido un juicio criminal en el Old Bailey, ya que solía ocuparse de casos industriales y comerciales. Así pues, todos éramos novatos en esas lides.

El secretario del tribunal leyó los cargos que se nos imputaban, utilizando un lenguaje que sólo entendí a medias: «Los cuatro acusados comparecen ante este tribunal para responder a los 11 cargos formulados contra ellos. En el primero, se los acusa de que, en las fechas comprendidas entre el primero de noviembre de 1973 y el 4 de diciembre de 1974, en los dominios de Su Majestad, conspiraron con alevosía, junto con otras personas desconocidas, a fin de causar por medio de sustancias explosivas unas explosiones en el Reino Unido...»

El secretario leyó los tres folios que contenían los cargos que se nos imputaban. Yo respondí a todos ellos «inocente», en un tono de voz apenas audible.

Carole y Paddy estaban también muy asustados, pero Paul mostraba una actitud desafiante. El tribunal de Irlanda del Norte le había condenado por el otro asesinato y, a su regreso, le trasladaron a Wandsworth, donde lo estaba pasando muy mal. En su ausencia habíamos conseguido reunir un poco de tabaco para regalárselo, lo cual le hizo mucha ilusión. Cuando le preguntaron que si se declaraba culpable o inocente, se apartó un mechón de la frente y contestó:

—Me niego a participar en esta farsa. Su justicia me da asco.

Paul se negó a responder a los otros cargos, aunque su abogado dijo que se declaraba inocente. Debía de estar muy nervioso para afirmar que no reconocía la autoridad del tribunal, una respuesta típicamente republicana. En resumidas cuentas, nuestro juicio no pudo comenzar con peor pie.

A continuación entró el jurado en la sala. Estaba constituido exclusivamente por hombres, dos de los cuales eran negros. Yo interpreté ese hecho como una pequeña señal de esperanza, ya que en la cárcel los negros y los irlandeses mantenían excelentes relaciones, así que estaba seguro de que, como mínimo, no serían amigos de la policía. Acto seguido comenzó el juicio, que se prolongó por espacio de cinco semanas.

El ministerio fiscal estaba representado por sir Michael Havers, abogado de la Corona y diputado conservador. Al oírle pronunciar su discurso de apertura, de forma tan elegante y fluida, noté una sensación como si me hallara fuera de mi cuerpo, presenciando desde el techo un drama ajeno a mí, en lugar de mi propio juicio. Havers dedicó dos días a presentar la causa del ministerio fiscal, la misma historia que, de labios de Michael Hill, el abogado auxiliar de la acusación, habíamos oído ya durante la vista, aunque mucho más pormenorizada.

Después empezó a llamar a los testigos, unas personas que habían resultado mutiladas en el *pub* Horse and Groom, que habían perdidos brazos o piernas, que tenían cicatrices y habían quedado traumatizadas por la experiencia. El público no cesaba de manifestar su repulsa e indignación a medida que Havers interrogaba a los testigos sobre los hechos acaecidos aquella noche de hacía ya casi un año.

A veces yo intentaba obligar a los testigos a mirarme, para comunicarles por medio de la mirada que nosotros no éramos responsables de la tragedia que les había sucedido, para convencerlos de nuestra inocencia.

Ninguno de esos testigos nos identificó en el tribunal y ni siquiera les pidieron que lo hicieran. Se dijo que un hombre y una mujer, al parecer una pareja de enamorados, colocó una de las bombas. La pareja había sido vista por varios testigos, pero ninguno de nosotros tres fuimos identificados. A Carole, que era presuntamente la joven terrorista, tampoco la identificaron.

Subieron luego al estrado los policías y declararon que los cuatro nos habíamos confesado autores del atentado terrorista. Yo los observé atentamente, fijándome en todas sus características personales, como el movimiento de una muñeca, la costumbre de acariciarse el reloj o girar el anillo que llevaban en el dedo. Daban la impresión de estar muy serenos y seguros de sí mismos, mostrando un aire de gran dignidad con su uniforme, o en traje de paisano, o con chaquetas deportiva y corbata rayada, con las manos apoyadas en la barandilla del estrado, erguidos, serios. Se comportaron como unos profesionales y negaron todo cuanto habíamos declarado sobre el trato que nos habían dado. Cuando les preguntaban que si nos habían golpeado o maltratado de alguna forma, lo negaban tajantemente. Si el que les interrogaba era Wigoder, siempre respondían diciendo: «No, milord.» Comparado con eso, ¿qué impresión iba a producir un pobre diablo como yo de veinte años, con un marcado acento irlandés, el cabello largo y pantalones vaqueros?

Al poco tiempo resultaba muy difícil permanecer sentado escuchando esas falsedades. Mis compañeros y yo solíamos cuchichear entre nosotros, contarnos bromas o mostrarnos silenciosos durante largo rato, jugando con un lápiz y papel. Incluso jugamos al «verdugo».

No obstante, los interrogatorios tuvieron algunos resultados positivos. Cuando el inspector Blake ocupó el estrado, Wigoder le preguntó directamente que si me había golpeado. Blake lo negó, alegando que jamás me había visto hasta que se celebró la vista oral. Pero yo le vi los tatuajes en Godalming, cuando se arremangó para torturarme, de modo que Wigoder le pidió que se arremangara para que el tribunal pudiera comprobar que yo había dicho la verdad. La explicación de Blake —que era posible que yo le hubiera visto en mangas de camisa en la comisaría— no convenció a nadie.

Recuerdo que en otra ocasión Wigoder arremetió contra Jermey. Además de las declaraciones firmadas, Jermey mostró al tribunal veinte folios de declaraciones verbales que constituían el informe de mi interrogatorio en Godalming, tanto las preguntas como las respuestas. Estas declaraciones venían a reforzar las acusaciones contra mí sin mostrar, como es lógico, ni el más leve indicio de brutalidad por parte de la policía. Wigoder le preguntó que cuándo había escrito esas notas, a lo que Jermey contestó que siete horas más tarde. Wigoder observó entonces:

—Debe de tener usted una memoria fenomenal para recordarlo todo con tanto detalle.

Jermey replicó que para ser un buen policía era necesario tener una excelente memoria. Wigoder le interrumpió de pronto:

—¿Cuál es la primera pregunta que le he formulado?

Jermey no logró recordarlo. Acababa de afirmar que era capaz de recordar palabra por palabra un interrogatorio que había durado trece horas y, sin embargo, no recordaba la pregunta que Wigoder le había hecho hacía poco.

Esos momentos servían para contrarrestar el pesimismo que hacía presa en mí cuando regresaba a Brixton. Cada noche, mi padre me preguntaba ansioso:

—¿Cómo va el juicio, Gerry?

—Bien, papá —contestaba yo—. Wigoder ha hecho quedar a Jermey como un cretino.

Se trataba de pequeñas mentiras piadosas. Lo cierto era que cada vez estaba más convencido de que Wigoder tenía razón al afirmar que el caso se presentaba complicado. A menos que intercediera Jesucristo, todos íbamos a ser condenados a cadena perpetua.

Yo no había declarado aún. Paul volvió a estropear nuestra defensa mostrando de nuevo un aire despectivo al ocupar el estrado, negándose a responder a las preguntas de los letrados o bien contestando sarcásticamente o con otras preguntas. La declaración de Paddy no mejoró la situación. Repitió cuanto había dicho anteriormente, negando toda participación en el asunto, pero ofrecía el aspecto de un hombre hundido, casi en estado de coma, balbuceando y farfullando con un pronunciado acento de Lower Falls. A continuación me tocó el turno a mí.

Al levantarme para ir a declarar me sentí como si fuera a sentarme en la silla eléctrica. Abrieron una pequeña puerta que daba acceso al estrado y pasé por delante del jurado notando que las piernas apenas me sostenían, consciente de que iba vestido con vaqueros y que les sería difícil entender mis palabras debido a mi fuerte acento irlandés. Me sentía totalmente amedrentado. Cada vez que miraba al juez veía la enorme espada que colgaba tras él, la cual representaba para mí la espantosa muerte que iba a experimentar en el Old Bailey mientras declaraba.

Wigoder me preguntó acerca de mi infancia en Belfast, mi llegada a Inglaterra, mis amigos y los trabajos que había desempeñado. Luego, me pidió que explicara detalladamente lo que había hecho el día de autos. Obedecí, tratando de expresarme con claridad y en un tono convincente. Wigoder me pidió a continuación que relatara mi arresto y el interrogatorio por parte de la policía. Eso fue lo más duro, referir públicamente la forma en que me habían maltratado y amenazado hasta conseguir que me desmoronara. Wigoder se mostró eficaz y paciente. Pero yo todavía notaba cierta frialdad y desinterés por su parte. Cuando el abogado de Paddy interrogó a su defendido era evidente que existía entre ambos una fuerte simpatía, mientras que Wigoder se mantenía distante de mí.

De improviso, cuando estaba empezando a vencer mi temor, el juez me ordenó que abandonara el estrado, pues se habían presentado dos de los testigos de Paul, los cuales no pudieron declarar el día anterior. Justo cuando empezaba a sentirme más relajado, tuve que regresar al banquillo de los acusados y escuchar una serie de declaraciones que no me concernían, sabiendo que tendría que volver a ocupar el estrado al cabo de un par de horas y tratar de retomar el hilo de mis declaraciones.

Cuando regresé al estrado fue sir Michael Havers quien se encargó de interrogarme. Al menos, no me sentía intimidado por él; es más, prefería ser interrogado por Havers que por su ayudante, Michael Hill. Había observado que Havers tenía un tic en el ojo derecho que, cuando se excitaba, daba la impresión de que me estuviera haciendo un guiño. Desde el banquillo de los acusados, yo le había guiñado el ojo anteriormente unas cuantas veces, y vi que se daba cuenta por lo menos en una ocasión, porque me miró azorado y se giró apresuradamente. Fue una pequeña señal de debilidad que me ayudó a hacerle frente sin dejarme amedrentar.

No obstante, no me fue fácil controlar mis nervios. En cierto momento, cuando Havers no comprendió algo que le dije y me pidió que lo repitiera, sentí deseos de replicar: «¿Acaso está usted sordo?» Pero me contuve.

En otro momento le dije:

—Mire, no importa si soy inocente o culpable. Ustedes necesitan un chivo expiatorio y me han elegido a mí.

Havers trató de convencer al tribunal de que yo había realizado unas declaraciones confusas a fin de desconcertar al jurado.

—No necesito desconcertar al jurado —repliqué—. He dicho la verdad.

—¿Disfrutaba siendo el jefe de la pandilla que mató a esas personas en Guildford?

—Jamás había estado en Guildford hasta que la policía me llevó allí. Si me hubieran ordenado que nombrara al Papa como uno de los terroristas, lo habría hecho. Habría nombrado a quien fuera con tal de salvar a mi madre.

Al regresar al banquillo de los acusados observé que Lily Hill, que estaba sentada en la galería reservada al público, rompió a llorar. En aquel momento pensé en mi madre. Se habría llevado un disgusto tremendo al oírme describir todas las cosas que me habían hecho. Me alegré de que no estuviera presente cuando, con anterioridad, describí cómo me golpearon y humillaron, algo que normalmente no hubiera contado ante mi madre, ni ante ninguna mujer. Jamás le he revelado lo que me hicieron en las comisarías de Springfield Road y Godalming, porque me siento avergonzado.

Bajé del estrado y mi defensa concluyó. No habíamos presentado a ningún testigo que pudiera jurar haberme visto en otro lugar la noche de autos (creíamos que podíamos contar con Paddy Carey, pero no compareció) y no disponíamos de otros testigos. La defensa y la coartada de Gerry Conlon pasaron en un abrir y cerrar de ojos, en un par de horas al término de un juicio que había durado cinco semanas. Mi abogado ocupó su asiento.

Durante su recapitulación, Donaldson insistió en nuestros antecedentes en Belfast. Le dijo al jurado que debían decidir si creían a unos policías que llevaban veinte años en el cuerpo o a nosotros.

—Todo depende de ustedes —les reiteró una y otra vez durante dos días.

El juez debía de entender que éramos inocentes, pero se lavó las manos en el asunto, como Poncio Pilato, y trasladó la responsabilidad a doce personas que sin duda se sentían atemorizadas por la policía y confundidas por el torrente de palabras y jerga legal que habían escuchado. Al leerla, la recapitulación parece justa; pero, si uno había estado presente en la sala del tribunal y había observado la forma en que el juez recalcaba lo que le interesaba, inclinándose hacia delante o hacia atrás para dar un mayor énfasis a sus palabras, o mirando por encima de sus gafas al jurado, entonces no parecía tan justa. Fue un discurso nada imparcial y destinado a perjudicarnos gravemente.

El jurado no consiguió ponerse de acuerdo en el espacio de tiempo de que disponían aquel día, de modo que los enviaron a pasar la noche en un hotel. Nosotros regresamos a Brixton, donde mi padre ya se encontraba encerrado en su celda. Logré que los guardias me dejaran pasar a verle durante veinte minutos. Le dije que todo iría bien y traté de darle ánimos, al igual que él a mí, pero yo tenía un terrible presentimiento. Aquella noche apenas pude pegar ojo. No dejaba de pensar que mi suerte estaba en manos de esos jurados, y me preguntaba si ellos lograrían conciliar el sueño.

A la mañana siguiente salimos, desayunamos y nos lavamos como de costumbre. Cuando vinieron a buscarme con unas esposas para sacarme del primer grado, le pedí a un guardia que me dejara ver a mi padre. Nos concedió dos minutos para despedirnos. Mi padre me abrazó, me besó en la cabeza y dijo:

—Buena suerte, Gerry. Ven a verme cuando te suelten.

Pero creo que en el fondo sabía que no iban a soltarme. Era demasiado inteligente para no saberlo.

El jurado permaneció reunido durante buena parte de la mañana, hasta que Donaldson los convocó para decirles que aceptaría un veredicto por mayoría. El jurado se retiró de nuevo, mientras nosotros permanecíamos en unas pequeñas celdas que había debajo de la sala del tribunal, aguardando nuestra sentencia. Pensé en todos los fotógrafos que había visto en la calle a través de la ventanilla de la furgoneta y en los titulares que publicarían los periódicos al día siguiente. Los periódicos de mayor tirada nos habían condenado de antemano. La prensa popular hizo amplio eco del caso presentado por el ministerio fiscal, omitiendo prácticamente el de la defensa. Titulares como el de «Juicio contra los terroristas de Guildford» dicen mucho de la imparcialidad de la prensa, que destacaba asimismo las medidas de seguridad tomadas por la policía para impedir que el IRA tratara de rescatarnos. Habían apostado tiradores en los tejados de todos los edificios que rodeaban el Old Bailey, al tiempo que unos helicópteros sobrevolaban la zona. A los jurados los trasladaban de un lado a otro unos guardias armados y protegidos con chalecos antibalas. Todo ese despliegue de medidas de seguridad, aparte del dinero que costaba, resultaba risible.

A las dos y siete minutos, el jurado entró de nuevo en la sala tras haber llegado a un acuerdo en los veredictos. Cuando el secretario del tribunal leyó en voz alta el primer cargo, el portavoz del jurado contestó:

—Culpable.

Repitió la palabra otras treinta y dos veces a medida que el secretario del tribunal iba leyendo todos los cargos que se nos imputaban. Yo, después del primero, apenas oí lo que decían. Sabía desde un principio que o nos liberaban a todos o nos condenaban a todos.

17

¿QUÉ FUE LO QUE FALLÓ?

De pronto los abogados comenzaron a hablar sobre una suavización de la pena. El abogado de Carole solicitó al juez que no recomendara que la joven cumpliera toda la condena en la cárcel, teniendo en cuenta que sólo tenía diecisiete años. El juez accedió a ello de inmediato y los otros abogados se prepararon para hacer otro tanto. Yo estaba horrorizado. La suavización de la pena significa para mí pedir indulgencia por un delito que has cometido. Yo había insistido en mi inocencia en todo momento, y no iba a permitir que Wigoder suplicara en mi nombre. Le indiqué al abogado auxiliar que se acercara y le dije:

—Dígale a Wigoder que me opongo a que le pida indulgencia al juez.

—Pero tiene que hacerlo, la sentencia...

—No me importa la sentencia. Me han juzgado culpable de algo que no he hecho y no quiero que se suplique indulgencia como si en realidad fuera culpable.

Cuando a Wigoder le tocó el turno de expresarse, dijo:

—Creo que no sería conveniente ni oportuno dirigirme al tribunal en nombre de Conlon.

El juez nos envió de nuevo a nuestras celdas mientras reflexionaba sobre las sentencias que iba a aplicarnos. Supuse que ya lo tendría decidido, puesto que había tenido tiempo suficiente mientras el jurado se hallaba deliberando. Pero por algún motivo necesitaba más tiempo, bien para decidir las penas que nos impondría, bien para elegir las palabras que emplearía para describirlas.

Cuando entró de nuevo en la sala, el tono razonable que venía utilizando hasta entonces se había evaporado, dando paso a un tono abiertamente hostil. En primer lugar nos informó de que diez años antes nos habría enviado a la horca. Acto seguido, manifestó que le maravillaba que no hubiéramos sido acusados de traición, lo cual implica la pena de muerte. Por último, se ocupó de cada caso por separado. Le impuso a Paddy la pena de cadena perpetua, y un mínimo de treinta y cinco años; a Carole, también cadena perpetua, sin ninguna recomendación; y respecto a Paul dijo que sólo podría ser liberado «por motivos de ancianidad o invalidez».

Yo fui el último. El juez me miró fijamente, como si estuviera divirtiéndose, y declaró:

—Le condeno a cadena perpetua, con la recomendación de que cumpla no menos de treinta años de cárcel.

Sentí un imperioso deseo de levantarme de un salto y gritar: «¡Pero si no he hecho nada!» Pero me contuve. Si había conseguido conservar mi dignidad y el respeto de mí mismo en Winchester, también podía hacerlo aquí. Creo que un año antes me habría puesto a gritar como un histérico, pero los diez meses pasados en prisión preventiva me habían cambiado y endurecido. Conseguí permanecer impasible, según dijo la prensa, aunque estaba desesperado y a punto de desmoronarme.

Apenas recuerdo lo que sucedió durante los minutos siguientes. En la sala, que había permanecido en silencio mientras hablaba el juez, se oyeron unos murmullos. Los letrados recogieron sus papeles y a nosotros nos condujeron por última vez a las celdas. Nos hicieron esperar durante mucho rato, aunque no sé exactamente cuánto tiempo; recuerdo que hablamos entre nosotros, pero no recuerdo lo que dijimos. Carole estaba tan desesperada y horrorizada que casi perdió el conocimiento; Paddy temblaba como una hoja y estaba pálido como la cera; y Paul mostraba una serenidad admirable, teniendo en cuenta que era un joven de veinte años que acababa de recibir la condena más larga impuesta bajo la Ley Criminal en activo. No sé qué aspecto tenía yo, sólo sé que estaba cagado de miedo.

¿Qué fue lo que falló? O quizá sería más apropiado preguntarse, ¿qué les permitió salirse con la suya?

Teóricamente, era muy difícil para el ministerio fiscal condenarnos basándose en los escasos indicios de que disponían para vincularnos con una unidad en servicio activo del IRA. En relación a nosotros, no tenían explosivos ni detonadores, ni armas ni municiones; no tenían planos de Londres ni mapas del sureste de Inglaterra, ni una lista de presuntas víctimas ni de personajes conocidos; no disponían de informes de los servicios secretos ni soplones, ni huellas ni documentos de identidad, ni pisos francos ni vehículos. Lo que sí tenían era pruebas de todo ello en relación con atentados que ellos sabían que tenían que ver con los de Guildford y Woolwich. Dichas pruebas indicaban claramente que quienes cometieron aquellos atentados debieron de estar también en Guildford y en Woolwich. Las únicas personas que no sabíamos nada éramos nosotros cuatro y nuestros abogados. Ese hecho se hizo evidente dos meses después de que concluyera nuestro juicio, cuando fueron arrestados cuatro de los individuos responsables de esos atentados. No tenían nada más que nuestras declaraciones firmadas, que eran papel mojado. Al examinarlas salta a la vista que se contradicen en todos los puntos importantes. No coinciden en quién colocó las bombas, quién conducía los coches, dónde conservábamos los explosivos, dónde fabricábamos las bombas y dónde las poníamos a punto. La policía nos intimidó para obligarnos a realizar unas declaraciones que carecían de valor.

El tribunal no vio más allá del hecho de que habíamos confesado; no fue capaz de entender que hubieran podido obligarnos a confesarnos culpables de algo que no habíamos cometido. Habría estado bien que hubiese comparecido a declarar Brian Anderson, un protestante cuyo padre era uno de los miembros más destacados de la Orden Naranja en Comber. Brian le habría contado al jurado lo que me reveló a mí cuando nos hallábamos en prisión preventiva, que estuvo a punto de confesar ser el autor del atentado de Guildford, de no ser porque el policía que le estaba interrogando tuvo que ausentarse para atender una llamada telefónica. Era tan culpable como yo, pero si ese día se hubiera rendido le habrían caído treinta años como a mí.

Conozco un caso todavía más curioso. Años más tarde, poco después de que me liberaran, descubrimos que por la misma época en que fui arrestado la policía irrumpió en un refugio en Arlington Road (el lugar, según consta en la declaración de Paul Hill, donde estaba almacenada la nitroglicerina). Un tipo zarrapastroso se declaró culpable de los atentados de Guildford y de Birmingham y, sin embargo, la policía no le detuvo.

Aunque por la época en que se celebró el juicio existían abundantes pruebas de que la policía me había maltratado, nadie hizo hincapié en esa circunstancia. Un médico de Belfast dijo que yo padecía una dolencia renal, la cual sin duda me producía fuertes dolores, y me recetó unas medicinas que jamás me fueron administradas. También pudieron haber llamado a declarar a mi tío Hughie, que vio cómo me obligaban a recorrer la comisaría de Guildford saltando como una rana tras haberme entrevistado por primera con David Walsh, mientras mi tío gritaba desde su celda: «¡Dejadle en paz!» O pudieron escuchar el testimonio de mi tía Kate, que se encontraba en Godalming al mismo tiempo que yo, aunque yo lo ignoraba. Mi tía me oyó gritar.

—No sabía que Gerry estaba en Godalming —dice ahora Kate—. Yo estaba encerrada en una celda y estoy segura de que le oí gritar de dolor. Le oí exclamar: «¡Mamá! ¡Mamá!»

Ninguno de esos testigos fue llamado a declarar en mi favor, corroborando mi afirmación de que se me forzó a confesar por medio de malos tratos.

Mi defensa habría resultado más sencilla si unos testigos hubieran apoyado mi coartada. Al dirigirse al jurado, Havers recalcó el hecho de que yo no tenía ninguna coartada, ante lo cual Donaldson, en su recapitulación, se vio obligado a decir que eso era incierto. Tenía una coartada, pero no tenía a nadie que la corroborara.

¿Qué sucedió con Paddy Carey, que me vio en el albergue en el momento en que se supone que yo estaba colocando las bombas en Guildford? Paddy se fue de Quex Road poco después que yo y volvió junto a su esposa, a la zona oeste de Belfast. Fue mi madre quien dio con él y quien contrató un abogado para que le tomara declaración. Paddy debía ir a Londres para declarar en mi favor. Llegó el día previsto y se presentó en el Old Bailey. En aquel momento me estaban interrogando, pero los Clarke —los testigos de Paul Hill— fueron llamados a declarar antes que mi testigo, y eso seguramente dio al traste con todo el asunto. Uno de mis abogados le dijo a Paddy:

—No vamos a llamarle hoy a declarar. Probablemente declarará mañana.

—¿Dónde voy a alojarme? —preguntó Paddy.

—Eso es cosa suya —le contestaron.

—No tengo dinero —protestó Paddy—. Sólo me han pagado el billete de avión. Me marcho.

Se fue directamente al aeropuerto de Heathrow y regresó a casa. Al día siguiente se le informó al tribunal de que el señor Carey no se había presentado.

También me gustaría saber qué ocurrió con Paul, el de la tienda de ultramarinos. Se había evaporado. De hecho, abandonó el albergue para jóvenes la noche en que yo pretendía demostrar mi coartada, y sin duda era el más apropiado para recordar esa ocasión. El problema fue que desapareció sin dejar rastro. Si yo hubiera conseguido que Paul y Paddy Carey declararan en mi favor, las cosas habrían sido muy distintas. Pero al parecer nadie conocía su paradero.

Danny Wilson hubiera sido otro buen testigo de la defensa. Se tomó unas copas conmigo el día del atentado de Guildford y me vio beber seis o siete pintas. Fue uno de los muchos que detuvieron junto conmigo a causa de la Ley de Prevención del Terrorismo y habría podido referir con todo lujo de detalle los malos tratos de que fue objeto por parte de la policía de Surrey. Le llevaron desnudo y esposado a Guildford en un coche policial, le interrogaron y le amenazaron durante siete noches seguidas, durante las cuales no le dejaron pegar ojo, y finalmente le soltaron libre de cargos. De haber sido Danny una persona más débil, es probable que le hubieran caído a él también treinta años.

También me habría gustado que mis abogados hubieran convencido al jurado de que el IRA jamás habría aceptado a un idiota como yo en su organización, y desde luego no me habría encomendado la misión de poner bombas. Para eso hubieran tenido que conseguir que algunas personas testificaran respecto a mis numerosos defectos, cosa que habrían estado más que dispuestos a hacer el padre Carolan y el padre Ryan, los sacerdotes de Quex Road, quienes estaban convencidos de que yo era un chalado aficionado a los porros. La mayoría de las personas que me trataban en aquella época me consideraban un tipo inestable y de poco fiar. Cualquiera que supiese algo sobre el IRA podía haberle explicado al tribunal que era imposible que un elemento como yo llegara a ocupar el cargo de oficial de intendencia de una compañía del IRA Provisional, tal como aseguraba la policía.

Tuve tiempo de sobra, a lo largo de mis años en prisión, para meditar sobre las deficiencias de mi defensa. Creo que el problema residía en que a los abogados los aterraba ocuparse de un caso de terrorismo, que no conocían a fondo la nueva ley al respecto, que ignoraban cómo funcionaba el IRA y que se sentían abrumados por el afán de la policía de conseguir que fuéramos condenados a toda costa.

En resumidas cuentas, la defensa no disponía de las pruebas forenses de que disponía la acusación (lo cual, quince años más tarde constituyó una de las bases sobre las que se apoyaba mi apelación). La defensa habría podido demostrar sin ningún género de duda que las personas culpables de los atentados de Guildford y Woolwich no éramos nosotros.

18

WANDSWORTH

La furgoneta de los presos de primer grado cruzó el Puente de Londres y se dirigió hacia el suroeste por Elephant y Castle. No sabíamos adónde nos llevaban porque la policía no suele informar a los presos de primer grado del lugar de su destino.

Yo recé para que nos llevaran a Brixton. Comprendía que no volvería a ocupar una celda relativamente confortable en un pabellón destinado a reclusos en prisión preventiva, pero al menos en Brixton estaría junto a mi padre.

El convoy de la prisión avanzó por Kennington Park Road hasta alcanzar el estadio Oval de críquet, pero, en lugar de doblar a la izquierda por Brixton Road, seguimos hacia Clapham. Así pues, no nos llevaban a Brixton.

En el preciso momento en que pensé en Wandsworth, Paul pronunció en silencio ese nombre. Cualquiera que haya estado en prisión preventiva sabe que las dos prisiones más duras del sistema carcelario son Strangeways, en Manchester, y Wandsworth, en Londres. Ambas son fuertes militares pertenecientes a la Prison Officers's Association (Asociación de Autoridades Penitenciarias), y la POA tenía la facultad de pronunciar la última palabra en todo lo relativo a dichas cárceles. Era en ellas donde el sistema solía encerrar a los presos más conflictivos.

Al llegar al patio de la prisión nos sacaron a Paul y a mí de la furgoneta, la cual partió de inmediato llevándose a Paddy. Más tarde averigüé que le habían trasladado a Scrubs.

Sentí miedo mientras dos guardias me conducían a la zona de recepción. Como ya antes de nuestro juicio era un preso condenado, Paul había permanecido allí durante todo el proceso, de modo que no tuvo que realizar ningún trámite. Cogió su caja con las ropas de la prisión, se cambió y desapareció al cabo de unos minutos, mientras yo aguardaba ante el mostrador.

Había unos presos sentados en unos bancos, probablemente esperando a ser juzgados, y presenciaron con curiosidad la pequeña pantomima que llevaron a cabo los guardias. Uno de ellos le entregó mi libreta de preso de primer grado al guardia de recepción, el cual estaba sentado detrás de una especie de atril, como si se dispusiera a leer un pasaje de la Biblia en la iglesia. Sin alzar la mirada, dijo:

—Vacía los bolsillos, cabrón irlandés.

Yo estaba tan asustado que me quedé de piedra. El guardia me dirigió una mirada de odio y repitió:

—Te he dicho que vacíes tus jodidos bolsillos.

Saqué una pequeña lata de tabaco, dos paquetes de cigarrillos y una caja de cerillas y los deposité sobre el mostrador. El guardia cogió la lata de tabaco y, sosteniéndola a cierta distancia como si contuviera mierda, la abrió. Luego, vació su contenido en una papelera que había junto a él y volvió a dejar la lata sobra el mostrador. A continuación cogió los paquetes de cigarrillos, los estrujó lenta y deliberadamente y arrojó los restos a la papelera.

—Quítate la ropa —me ordenó.

Yo obedecí. El guardia me obligó a permanecer de pie y desnudo frente a él mientras tomaba nota de todos mis detalles personales. Al cabo de unos minutos hizo una mueca y gritó:

—¡Preparad el baño para este cabrón, que huele que apesta!

Uno de los presos se echó a reír. Mientras me tomaban las huellas dactilares oí que manaba agua de un grifo. Acto seguido, me entregaron una toalla y cuatro guardias me escoltaron al baño, donde había una enorme bañera antigua, llena casi hasta el borde.

—Métete en la bañera.

Al meter un pie comprobé que más que fría el agua estaba helada. Saqué el pie y me di media vuelta, pero los guardias me ordenaron:

—Métete en la bañera y lávate.

Me sumergí en la bañera y empecé a restregarme con una inmunda pastilla de jabón, mientras los cuatro guardias me observaban y se burlaban de mí. Cuando al fin me dejaron salir estaba aterido.

La escenita de la ropa me recordó Winchester, aunque fue mucho peor. Me dieron unos calzoncillos que parecían unos viejos pantalones de fútbol de Stanley Matthews, una camiseta larga de color crema y una camisa. La camisa debía de estar hecha para el Increíble Hulk; si me hubiera pillado una ráfaga de viento me habría llevado en volandas. Después de ponérmela, me entregaron unos pantalones.

En aquella época estaba muy delgado y medía setenta centímetros de cintura. El pantalón me quedaba por lo menos dos tallas grande. Enrollé los bajos y metí todo el material sobrante de la camisa dentro de la cintura, pero seguía ofreciendo un aspecto esperpéntico. Di unos pasos, temeroso de que los pantalones se deslizaran al suelo.

Por último me dieron unos zapatones enormes y una cazadora de algodón, y regresé al mostrador de recepción caminando torpemente. Los presos y los guardias me observaban riéndose a mandíbula batiente. El guardia de recepción me entregó la tarjeta de mi celda (una tarjeta roja, puesto que era católico, que debía colgar en la puerta de mi celda), ropa de cama, una palangana, platos, un cuchillo, un tenedor y una cuchara, todos de plástico, una jarra, una taza y un orinal.

—Andando —dijo uno de los guardias.

Como de costumbre, un guardia iba delante y el otro detrás de mí. Seguí al que me precedía como pude, pero tras recorrer unos veinte metros tuve que detenerme para sujetarme los pantalones. Luego, reanudé la marcha tratando de sostenerme los pantalones con una mano y los objetos que me habían dado con la otra. Después de recorrer otros veinte metros, el guardia que caminaba delante de mí abrió una puerta y entramos en uno de los pabellones.

Estaba lleno de presos y prácticamente tuvimos que abrirnos paso entre ellos a codazos. Al verme con aquella pinta a lo Charlot, se echaron a reír. De pronto, uno me reconoció.

—¡Es el asesino del IRA!

A continuación estalló un tumulto. Todos comenzaron a gritar y a insultarme, mientras yo seguía avanzando torpemente intentando no perder el equilibrio. Por fin llegamos al otro extremo del pabellón.

En Wandsworth hay un lugar llamado el Centro, consistente en una sala circular que da acceso a los distintos pabellones de la prisión. El suelo del Centro está siempre pulido para impresionar a las visitas, y los presos tienen prohibido atravesarlo. Al llegar a él, uno de los guardias me ordenó:

—Sigue adelante.

Le obedecí sin apenas ver dónde pisaba. Súbitamente, el guardia me gritó:

—¡No pises por el medio, imbécil!

Me quedé perplejo. Creí haberle entendido que siguiera adelante. El guardia se abalanzó sobre mí y me apartó de un empujón.

—No debes pisar por el medio. Camina por el borde, ¿entendido?

Asentí, deseando que el dichoso suelo se abriera y me tragara. No me atrevía a abrir la boca por miedo a romper a llorar.

—De acuerdo. Ahora sigue recto.

Acto seguido, me condujeron al bloque de castigo del Pabellón E.

No me habrían metido en el bloque de castigo de Wandsworth si dos presos irlandeses, Gerry Hunter, de los Seis de Birmingham, y otro llamado Mick Sheehan, no hubieran sido atacados en uno de los talleres por otro preso. El director de la prisión decidió que era peligroso para los condenados por atentados cometidos por el IRA mezclarse con otros presos del bloque de primer grado. Así pues, nos encerró en el bloque de castigo, donde permanecimos incomunicados.

Me encerraron en la celda aproximadamente a las cinco. Dejé mis cosas en el suelo y eché un vistazo a mi alrededor. Se trataba de otra sucia, siniestra y apestosa celda, llena de mugre, con restos de comida en el suelo y los muros cubiertos de pintadas y de sangre.

Aunque estaba agotado, no tenía sueño. Después de prepararme la cama, encendí la radio y escuché las noticias. Hablaban sobre las condenas que nos habían impuesto. Nos habíamos convertido en los protagonistas de la crónica de la jornada. Me llevaron un insípido cocido que apenas probé; tan sólo me comí un pedazo de pan con mermelada. Luego, me tumbé y escuché la transmisión de un partido del Real Madrid contra el Derby County.

Al cabo de un rato se apagó la luz de mi celda, aunque no eran más que las siete de la tarde. Estaba tiritando debido al baño helado que me habían obligado a darme y a la impresión que me produjo la noticia de mi condena. Traté de concentrarme en la voz del locutor deportivo, pero me parecía irreal. Me metí entre las sábanas y permanecí tumbado, escuchando la radio y procurando no pensar en lo que había sucedido.

Me desperté al oír unas fuertes patadas en la puerta de la celda.

—Levántate, cabrón irlandés —me ordenó el guardia.

Todavía era de noche y el suelo estaba frío como el hielo. Cuando me disponía a hacer la cama, el guardia abrió la puerta de la celda.

—Puedes salir. Una sola vez.

Eso significaba que debía transportarlo todo: el orinal, la palangana y la jarra de agua. Lo hice torpemente, bajo la mirada del guardia, y derramé un poco de agua en el suelo.

Después de desayunar me obligaron a deshacer la cama y me entregaron una hoja de papel con un diagrama que indicaba la forma en que debía doblar las sábanas y las mantas y colocarlas sobre el colchón: una sábana, una manta, una sábana, una manta, la funda de la almohada y la colcha. Debía seguir las instrucciones al pie de la letra y pasé media hora tratando de aprender a doblar las sábanas y las mantas exactamente como indicaba el papel.

Luego, me entretuve mirando por la ventana los grises edificios de la prisión y el cielo plomizo, una vista que llegué a conocer hasta su más mínimo detalle, ladrillo a ladrillo, teja a teja. De pronto se abrió la puerta y una voz dijo bruscamente:

—Nombre y número.

Era el jefe de los funcionarios de la prisión, que acompañaba al director de la prisión en su ronda matutina. Me adelanté unos pasos y súbitamente apareció el director. Sólo me dio tiempo a fijarme en su inmensa barriga. Entró tan precipitadamente que chocó conmigo, derribándome al suelo.

—Es usted un cabrón, Conlon. Ayer no le impusieron la pena que merece. Deberían ahorcarle.

Retrocedí. De no ser por el temor que me inspiraba aquel enorme y grotesco individuo, habría soltado una carcajada. Parecía un globo inflado. Al cabo de unos segundos, dio media vuelta y salió.

Me pregunté en qué celda habrían encerrado a Paul Hill, pero a la hora de comer me enteré de que le habían trasladado a otra prisión. No volví a verlo hasta dos años después. Al que sí vi fue a Gerry Hunter. Parecía nervioso como un conejo sorprendido por los faros de un coche. Nos saludamos con una breve inclinación de la cabeza y regresamos a las celdas con las bandejas de la comida.

A la hora de los ejercicios me encontré de nuevo con Gerry Hunter. Esa tarde bajé solo al patio. Fue una experiencia memorable. El patio de ejercicios consistía en un pequeño triángulo, delimitado por el bloque en el que se hallaba la capilla católica y por el Pabellón D, donde estaban internados los presos que cumplían una larga condena. Medía unos diez metros de un extremo al otro y estaba rodeado por una pequeña zanja, una franja de hierba y un círculo pavimentado en el medio. Me producía una sensación de claustrofobia, como si estuviera en el fondo de un pozo, pues era consciente de mis ropas de payaso y de los presos que me observaban por la ventana de su celda.

Pasados unos diez minutos aparecieron Mick Sheehan y Gerry Hunter, que parecían estar tan nerviosos como yo. Los guardias que vigilaban el patio tenían un aspecto terrorífico, como los miembros de la Waffen SS. Las pulidas viseras de sus gorras les cubrían prácticamente los ojos, llevaban guantes de cuero negro y nos vigilaban en silencio, sin mover un músculo ni desplegar los labios, excepto para darnos una orden. Nos obligaban a caminar conservando una distancia de cinco metros el uno del otro y no nos permitían hablar.

De pronto oí una voz exclamar a través de una de las ventanas:

—¡Mierda irlandesa!

Luego otra:

—¡Debieron ahorcarte!

Arrojaron por una ventana un objeto que rebotó sobre la hierba y aterrizó en la zanja que rodeaba el patio. Era una pila de radio.

—¡Eh, Conlon! ¡Sólo te quedan veintinueve años y trescientos sesenta y cuatro días para salir de aquí!

Luego, arrojaron otro misil. Esa vez se trataba de un tarro de mermelada lleno de mierda. E inmediatamente empezó a caer sobre nosotros una lluvia de pilas, botellas y tarros llenos de mierda y orina.

Yo me giré indignado hacia los guardias.

—¿Acaso no ven lo que está sucediendo? —protesté.

Pero ellos permanecieron impasibles, sonriendo con aire despectivo, y nos ordenaron que siguiéramos andando.

A lo largo de los siguientes quince años pasé algo más de tres incomunicado. A menos que uno haya vivido esa experiencia, resulta difícil explicar la soledad, la impotencia y la vulnerabilidad que se siente. La celda constituye una silenciosa burbuja, donde los únicos sonidos que percibes son los tuyos. Si dispones de una radio, ésta no tarda en convertirse en un mero zumbido de fondo, sofocado por la pulsión de tus pensamientos. Es como estar emparedado en una tumba.

Para matar el tiempo, paseas de un lado al otro de la celda; al principio, rápidamente y, luego, más despacio, midiendo los pasos. Cinco metros treinta y tres centímetros desde la ventana hasta la puerta, dos metros ochenta y nueve centímetros de una pared a la otra. Lees y relees los pequeños nombres garabateados en los muros, les hablas, sostienes un diálogo con ellos, les otorgas un rostro e imaginas los delitos que cometieron para acabar encerrados allí. Algunos, sin embargo, debían de ser tan inocentes como tú... Me sentía totalmente confundido, como si tratara de descifrar un endiablado jeroglífico. No comprendía el alterado estado emocional en el que me hallaba, el trauma que sufría. Estaba sacudido por una intensa conmoción, una crisis de identidad. Lo peor de todo era el sentimiento de culpabilidad que experimentaba, pues era consciente de que yo mismo había firmado mi condena al confesarme culpable de algo que no había hecho, y me sentía responsable de lo que le ocurrió a mi padre. Era una carga demasiado pesada para un joven de mi edad. Por otra parte, en ocasiones me invadía una profunda autocompasión, la cual se apoderaba de mí de improviso haciéndome exclamar angustiado: «¿Por qué ha tenido que sucederme a mí?»

La autocompasión y el silencio son tus dos peores enemigos. Me acercaba a la ventana para percibir algún sonido. A veces oía a los otros presos hablando a lo lejos, en el Pabellón D. Me esforzaba en captar sus palabras, como si dialogara con ellos. Pero era imposible, pues estaban demasiado alejados. Por la mañana oía a los gorriones y a los presos que les tiraban migas de pan. Oía piar a las aves, sintiéndome excluido también de su parloteo.

Cuando no me hallaba junto a la ventana me colocaba junto a la puerta, con el oído aplicado a la cerradura para tratar de percibir unos pasos, unas palabras, para enterarme de lo que sucedía fuera del confinamiento de mi celda, recordándome a mí mismo que formaba parte de un amplio y complejo sistema. Había otros hombres encerrados en otras celdas, padeciendo la misma experiencia que padecía yo. Trataba de aferrarme a ese pensamiento para consolarme y me repetía: «No te han encerrado a ti sólo, Gerry Conlon, preso número 462779, en este agujero, arrojando la llave a una cloaca y dejándote abandonado. No eres el único que está encerrado vivo en esta tumba.»

Durante largos periodos mi cerebro se quedaba totalmente ofuscado y yo permanecía sentado con la mirada fija en la pared, sin siquiera notar el paso del tiempo, lo cual resulta aterrador.

Esa noche, después de la merienda, a las siete, igual que la noche anterior, se apagó la luz de mi celda. Miré por la ventana y vi que las luces del Pabellón D seguían encendidas. Supuse que las largas horas de oscuridad eran un trato especial que nos dispensaban a los cabrones irlandeses que estábamos encerrados ahí.

Me quedé tendido en la cama pensando en nuestro juicio, en lo que había fallado y si sería posible rectificar el error. Me pregunté si la fe que tenía Paddy Maguire en la justicia británica se habría visto mermada por el veredicto. Y pensé en mi padre, que había ido a Inglaterra para ayudarme y se vio atrapado en ese asqueroso y vergonzoso asunto. Tres meses más tarde juzgarían a mi padre; pero, después de lo que nos había sucedido a nosotros, ¿qué esperanzas tenía de salir libre?

Tales pensamientos no cesaban de rondarme por la cabeza cuando de pronto se abrió la puerta y apareció un guardia.

—Levántate, Conlon —me dijo—. Tienes visita.

19

MÁS PREGUNTAS

—¿Una visita? ¿A estas horas de la noche? —pregunté, incorporándome y frotándome los ojos.

—Eso es lo que me han dicho, que había una visita para Conlon. De modo que vístete.

Me puse mis ropas de payaso y seguí al guardia, que me condujo a una de las salas de visita. En ella encontré a dos policías esperándome.

Uno de ellos, al que no conocía, era el sargento Lewis, de la brigada antiterrorista. Del otro me acordaba perfectamente, porque su testimonio en el juicio me había favorecido. Era el superintendente Peter Imbert, el jefe de la brigada.

En el juicio, Imbert declaró en primer lugar sobre el atentado de Woolwich, por el que Paul y Paddy estaban acusados, pero no yo. Imbert le contó al tribunal que me había visitado en Winchester unos días después de que me retuvieran en prisión preventiva y que en aquel momento yo confesé mi participación en el atentado de Guildford. Nosotros negamos que Imbert me hubiera visitado, pues fueron Simmons y Rowe quienes lo hicieron sin que mi abogado estuviera presente. Ése fue el día en que intenté atacar a Simmons.

Imbert insistió en que había sido él, pero le dije a Wigoder que consiguiera el libro de visitas de Winchester y pudimos demostrar que el nombre de Imbert no figuraba en él.

Aparte de verle en el tribunal, también recuerdo que Imbert entró un par de minutos en la sala de interrogatorios de Godalming, cuando Jermey y Grundy me estaban torturando para arrancarme una segunda declaración, en la que afirmaba que Annie Maguire había fabricado las bombas.

En aquellos momentos se limitó a observar la escena sin abrir la boca, o sea que en realidad era la primera vez que hablábamos.

Imbert me ordenó que me sentara y dijo:

—Queremos que nos facilites información sobre los atentados.

Hablaba en tono frío, desapasionado. Yo sabía a qué se refería porque había oído las noticias por la radio. Esa mañana habían colocado una bomba debajo del coche de un diputado conservador, sir Hugh Fraser, que estaba aparcado frente a su casa en Holland Park. El profesor Hamilton, un prestigioso oncólogo, había salido a pasear al perro y, al observar el paquete, activó el detonador y saltó por los aires. Era una terrible tragedia, el tipo de atrocidad que hacía que la sociedad ejerciera una fuerte presión sobre la brigada antiterrorista para que atrapara a los responsables. A lo largo de todo el año habían estallado varias bombas en bases militares, pero ahora se trataba de un atentado contra un destacado personaje civil a la puerta de su casa, e Imbert necesitaba detener a los culpables.

Pretendía que le facilitara cualquier información que pudiera resultarle útil. Me dijo que comprendía que no me apeteciera colaborar con la policía, pero que no tenía nada que perder.

Le dejé hablar porque no sabía qué decir. Le escuché en silencio, limitándome a asentir con la cabeza de vez en cuando para indicarle que comprendía lo que decía.

Para cuando terminó de hablar, yo me había dado cuenta de que si podía echarles una mano, facilitándoles alguna información importante, conseguiría ayudar a mi padre.

Estaba claro que sólo podía hacer una cosa, por grave que fuera. Si existía algún medio de ayudar a mi padre —aunque con ello me incriminara a mí mismo— estaba dispuesto a hacerlo, y luego intentaría justificarme. Ya había mentido y me había incriminado para salvar a mi madre, en un momento en que ni siquiera sabía que mi padre estaba detenido. Si la policía y los tribunales se creyeron las mentiras que dije en Godalming, eran capaces de creerse cualquier cosa que les dijera.

—¿Qué es lo que quieren saber? —pregunté.

Me dijeron que querían que les diera los nombres de todos los miembros del IRA en Inglaterra. También querían conocer detalles sobre la localización de los pisos francos, los lugares donde almacenaban las armas y los explosivos y las rutas del suministro. Nada podía decirles sobre eso.

Imbert mencionó unos cuantos nombres, diciendo que quería que confirmara su vinculación con el IRA. Yo sabía que no podía facilitarles ninguna información que les resultara útil, pero decidí seguirles el juego.

—De acuerdo, esto es todo por ahora —dijo Imbert—. Volveremos a verte dentro de unos días. Piensa en lo que hemos hablado.

Me sacaron de la sala de visitas y me condujeron de regreso a mi celda.

Permanecí tendido en la oscuridad, reflexionando. Si ayudaba a la policía no sería por interés personal. Estaba condenado a cadena perpetua, lo que significaba que no saldría libre hasta haber cumplido cincuenta años. Nada de cuanto dijera podía cambiar eso, aunque a veces tratara de convencerme de que saldría de la cárcel en unos pocos años. Por otra parte, sabía que si se corría la voz entre los presos de que había facilitado información a la policía mi vida correría peligro. Así pues, nadie podía acusarme de hacerlo en beneficio propio.

Pero si existía alguna posibilidad de ayudar a mi padre, por leve que fuera, debía intentarlo. Siempre me había sentido culpable de lo que le había sucedido por trasladarse a Inglaterra para salvarme. Ahora, su salvación dependía de mí. No tenía más remedio que intentarlo. No sería fácil convencerlos; tendría que mencionar muchos nombres y hablar de las actividades del IRA. ¿Lograría hacerlo de forma convincente? Me quedé dormido sintiéndome muy vulnerable, pero habiendo decidido que, si realmente creían que yo pertenecía al IRA, eran capaces de creer cualquier estupidez que les contara.

Cuando los policías regresaron al cabo de una semana para entrevistarse de nuevo conmigo, Lewis llevaba consigo un magnetófono. No lo supe hasta más tarde, pero he leído la transcripción de la cinta que se grabó aquel día con el contenido de mis declaraciones.

Para empezar, y con el fin de que me creyeran, tuve que fingir haber participado en el atentado de Guildford y ser miembro del IRA.

Les dije todo lo que se me ocurrió, sobre todo nombres. Les facilité nombres de gente de Kilburn, de Southampton, nombres que había oído mencionar en Belfast, que había visto publicados en los periódicos o que simplemente me inventaba. Luego, pasamos al capítulo de las direcciones. Mencioné calles sin números y números de casas sin calles, direcciones vagas y direcciones exactas, pisos, apartamentos, pubs, clubes, etcétera. Les facilité también unos supuestos datos internos de la organización. Me apoyé en todas las informaciones que había oído en los pubs, en las obras, en los locales de apuestas, en los clubes, en todos los lugares donde suelen congregarse los irlandeses. Les relaté lo que había oído durante mis charlas con los presos que se hallaban en prisión preventiva por la misma época que yo, e incluso les referí unas cuantas historias que había oído en Lower Falls durante los primeros días de las barricadas, cuando yo tenía quince años.

En ocasiones, los resultados eran realmente cómicos. Lewis tenía una serie de fotografías y dibujos de presuntos miembros del IRA, todos ellos minuciosamente numerados, y quería que les dijera los nombres. En cierto momento, la conversación se desarrolló de la siguiente forma:

LEWIS: Los números 23, 24 y 25 son dibujos, no fotografías. ¿Te recuerdan a alguien que conoces?
PRESO: El primero es Kenny Everett, seguro.
IMBERT: ¿Quién?
LEWIS: ¿Kenny Everett?
PRESO: Sí.
LEWIS: ¿El número 25?
PRESO: Sí, Kenny Everett, el de la televisión, el de la radio...
LEWIS (*risas*): ¡Ah, ya!
IMBERT: ¿Quién es ese tal Kenny?

Era una conversación absurda. Cuando no me inventaba los datos, eran de dominio público, de modo que no les servían de nada. No podían hacer nada con la información que les facilitaba ni a corto ni a largo plazo, porque yo no sabía nada que pudiera resultarles útil. Sin embargo, confiaba en ayudar a mi padre.

Al final de la entrevista, Imbert se despidió diciendo simplemente:

—Hasta pronto, Gerry.

Pero no volví a verle.

Seis semanas más tarde acudieron a visitarme otros dos policías, Munday y Doyle. Munday, un inspector de policía destinado a la brigada antiterrorista, había testificado en mi juicio y en el de mi padre. Doyle era sargento. De nuevo fingí estar enterado de informes que pudieran serles útiles, aunque, por supuesto, no era cierto.

Yo no había pensado en las repercusiones que ello tendría. Cuando esas conversaciones salieron a la luz al cabo de dos años, me causaron enormes problemas en mis relaciones con los otros presos. ¿Qué motivos tenía, después de lo que me había sucedido, para confiar en la buena voluntad de la policía?

El hecho de facilitarles informes falsos no fue sino una imprudencia y una estupidez que me ocasionó graves quebraderos de cabeza.

Como una última pincelada sobre mi estado de ánimo en aquella época, transcribiré un párrafo de un informe redactado por el director adjunto de la prisión poco después de haber mantenido esas entrevistas con la policía. Es evidente que el director adjunto me consideraba un terrorista, pero no deja de ser interesante leer el pequeño esbozo que hizo sobre mi personalidad:

> Conlon me da la impresión de ser un joven profundamente confuso. Pese a la gravedad de sus delitos, su compromiso con el IRA parece un tanto superficial; da la sensación de que colocó las bombas más bien para demostrar su valor que movido por sus creencias políticas. Parece mucho menos duro y despiadado que algunos de sus colegas, y creo que cuando colocó las bombas no pensó en las consecuencias de su acto. Tengo la impresión de que no quiere pensar en lo que hizo, sino que trata de borrar el episodio de su mente. Asimismo, creo que no se da cuenta de las implicaciones de su sentencia y que trata de animarse asegurando que dentro de pocos años saldrá libre...

Puede ser que a algunos les cueste creerlo, pero en ocasiones, y sobre todo al principio, mi inocencia me resultaba una carga muy pesada en la cárcel. Quiero decir que me avergonzaba, que me resultaba muy difícil de expresarlo sin sonrojarme, muy difícil decir: «No debería estar aquí. Soy inocente de los cargos que me imputan.»

No obstante, me consolaba el poder decirlo si daba con una persona con la que podía desahogarme. Uno de los pocos recuerdos gratos que conservo de Wandsworth ocurrió un domingo, poco después de mi llegada, mientras estaba haciendo ejercicio en el patio con Gerry Hunter. Aquel día nos permitieron hablar. Recuerdo que el guardia que nos vigilaba había estado destinado en la comisaría de Crumlin Road o en algún lugar de Irlanda del Norte. Llevaba, como de costumbre, la gorra y los guantes de cuero negro de la SS y se puso a silbar una canción de los unionistas, titulada *No nos rendiremos* o *La faja*, con evidente intención de intimidarnos. De pronto, cuando nos hallábamos junto al muro de la capilla caminando en círculo, Gerry se giró hacia mí y dijo:

—¿Sabes, Gerry?, soy inocente. No participé en el atentado de Birmingham. Todos éramos inocentes.

Me miró turbado, como si le avergonzara reconocerlo. Yo comprendí lo que sentía y no dudé de sus palabras.

—Yo también soy inocente —contesté—. No tuve nada que ver con el atentado.

Era estupendo saber no ya que Gerry fuera inocente, sino que, al igual que a mí, le daba vergüenza hablar de ello. A partir de ese momento nos hicimos muy amigos. La cárcel me ha enseñado que la amistad auténtica y duradera es algo muy raro y valioso. Pero, en la prisión de Wandsworth, Gerry se convirtió en amigo mío.

Por desgracia, a Mick Sheehan y a él los trasladaron al poco tiempo a otro bloque, lo cual intensificó mi sensación de aislamiento, puesto que no tenía a nadie con quien hablar. Aunque me replegué en mí mismo, traté de conservar mi cordura haciendo ejercicios en la celda y leyendo todos los días el periódico de cabo a rabo. Nadie lee y relee un periódico con tal avidez y minuciosidad como un preso en la cárcel. Luego, después de leer el periódico, elegía la palabra más larga que se me ocurría e intentaba formar otras palabras a partir de ésa para entretenerme.

También solía acudir a la biblioteca. La primera vez que fui resultó un desastre. Ocurrió al poco de llegar yo a Wandsworth. Unos guardias del tipo nazi abrieron la puerta de mi celda y dijeron escuetamente:

—A la biblioteca.

Me dirigí a la biblioteca vestido con mis ropas de payaso y escoltado por los dos guardias. Al llegar, uno de ellos dijo:

—Tienes dos minutos para elegir seis libros.

Empecé a rebuscar por las estanterías, observando tímidamente a los otros presos que se encontraban allí, mientras éstos, a su vez, me miraban del modo en que los perros miran un pedazo de carne. De pronto uno de ellos murmuró:

—Maldito cabrón irlandés.

Sus palabras provocaron murmullos de indignación entre los reclusos presentes. Uno me escupió, lo cual lo interpreté como una advertencia de que debía salir de allí cuanto antes. Retrocedí unos pasos, sin apartar la vista de los presos y sintiendo en mí sus miradas de odio. Luego, cogí al azar seis libros que estaban amontonados sobre la mesa, me dirigí a la puerta y entregué los libros al recluso que hacía las veces de bibliotecario. Me miró extrañado y puso el sello en los libros. Acto seguido, salí apresuradamente, deseoso de escapar de la biblioteca y regresar al bloque de castigo.

Cuando llegué a la celda tardé un cuarto de hora en dejar de temblar.

Al fin, conseguí dominarme y abrí uno de los libros que había cogido. No entendía una palabra, pues estaba escrito en alemán. Abrí otro y comprobé que también estaba en alemán. Todos estaban en alemán. Había vaciado la sección de libros en alemán de la biblioteca, desperdiciando la ocasión de elegir un buen libro para matar el tiempo.

Cuando un guardia me trajo la merienda le dije:

—Disculpe.

—Señor —replicó bruscamente.

—He ido a la biblioteca y me he llevado por equivocación unos libros en alemán.

Los guardias de la prisión suelen ser bastante estúpidos y aquél no era una excepción. Me miró con recelo, sin responder.

—No entiendo el alemán —insistí yo.

Pero el guardia no dijo nada. Debía de pensar que le estaba tomando el pelo.

—¿Podría cambiarlos por otros, por favor?

El guardia pareció comprender por fin lo que le decía y contestó, sonriendo despectivamente:

—Claro que puedes cambiarlos. Dentro de dos semanas.

Y cerró la puerta de un portazo.

En aquel momento comprendí que los libros iban a convertirse en algo muy importante para mí. A lo largo de los quince años que he pasado en la cárcel he rebuscado en las bibliotecas confiando en hallar un buen libro. A veces no encontraba ninguno que me interesara, pero cuando daba con uno interesante lo leía despacio, saboreando cada página. El primero que me causó una profunda impresión se titulaba *The Ragged Trousered Philanthropists.* Lo saqué de la biblioteca de Brixton, aunque nunca había oído hablar de él. Ese libro, así como *Strumpet City*, trataba el tema del sufrimiento de personas corrientes, y me sentí plenamente identificado con ambos.

Además de los problemas que tenía en Wandsworth con los otros presos del bloque, tuve que sufrir la apertura del juicio contra mi padre, al que acusaban de manipulación de explosivos.

Comenzó a finales de enero de 1976 y me resultó muy difícil conseguir información sobre el desarrollo cotidiano del proceso. Según parece, no acababan de ponerse de acuerdo sobre el resultado de las pruebas de laboratorio, que, según el ministerio fiscal, demostraban que los Siete Maguire habían manipulado nitroglicerina al intentar eliminar los indicios que demostraban que fabricaban bombas en casa de mi tía.

Los resultados de las pruebas de laboratorio constituían la única prueba contra los Siete Maguire. Pero, a mi entender, la disputa entre los letrados sólo servía para distraer al tribunal del punto crucial, es decir, de cómo llegó la nitroglicerina a manos de los Maguire. La defensa trató de demostrar que las pruebas eran erróneas y que los acusados eran personas inocentes a las que se quería convertir en culpables erróneamente. Yo conocía la verdad, lo mismo que mi padre: los Siete Maguire eran personas inocentes a las que se quería convertir en culpables deliberadamente.

Un día, en febrero de 1976, mientras proseguía el juicio de los Siete Maguire y cuando yo había cumplido cuatro meses de condena en el bloque de castigo de Wandsworth, los guardias abrieron la puerta de mi celda y dijeron:

—Coge tus cosas, Conlon. Van a trasladarte.

20

WAKEFIELD

La puerta de acceso de mi nueva prisión se accionaba electrónicamente y la zona de recepción era ultramoderna, con una iluminación agradable y unos guardias neutrales que, cuando te escoltaban, no parecían querer arrancarte las orejas de un mordisco para después escupírtelas en la cara. Me dieron ropa de mi medida, me llevaron a una pequeña habitación con una mesa y una silla y, al cabo de cinco minutos, me trajeron comida. Aún hoy, después de tantos años de cocina de prisión, no sé qué era aquel plato. Tenía forma de carne mechada, pero el color no tenía nada que ver y el sabor era asqueroso.

Me quedé mirando la comida hasta que regresaron y me llevaron al centro de control. Desde aquel punto central se veían los cuatro pabellones, del A al D, que se abrían desde allí, y, después de una entrada tan moderna y de tecnología avanzada, aquello me impactó. Era otra de esas enormes y grises cárceles victorianas. Se trataba de Wakefield.

En Wakefield, los pabellones eran muy amplios y tenían cuatro plantas de celdas. Me llevaron al Pabellón A y me metieron en una celda de la tercera planta.

—La primera noche que pases aquí te vas a perder la reunión.

Luego, me encerraron, pero no tuve mucho tiempo de quedarme allí sentado compadeciéndome de mí mismo, porque en seguida llamaron a la puerta.

—¡Eh! ¿Necesitas alguna cosa? ¿Necesitas tabaco?

Oí que alguien llamaba a los guardias, que se acercaron y abrieron la puerta. En el umbral se encontraban dos reclusos, ambos irlandeses.

—Hola, soy John Foley y él es Bobby Cunningham. Te hemos traído algo.

Me dieron tabaco, galletas y una botella de naranjada.

—Gracias. Nos veremos mañana.

El cálido contacto humano, las atenciones, me levantaron mucho la moral. Hacía meses que no vivía nada así. Esa noche me metí en la cama, sintonicé Radio One y me quedé despierto escuchando música mientras comía galletas y bebía naranjada, como un niño el día de su cumpleaños.

A la mañana siguiente nos abrieron a todos a la misma hora y salí y miré a mi alrededor. En el pasillo había dos hombres y otros dos pasaron a mi lado, pero apenas me miraron. Eso, en sí mismo, ya constituía una novedad y era de agradecer. Estaba acostumbrado a ser el objetivo, el centro de atención siempre que estaba con otros presos.

Bob Cunningham se me acercó.

—¿Bajas a por tu desayuno?

—¿No lo suben?

—Aquí no, es un autoservicio. Ven.

Bajé al Pabellón B, donde hicimos cola, recogimos nuestra comida y subimos de nuevo. Desayuné en la celda de Bobby Cunningham y él me puso al corriente de la situación en Wakefield.

Allí había setecientos cuarenta reclusos, de los cuales el setenta por ciento estaban encarcelados por delitos sexuales, es decir, eran violadores. En nuestra opinión, los violadores rompían el equilibrio del lugar y hacían que Wakefield fuera una cárcel terrible. Casi todos eran débiles y deficientes mentales, lo cual propiciaba que los guardias fueran unos bastardos negligentes y perezosos, porque tres cuartas partes de los internos nunca se enfrentaban a ellos. Por eso la comida era horrible y por eso el lugar tenía aquella atmósfera tan enfermiza.

La noche de mi primer día en Wakefield, un hombre diminuto se presentó en la puerta de mi celda, completamente vestido de blanco.

—Hola —dijo—. ¿Quieres un sándwich de cecina? ¿Una botella de leche?

En Wandsworth apenas había comido y aquel individuo parecía inofensivo, como si no se atreviera a pisar un escarabajo, por lo que le dije que sí, que gracias.

El tipo estaba a punto de entrar en la celda con el sándwich cuando Bobby Cunningham le vio y gritó:

—¡Sal de esa celda de una puñetera vez!

Le sacó de allí y luego regresó y dijo:

—No te acerques a ese tipo. Es un violador, un enano agresivo, ¿comprendes?

Algunos de los delitos sexuales eran asombrosos. A mis veintiún años, yo apenas tenía experiencia de la vida, fuera de los círculos en los que había crecido, y me resultaba chocante encontrarme entre esa gente y, sobre todo, ser una minoría entre ellos. Algunas de las cosas que habían hecho eran tan horribles que te entraban ganas de vomitar, y muchos de ellos eran, además, tipos muy extraños. Recuerdo que había uno que quería ser una mujer y se estaba haciendo crecer los pechos. Le oías cantar para sí mismo con una voz muy aguda, intentando sonar como un mujer. En esa época me parecía imposible que me hubieran llevado allí, con todos aquellos monstruos y deficientes. Yo era una persona cuerda encerrada en un asilo mental.

El juicio de los Maguire todavía seguía su curso cuando llegué a Wakefield. Allí había bastantes presos irlandeses, por lo que recibí mucho apoyo de Bobby Cunningham, Jerry Meal y los demás. Pero cuando la vista se suspendió durante dos días y medio, me sentí muy mal y mi estado de ánimo pasaba constantemente de la depresión a la esperanza y viceversa.

Finalmente, se conocieron los veredictos y yo los escuché por la radio. Pese a los largos debates que sin duda hubo entre los miembros del jurado, los Siete Maguire fueron considerados culpables de todos los cargos: culpable Annie Maguire, culpable mi padre, y culpable también hasta mi primo Patrick, que tenía trece años cuando le arrestó la policía. Uno de los miembros del jurado intentó hasta el final exculpar al joven Patrick, pero todas las demás decisiones fueron unánimes.

El juez fue de nuevo Donaldson y Havers volvió a ser el fiscal. El juez les impuso a mi tía Annie y a mi tío Paddy una condena máxima de catorce años a cada uno. Vincent y Patrick fueron condenados a cinco y a cuatro años, respectivamente, y Pat ONeill, Sean Smyth y Giuseppe Conlon, a doce años cada uno, lo cual en el caso de mi padre se convirtió en cadena perpetua.

Mi respuesta fue de rabia, y tomé la decisión de devolver golpe por golpe. Hasta aquel momento había soñado con amnistías, con reducciones de mi condena y, en los instantes más entusiastas, pensé incluso en fugarme. Pero esos pensamientos ya no servían; íbamos a tener que ganarnos la libertad demostrando que éramos inocentes, y no de ninguna otra forma.

Me resultó muy difícil controlarme en Wakefield porque me sentía absolutamente frustrado. Una de las cosas que más me hacían perder los estribos era la comida, pues tenía un aspecto asqueroso, parecía pasta de madera. Hay otro incidente que se me ha quedado clavado en la mente. Todos los jueves, el menú se componía de arroz y ternera al curry o buñuelos de cecina. Yo normalmente prefería la ternera, pero se había terminado y tuve que comer buñuelos. El chico que estaba detrás de mí en la cola, y cuya celda se encontraba próxima a la mía, decidió esperar a que sacaran más ternera. Me fui a la celda, y estaba allí, comiéndome los buñuelos cuando pasó él con su ternera al curry. Treinta segundos más tarde oí un grito y salí a ver qué ocurría. Mi compañero estaba gritando. «Mira lo que hay en el curry», me dijo. Eché un vistazo y había una cabeza de ratón.

Ésa era la concepción de las bromas que tenían algunos internos. Los presos que trabajaban en las cocinas solían poner jabón en las natillas. Siempre tenían que estropear la comida, ya que ellos no la tomaban porque en la cocina comían lo que les apetecía. Con toda malicia echaban a perder cualquier guiso decente (lo cual ya de por sí era muy infrecuente) que tuviéramos que comer los demás. Un día sirvieron pescado y, como casi todo el mundo lo rechazó, lo tiraron en el centro del pabellón como forma de protesta. Era lo mismo que en Aberdeen, cuando todo el pescado está sobre los muelles, a diferencia de que el de la cárcel apestaba. De todas formas, hubo algunos presos que salieron y lo cogieron y se lo llevaron para cocinarlo después. Algunos internos no tenían principios de ningún tipo. En esa prisión no existía solidaridad; las únicas personas solidarias eran los irlandeses y los *cockneys*.

En varias ocasiones terminé por arrojar la comida encima de los guardias. Cuando ocurría eso, se abalanzaban sobre mí como tigres y leones. Sonaban las alarmas, me inmovilizaban y me llevaban boca abajo y en volandas al bloque de castigo.

El bloque de castigo estaba separado de la prisión general, rodeado de un alto muro con alambres de espinos. Cuando te llevaban allí tenías que cruzar un puente de acero con rejas. Era como entrar en un submarino, lleno de tuberías que discurrían por las paredes, pintadas de un frío color azul, de una habitación muy larga y estrecha. Era muy claustrofóbico, y me recordaba realmente un submarino.

El bloque había sido antiguamente un centro de control. A principios de los setenta, el Ministerio del Interior creó las unidades de control para reprimir a los «presos conflictivos». Se basaba en la idea de que, si uno se pasaba noventa días allí castigado, se tranquilizaba; pero, si cuando llevaba cuarenta y cinco días, por ejemplo, insultaba a los guardias, tenía que pasar noventa días más, por lo cual, a veces te pasabas más de un año metido en un sitio de esos. Finalmente, un tipo llamado Micky Williams demandó al Ministerio del Interior por la forma en que le habían tratado, y las unidades de control fueron clausuradas oficialmente. La regla de los noventa días continuó vigente, pero las unidades de control se convirtieron en bloques de castigo.

Esos bloques se utilizaban para el confinamiento en solitario. Cualquier infracción contra la «disciplina» impuesta por la dirección estaba recogida en la Regla 47A del código de la prisión. La Regla 47A era la que te obligaba a ir al bloque de castigo. Constaba de muchísimos subapartados, que lo abarcaban prácticamente todo; era una especie de trampa.

Lo primero que hacían era meterte en una celda y decirte que te desnudaras. Mientras lo hacías, te rodeaba un mínimo de cuatro guardias. Cuando estabas desnudo, te daban una especie de pijama de hospital de color azul y te decían que fueras a las duchas, que se encontraban dos tramos de escaleras más abajo, en el sótano. Se entraba directamente en la zona de las duchas, que tenía unos dos metros y medio de ancho y un metro de profundidad y estaba toda embaldosada de blanco, como los baños públicos. Las baldosas estaban rotas, y lo primero que te llamaba la atención era la sangre incrustada en las baldosas del techo y de las paredes. Los guardias te observaban mientras te duchabas. Resultaba opresivo y degradante, pues miraras donde miraras veías sangre. Yo no apartaba la vista de los guardias, pensando que iban a añadir mi sangre a la que ya había allí. Conocía la fama del bloque y lo brutales que eran los guardias. Por fortuna, nunca me pegaron en la ducha.

Cuando terminabas de ducharte, volvían a llevarte a tu celda y la ropa que habías llevado hasta ese momento había desaparecido. Solíamos coser trozos de pantalones viejos en los tejanos para hacerlos más acampanados y siempre estábamos intentando conseguir una chaqueta decente, pero cuando te llevaban a los bloques de castigo toda tu ropa se esfumaba. Te dejaban de nuevo con ropa que no era de tu medida y parecías un payaso. En la prisión todo estaba pensado para acabar con la individualidad. Nada de tejanos acampanados y desgastados, te dejaban con un par de pantalones de una talla media y unos dobladillos por fuera en los que podías llevar agua.

Entonces llegaba la sentencia, y tú allí de pie, con esas ropas que parecían sacadas de un circo. La sentencia era una farsa. El castigo por tirar comida, por ejemplo, solía ser de veintiún días de reclusión en solitario. Te decían que le dieras tu nombre y tu número al director de la cárcel, cosa que yo nunca hacía, y procedían a contar lo ocurrido: «El recluso 462779, Conlon, ha tirado la comida encima del guardia tal y el guardia cual. Se le declara culpable y pasará veintiún días en el bloque de castigo.»

En Wakefield nadie se libraba de eso. Siempre te declaraban culpable por muy inocente que fueras. Me parecía que todo lo que decían los guardias era palabra de Dios y se aceptaba. En comparación con otras prisiones, los castigos de Wakefield podían ser muy brutales.

Había veces que subía y bajaba del bloque con tanta frecuencia como un yoyó. Allí dentro pasé un total de diez meses. El castigo oscilaba entre los cinco y veintiocho días, y desde el bloque de aquella prisión no se podía ver el cielo, pues las ventanas tenían una doble capa de plástico duro y opaco, con unos agujeros para la ventilación, y en verano era como un asador. En la celda no había nada, absolutamente nada, ni siquiera una colchoneta en el suelo. Si querías ir al servicio, sólo podías hacerlo a la hora del desayuno, del almuerzo o de la cena. Los guardias se congregaban alrededor del retrete mientras lo utilizabas. Era absolutamente horrible, no hay nada más humillante que eso.

El patio de ejercicios del bloque de castigo tenía un desnivel de cuarenta y cinco grados. En la pared había pintadas unas líneas onduladas. Tenían colores distintos y parecían la espalda de una serpiente. Si te quedabas un rato mirándolas te sentías desorientado. Y en cada una de las cuatro esquinas del patio había una garita, desde donde los carceleros te miraban como si fueran los vigilantes de un zoológico. Y los reclusos éramos los animales.

El ejercicio resultaba realmente importante, ya que era la única ocasión que tenías de estar al aire libre. Pero el patio de Wakefield era distinto; por ejemplo, si hablabas se acababa el ejercicio y te llevaban de regreso a la celda. Era la única oportunidad que tenías de ver a los otros reclusos del bloque de castigo, por lo cual resultaba muy difícil no decir nada, sobre todo cuando llevabas dos semanas sin hablar con nadie.

Había un guardia, al que llamaré Smith, que sentía un odio muy intenso por Tony, un preso irlandés, pelirrojo y muy tímido. Smith le provocaba constantemente. Un día, yo tenía una jaqueca terrible y, como Smith estaba incordiando a Tony, le espeté:

—¿Por qué no te largas de una puta vez y le dejas tranquilo?

Me dijo que me ocupara de mis cosas porque si no me buscaría problemas. Entonces perdí los nervios, le empujé contra una columna, la alarma empezó sonar, llegaron los otros guardias y me apresaron. Pensé que si tenía intención de acusarme no le dejaría salirse con la suya. A la mañana siguiente, en el momento de la sentencia, Smith empezó a referir sus pruebas contra mí; todo mentiras, exageraciones de lo que yo había hecho. Dijo que le había agarrado por la garganta y que había intentado morderle. «Hijo de puta», pensé, y cuando me tocó el turno de presentar mis alegaciones dije:

—Me declaro culpable, pero no ha contado lo que realmente ocurrió.

Afirmé que fue a la celda, que me hizo proposiciones homosexuales y que quería tocarme. Por eso le había atacado.

—¡Soy un hombre casado! —empezó a gritar.

El director de la prisión me pidió que abandonara la sala. Cuando regresé, me dijo que me habían caído diez días, lo que era completamente inusual porque un delito como aquél solía presentarse a la Junta de Vigilancia y podían caerte entre cincuenta y seis y ciento doce días de castigo. Creo que el director me puso sólo diez días para no tener que presentar el caso ante la junta, ya que hubiera tenido que explicar mis razones de por qué «ataqué» a Smith.

Cuando se corrió la voz por la prisión de lo que yo había dicho, todo el mundo empezó a llamar «cariño» a Smith, a tirarle besos y a hacerle la vida imposible. Con el paso del tiempo perdió su arrogancia y dejó de importunar a la gente. Ésta fue una de las pequeñas victorias que obtuve en Wakefield.

La presencia de presos irlandeses republicanos en Wakefield, y en casi todas las otras veinte cárceles en las que estuve, afectó por completo mi vida de recluso. Sin embargo, como no era del IRA y nunca iba a hacerme del IRA, quiero explicar por qué esos hombres me influyeron de una manera tan intensa y duradera.

Me relacioné con ellos, primero y por encima de

todo, porque eran irlandeses igual que yo. Algunos, como Roy Walsh, habían crecido en el oeste de Belfast lo mismo que yo, y nuestro origen común hacía inevitable que merodeáramos juntos por la cárcel. Otros, como Shane Docherty y Joe O'Connell, estaban en condiciones de saber con toda seguridad que yo era inocente, y sentían una cierta responsabilidad hacia mí. Así que, de una forma u otra, siempre había un mayor o menor grado de simpatía natural entre los reclusos irlandeses.

Pero existían otras razones. Los guardias, y el sistema penitenciario, siempre hacían distinciones con los presos irlandeses, como si fuera un grupo especial que merecía un trato especial. Los irlandeses estaban sometidos a formas concretas de discriminación, sobre todo en relación con las visitas. A los irlandeses se los molestaba, se los acosaba y se los retaba a que demostrasen su sentido de identidad nacional. Era paradójico, porque una de las razones por las cuales los guardias lo hacían era por miedo de los reclusos terroristas, miedo de que se relacionaran con los otros presos y, de un modo u otro, los contagiaran. Hasta ahora nunca ha habido un número importante de irlandeses republicanos en las cárceles inglesas. En Wakefield empecé a ver cuánto miedo les tenía el sistema y cómo intentaban controlarlos, aislándolos de los otros internos. La consecuencia más importante era que la solidaridad entre ellos aumentaba.

Esta situación habría obligado a la solidaridad en cualquier grupo aunque no hubiera existido de manera natural, y de hecho había pocos irlandeses en primer grado que no estuvieran condenados por delitos del IRA (en Wakefield, John Foley era uno de ellos, pero se convirtió, al igual que yo, en parte del grupo irlandés de la prisión).

La última razón es la más difícil de explicar, sobre todo si hablas con personas cuyas ideas sobre el IRA proceden de la prensa sensacionalista inglesa. Los presos republicanos son distintos de los otros presos porque no están encerrados por haber buscado un beneficio personal y porque no son monstruos. Eso los diferencia de todos los demás. Por lo general, son muy disciplinados. No participan en las trivialidades de la vida carcelaria, como organizar complicados ataques contra los violadores o ataques de rencor contra los guardias o contra otros presos. Además, se preocupan unos de otros. Si por alguna razón recibe alguien una suma de dinero, lo primero que hace es comprar comida para todos los irlandeses. Si alguien empieza a deprimirse, como a mí me ocurría a menudo, intentan ayudarte hablando contigo de ello y con paciencia consiguen que olvides tus neuras.

En la cárcel, cada día es como andar por un campo lleno de minas. Está llena de peligros, llena de personas capaces de desencadenar actos de increíble violencia por una trivialidad, como por no decir «buenos días» o por sí decir «buenos días» o por mirarlas de frente. Así, la actitud de los irlandeses, es decir, el mantenerse unidos a toda costa, sin dejarse provocar por nadie y sin buscarse problemas, me supuso una gran influencia positiva, ya que me ofrecieron la protección y el sentido de pertenencia a un grupo que yo tanto necesitaba. Eran como una extensión de la familia. Esto puede parecer extraño a los que sólo tienen en la cabeza la idea de «activista del IRA igual a monstruo».

Cuando llegué a Wakefield, el sentimiento de unidad entre los reclusos irlandeses era especialmente intenso, porque un acto desinteresado de solidaridad, realizado por un preso irlandés, acababa de tener un trágico desenlace: Frank Stagg había muerto en una huelga de hambre. Frank Stagg y Jerry Mealey empezaron la huelga de hambre para protestar contra el injusto sistema de visitas y para reivindicar el traslado a prisiones de Irlanda del Norte, donde los familiares pudieran visitarlos con más frecuencia.

Las visitas «irlandesas», como las llamaban, eran únicas en su género. El sistema no trataba tan mal a las familias de los demás presos. Cuando mi madre fue a vernos a mi padre y a mí, tuvo que ahorrar todo el año, tanto dinero como días de visita acumulados, y utilizar sus vacaciones anuales para ello. Pudo pagarse el viaje, pero siempre empleando los medios más baratos, como los transbordadores nocturnos y los billetes de tren de segunda clase. Si la prisión se encontraba en un lugar alejado, como Parkhurst, no recibía ninguna ayuda para el alojamiento. Además, al encontrarnos mi padre y yo en prisiones distintas, como estuvimos durante mucho tiempo, sus problemas empeoraban. Pero tener tiempo para realizar el viaje y dinero para pagarlo era sólo el primer trance.

Se hacía todo lo posible para que los familiares se sintieran también como criminales a los que debía castigarse. Primero tenían que pasar casi un examen. Todo aquel que quiere visitar a un preso de primer grado tiene que ser entrevistado por la policía, lo cual es en sí mismo un auténtico suplicio, porque no cesan de preguntar «¿y por qué quiere ver a esos asesinos que colocan bombas?», como si en ello hubiera algo de lo que sospechar, algo de lo que sentirse culpable. Luego, hay que enviar fotografías a la prisión y al Ministerio del Interior y rellenar un formulario.

Mi madre, cuando venía, se quedaba varios días y me visitaba por la mañana y por la tarde hasta que agotaba su cupo anual de visitas. Pero primero tenía que encontrar dónde alojarse, una pensión con cama y desayuno que no le quedara muy lejos. Incluso eso era complicado, porque en muchas pensiones, al notar el acento irlandés, le cerraban la puerta en las narices. El prejuicio de los guardias de la prisión contra los familiares de los terroristas «que colocan bombas» se extendía rápidamente por la zona, y mi madre se veía obligada a ir de un lado a otro con su maleta a cuestas hasta que encontraba a alguien dispuesto a alojarla.

Luego, cuando llegaba a la cárcel, nunca estaba segura de que yo siguiera allí. A los presos de primer grado nos podían trasladar en cualquier momento y, si esperabas visita, pues te fastidiabas. Eso ocurrió cuando a mi padre también le llevaron a Wakefield. La misma mañana en que mi madre llegó allí, después de llevar dieciocho meses en el mismo sitio a mí me habían trasladado a Canterbury sin previo aviso. Todos los planes que tenía para aquella semana se le vinieron abajo. Se quedó tres días visitando a mi padre y después tuvo que desplazarse hasta Canterbury para visitarme a mí dos días más.

Pero cuando pienso en lo que ocurría durante las visitas es cuando me pregunto de dónde sacaba las fuerzas para seguir viniendo a vernos. Dentro de la prisión, los guardias la trataban de manera muy brusca, como si fuera basura. Siempre había una mujer policía que la registraba. Utilizaban un detector de metales, registraban también sus bolsas y el bolso de mano, le vaciaban los bolsillos y la obligaban a semidesnudarse. Años más tarde, cuando nació mi sobrinita Sarah y mi hermana Ann me la llevó para que la conociera, los guardias le arrancaron el pañal para ver si allí había escondido algo ilegal para mí.

Y además estaban las esperas, las pérdidas de tiempo deliberadas. Las visitas empezaban a las dos menos veinte y mi madre ya estaba allí a la una en punto, la primera de la cola en la puerta de la prisión, tanto si llovía como si nevaba. En aquellos momentos yo me encontraba en el centro de control, esperando a que anunciaran el nombre de mi madre, y durante diez o quince minutos no ocurría nada.

—¿A qué se debe ese retraso en mi visita?

—Tu familia todavía no ha llegado.

Mentira. Sabía que mi madre estaba sentada en esa sala esperándome, y miraba el reloj porque sabía que la visita terminaba a las tres y media. Pasaban otros diez minutos y yo no podía hacer nada al respecto, pero me invadían oleadas de ira y frustración por el modo en que trataban a mi madre. Luego llegaba un guardia y se ponía a charlar de cualquier cosa otros cinco minutos más con su superior hasta que, finalmente, se volvía y, como si acabase de ocurrírsele, decía: «Ah, Conlon, tienes una visita.»

Cuando bajaba a la sala de visitas, allí estaban un perro alsaciano y su cuidador, apostados a mi lado, y otros dos guardias, uno de los cuales llevaba mi libro de preso de primer grado. Al llegar a la zona reservada para las visitas a los presos de primer grado, que eran las visitas más vigiladas, me desnudaban por si llevaba conmigo mensajes o cartas para entregar a mi familia. Después, podía comenzar la visita.

La habitación es muy pequeña, de unos tres metros por uno y medio, con tres sillas de madera y dos mesas pequeñas. Las mesas están colocadas una contra otra, pero separadas por un panel de madera. Yo me siento en un lado y mi madre en el otro, y sólo puedo verle la cabeza por encima del panel. No nos permiten tocarnos, a excepción del apretón de manos inicial. No podemos abrazarnos ni besarnos, sólo el apretón de manos antes de sentarnos. Después de eso, entre ambos sólo puede haber intercambio de palabras, nada más. Tras la cabeza de mi madre veo al guardia a medio metro de su espalda y ella ve al otro guardia detrás de mí en la misma posición, asomando sobre nuestras cabezas, vigilando cada movimiento. Si mi hermana Ann está con ella, tienen a dos guardias detrás y, si mi padre está conmigo, hay dos guardias detrás de nosotros. Y en medio, sentado como un árbitro de tenis, hay otro guardia, con un cuaderno abierto y un bolígrafo en la mano. Su trabajo consiste en anotar todo lo que decimos.

Ningún visitante de un preso de Belfast se siente a gusto hablando de cosas de su ciudad, sobre todo de las habladurías que corren por allí o si se trata de personas. Esos temas son los más naturales en una conversación cotidiana, pero, cuando sabes que piensan que tu hijo se dedica a colocar bombas y, además, están anotando todo lo que dices, te preocupa que empiecen a escribir cosas que en realidad no has dicho. De este modo, hay un tipo de conversación que queda absolutamente descartado.

Pero por la misma razón, ¿cómo se puede hablar de algo personal? En la cárcel no hay secretos. Se sabe todo; lo divulgan los guardias o los otros presos, porque el cotilleo es la enfermedad del aburrimiento. Así que sabes que si en una visita se comenta algo personal será la comidilla de la prisión, te lo echarán en cara y se reirán de ello. Entonces, ¿de qué se puede hablar?

—¿Cómo te encuentras?

—Oh, bien, bien.

—Dijiste que estabas resfriado.

—¿Ah, sí?

—En tu última carta.

—Oh, eso. Ya pasó.

—Me alegro.

Me siento verdaderamente incómodo. He vivido obsesionado con este momento desde hace semanas, lo he saboreado con antelación, he pensado en verla, me he preguntado cómo la encontraré y he sabido que seré capaz de decirle que estoy bien. Y ahora me encuentro aquí, sufriendo con esta inexpresiva conversación, y miro de soslayo a un guardia al que desprecio, a un tipo que no tiene cerebro ni para ser conductor de autobús y que escribe todo lo que decimos y añade algún comentario suyo sobre nosotros, lo que piensa de nosotros, lo que entiende entre líneas. Y aquí estoy, esperando a que lleguen las tres y media y termine esta tortura y pueda volver a la celda y llorar por todo lo que está teniendo que vivir mi madre.

Y ella seguirá viniendo un día tras otro hasta que sus vacaciones y su cupo de visitas acumulados se hayan agotado.

Fue por acabar con todo eso por lo que murió Frank Stagg. Jerry Mealey también estuvo a punto de morir. Recuerdo haberle visto cuando llegué a Wakefield y él acababa de salir del hospital. Tenía poco más de treinta años, pero parecía un viejo que se arrastraba por los pasillos y bajaba las escaleras con dificultad. Lo hicieron porque querían el derecho, que es el derecho de todo preso, de estar encarcelados cerca de su familia.

La diferencia que eso hubiera significado para los familiares habría sido enorme: se acabarían esas terribles y artificiales visitas anuales, en las que nos sentábamos unos frente a otros sin nada que decirnos; se trataría de una sola visita semanal después de un simple trayecto en autobús; nos mantendría en contacto con el resto de la familia, y nos daría la oportunidad de tener algo nuevo que contar cada vez. Al negarse a concederme la posibilidad de estar encarcelado en Belfast, castigaron a mi madre de una manera innecesaria e inmerecida durante quince años. Y no la castigaron sólo a ella; castigaron también a las familias de los presos irlandeses, y siguen haciéndolo.

21
LA APELACIÓN

Cuando hablé por primera vez con Bobby Cunningham y Jerry Mealey allí, en el Pabellón A, Bobby me dio un codazo en las costillas y dijo:

—Así que tú colocaste las bombas de Guildford, ¿eh?

Bobby era un irlandés que empezaba a cumplir una condena por conspiración para colocar explosivos. Me miró con una sonrisa provocativa en los labios.

—Lo hiciste, ¿no?

Me ruboricé desde la cabeza hasta el pecho, y las orejas se me encendieron como anuncios de neón por lo abrumado que estaba debido a la vergüenza. Allí estaba yo, que ante el tribunal había quedado como un experto dirigente del IRA, el cabecilla de los que pusieron las bombas, el *Provo* más peligroso de Inglaterra, teniéndoles que decir a Bobby y a los demás:

—No, todo eso que dice la prensa es un disparate. Yo no lo hice, soy inocente.

—Entonces, ¿por qué coño estás en la cárcel? —me preguntaron mirándome fijamente.

En aquellos momentos en que mi padre había sido condenado, y estaba brutalmente claro que los intentos que hice para persuadir a la policía a que le ayudara habían resultado inútiles, ya no existía ninguna razón para hacerme pasar por el autor del atentado, a excepción de que todavía tenía ese irracional deseo de no hablar de mi inocencia.

En Wakefield vi a un hombre, llamado Michael Luvaglio, que había sido condenado por un asesinato ocurrido unos años antes en Newcastle. A Luvaglio se le tenía en la cárcel por un hombre injustamente condenado que nunca había conseguido lavar su nombre, a pesar de haber llevado su caso, con nuevas pruebas, a la Cámara de los Lores. Esa decisión sentó un precedente que permitió que los jueces decidieran ser sustituidos por jurados a la hora de evaluar las pruebas nuevas. Fue en el caso de Luvaglio en el que se basó el tribunal de apelación un año más tarde, cuando unas espectaculares pruebas nuevas salieron a la luz en mi caso.

Después de pasar nueve años entre rejas, Luvaglio se encargaba de las flores de la capilla de la prisión y cada día le veía ir de aquí para allá con flores en pequeñas jarras, agobiado por la tristeza. Lo notabas por la forma en que se movía, la manera de comportarse, la forma en que le colgaba la ropa, como si fuera una mortaja. Y en cualquier zona de la prisión a la que fuese la gente decía: «Ahí está Luvaglio, es inocente.»

La inocencia de Luvaglio pasó a ser de dominio público. Todo el mundo se le acercaba y le daba consejos útiles, información útil, porque todos sabían que era inocente y, sin embargo, la Cámara de los Lores había rechazado su apelación. Yo no quería ser un Luvaglio. Quería que mi pena y mi dolor fueran míos y no propiedad de toda la prisión, así que, aunque me había jurado luchar por mi liberación y la de mi padre, no quería malgastar mis energías luchando dentro de la cárcel. Me parecía mejor no decir nada.

Mi padre no tenía esos problemas. Era incansable. Fuera donde fuese, a todas las personas que veía, doctores, sacerdotes, abogados, guardias, compañeros de prisión, familiares de los compañeros de prisión o conductores de las furgonetas que entraban en la cárcel, se les acercaba, los detenía para conversar y les decía: «Me llamo Joe Conlon. Soy inocente y no debería estar aquí.»

A principios de 1977 trasladaron a mi padre a Wakefield, lo cual fue una inmensa alegría para mí. Era el mismo de siempre y nunca dejaba escapar la oportunidad de insistir en nuestra inocencia, una actitud tan contagiosa que, gradualmente, empezó a resultarme más fácil afirmar por mí mismo que era inocente. Pero por aquel entonces la maquinación había adquirido un nuevo cariz: de repente, Guildford aparecía de nuevo en los periódicos porque se había iniciado otro juicio contra el IRA en Old Bailey, con espectaculares referencias a la colocación de «nuestras» bombas.

Los hombres sentados en el banquillo de los acusados admitieron abiertamente haber cometido las acciones que se les imputaban, una serie de ataques que se produjeron después de nuestros arrestos. Eran el grupo de la calle de Balcombe, el comando en servicio activo del IRA que había actuado con más asiduidad y «éxito» en Inglaterra. Funcionaron durante un año y medio y perpetraron unos quince atentados. Los detuvieron en diciembre de 1975 después de sitiar la calle de Balcombe. El jefe del comando, Joe O'Connell, se puso en pie y se negó a alegar en defensa propia porque los delitos eran políticos. Pero añadió una cosa. Tenía un segundo motivo para responder a los cargos que se le imputaban, y esto fue lo que dijo: «El acto de acusación no incluye dos cargos relacionados con las bombas que explosionaron en los pubs de Guildford y Woolwich, en los cuales yo participé y por los cuales se ha condenado a personas inocentes.»

Durante el juicio, O'Connell y los demás decidieron aprovechar la ocasión no para defenderse a sí mismos, sino para hacer pública nuestra inocencia. Cada día aparecían vergonzosos detalles forenses, que vinculaban el tipo de bombas utilizadas en Guildford con las que había hecho explosionar el grupo de Balcombe después de que nos hubieran detenido a nosotros. Y lo que resultó peor incluso para la policía fue que se dijo que un científico forense del Gobierno consideró Woolwich el primero de una serie de atentados con bombas realizados por el grupo, pero que después lo eliminó de su informe a instancias del sargento Doyle, de la brigada antiterrorista, al que yo conocía porque, justo después de que me condenaran, me visitó en Winchester acompañado del inspector jefe Munday.

Fueron a visitarnos los abogados, que estaban empezando a preparar una apelación basándose en estas nuevas pruebas. Hablé con Alastair Logan, el abogado de Paddy, y se avino a representarme también a mí.

Más o menos por esa época triunfó la campaña para la liberación de George Davis. Fue una campaña que tuvo una publicidad masiva, con gente que hacía hoyos en la parte central de los campos de críquet y llenaba el país de pintadas con la famosa frase «George Davis es inocente». Recuerdo que un día estaba yo en el taller con un tipo londinense, llamado Johnny Massey, y me dijo: «Ahora volverás a casa, Gerry. George Davis ya ha salido y tú tienes muchas más pruebas a tu favor de las que tenía él.»

Pero primero tenía que celebrarse la audiencia de la solicitud de apelación de mi padre y de los Maguire, que la presentaron inmediatamente después de ser condenados. La principal apelación era contra la recapitulación de las pruebas realizada por Donaldson, arguyendo que no había tratado de manera correcta las tesis de la defensa. En esos momentos, con lo animados que estábamos por lo del caso de los de Balcombe, todos teníamos la convicción de que lograrían un resultado positivo, pero no fue así. El presidente del Tribunal Supremo, lord Roskill, era el juez principal de la audiencia y desestimó la apelación diciendo que no había nada erróneo en los resúmenes de Donaldson, y así acabó todo. A mi padre ni siquiera le dejaron estar presente en la vista.

Para él, ese resultado era sólo una demora. Como de costumbre, pensaba antes en mí que en sí mismo. Mi apelación era el acontecimiento más importante de su programa.

—No te preocupes, hijo, vas a salir —me decía—. Esa gente ha admitido que lo hicieron ellos y no tú. Y cuando salgas podrás contarle al mundo entero lo que nos han hecho. Entonces saldremos todos.

La apelación se fijó para octubre de 1977, y seguíamos todos muy animados. Estábamos seguros de que saldríamos libres de la sala de justicia.

Y, de repente, me trasladaron a Canterbury, justo cuando mi madre fue a vernos en su visita anual. Iba a ser la primera vez que nos viera juntos a mi padre y a mí desde que estuvimos en Brixton en prisión preventiva. Así pues, ese año las visitas fueron más dolorosas de lo habitual. Mi madre lo sobrellevaba bien, era muy fuerte y se negaba a que todo aquello la derrotara. Pero lo que le hicieron, trasladándome de manera tan repentina el mismo día en que esperaba vernos juntos, fue muy cruel.

Poco después recibimos otro duro golpe: salieron a la luz mis conversaciones con la policía en Wandsworth. Yo me había olvidado por completo de esas entrevistas y, por supuesto, no sabía que las hubieran grabado. Sin embargo, parecía que Havers iba a intentar utilizarlas en contra nuestra durante la apelación. Fueron unos momentos muy difíciles. Le expliqué a Brian Rose-Smith, el abogado de mi nueva apelación, que me hicieron chantaje emocional para que hablara con la policía, y le dije que todo lo que conté entonces procedía de fuentes inocentes. De todos modos, eso no disminuyó la profunda vergüenza y el embarazo que sentía por todo el asunto.

Al final, los jueces de la apelación (también tuvimos a lord Roskill) no permitieron que se presentaran las cintas como pruebas, aunque a mí me resultaba difícil creer que esas grabaciones pudieran perjudicarnos. En el estrado de los testigos, los del grupo de Balcombe hicieron unas declaraciones absolutamente creíbles. Dieron unos detalles tan precisos, acerca de la planificación y la colocación de las bombas por las que nos habían juzgado a nosotros, que era evidente que ellos habían estado allí. Hablaron del peso de las bombas, del tipo de mecanismo y de dónde las habían colocado. Describieron los coches que utilizaron, dónde los aparcaron y dónde cargaron los artefactos, y uno de ellos mencionó incluso a dos ancianos que llevaban bolsas de la compra y que estaban bebiendo en el Horse and Groom antes de la explosión.

Los jueces aceptaron todo aquello, pero cuando llegó el momento de desvincularnos de esas acciones no pudieron resignarse a hacerlo y, al final, dijeron que habíamos puesto las bombas juntos.

No había absolutamente nada que nos relacionara con el grupo de Balcombe. Si hubiéramos actuado juntos, lo normal es que hubieran aparecido huellas dactilares, cabellos o algún indicio nuestro entre la cantidad de pruebas que se encontraron en los pisos francos del comando en servicio activo. Pero eso no sirvió de nada. Y en ninguna de nuestras diversas declaraciones ni en los interrogatorios verbales que la policía utilizó contra nosotros apareció tampoco ni rastro de ellos. Si yo había nombrado a mi familia y a mis amigos de Belfast, ¿cómo no iba a darles esos nombres, escritos en tintas de colores y envueltos en papel de celofán?

Los jueces nunca se fijaron en la diferencia que había entre unos y otros. Los del comando en servicio activo eran todos de la República de Irlanda. Eran disciplinados, tipos tranquilos que nunca llamaban la atención, mientras que nosotros éramos unos chavales vagabundos, borrachos, jugadores y que tomábamos drogas. Los jueces no parecieron preguntarse cómo era posible que todos hubiéramos participado juntos en una operación tan precisa, peligrosa y difícil. Se limitaron a aceptar que había sido así.

Pero ¿cómo podían no ver que las pruebas de los hombres de Balcombe convertían en un completo absurdo las acusaciones originales de la policía contra nosotros? A nuestro alrededor se urdió una auténtica mentira sobre fábricas de bombas, artefactos explosivos y coches. Cuando los hechos concretos, presentados por el grupo del IRA, se aceptaban como ciertos, lo nuestro parecía un cuento de hadas. Fueron ellos quienes inspeccionaron los pubs, quienes fabricaron las bombas, las colocaron y alquilaron los coches. No había ninguna necesidad, ni espacio siquiera, de implicar en la acción a un puñado de tipos tan estrafalarios como nosotros.

Pero eso no cambió las cosas y volvimos a la cárcel. Tardaron casi una hora en leer la sentencia, de esa forma tan fría y dura en que lo hacen. Las últimas frases de esa vista fueron las siguientes: «Para terminar, todos tenemos la clara opinión de que no existen motivos fundados para dudar de la justicia de ninguna de estas cuatro condenas o para abrir un nuevo juicio. Por lo tanto, proponemos que se desestimen y se rechacen todas las peticiones de apelación.»

Carole lloraba. En los rostros de Paul y Paddy estaba escrita la palabra incredulidad. Pero, de un modo u otro, teníamos que hacer frente a la situación. A los jueces, los árboles no les dejaban ver el bosque o, lo que es más probable, no podían admitir, ni siquiera para sí mismos, que se había producido un gigantesco error judicial.

22

STRANGEWAYS

Desde lo alto de las celdas de primer grado de Old Bailey bajan cinco tramos de estrechas escaleras. Me empujaron hacia abajo con las manos esposadas a la espalda, tan apretadas que me levantaban la piel y, al terminar el día, las muñecas me sangraban. Los guardias nos miraban con satisfacción perversa porque volvían a encerrarnos y, mientras nos bajaban, lo celebraron golpeándome varias veces contra las paredes de la larga y empinada escalera.

Una vez dentro del furgón nos dirigimos hacia el norte por la M1 y la M6. Dos o tres horas más tarde, oí al conductor hablar por radio con la policía, para avisar que iba a detenerse a poner gasolina, y nos dirigimos a una estación de servicio.

Todo el lugar estaba vigilado, acordonado por hombres armados que llevaban chalecos antibalas y escopetas recortadas. Los únicos vehículos que había en la gasolinera eran un pequeño coche rojo y una furgoneta familiar, con un papá, una mamá y dos niños que lo miraban todo boquiabiertos, como si un espectáculo del Salvaje Oeste hubiera llegado a la ciudad. Nos detuvimos. Dos motoristas y dos coches patrulla escoltaban el furgón y dentro de éste había seis guardias de la cárcel, todos ellos armados. Y pavoneándose entre las bombas de gasolina, como si fuera Mister T, se hallaba un sargento de la policía con una pistola en una funda colgada del cinturón. Lucía un enorme y absurdo bigote, estilo RAF, y parecía el hombre más feliz del mundo, pensando «miradme, mirad lo importante que soy».

No pude oír las palabras, pero cuando vi que el padre se asomaba por la ventanilla de la furgoneta y le preguntaba algo imaginé lo que estaban comentando.

—¿Qué pasa?

—Un traslado de prisioneros.

—Pero, Dios mío, ¿quién va ahí adentro? ¿El Increíble Hulk?

—Uno del IRA que ha puesto bombas. Un preso de máxima seguridad. Estamos aquí para que no intenten liberarle.

Y abrió el cierre de la pistolera por si el hombre no se había dado cuenta de que la llevaba.

En el furgón te pasabas el día mirando por una pequeña ventanilla, buscando indicadores de carreteras, algo que te diera una pista. Salimos de la M6 en East Lancs Road, en la que una vez hice dedo con Skee y con Anthony. En aquella ocasión estábamos casi sin dinero y muertos de hambre, pero yo era libre. Esta vez me encontraba encadenado a algo parecido a una bóveda de seguridad sobre ruedas. Tampoco tenía dinero ni había comido decentemente desde hacía muchas horas, pero no estaba hambriento. Me quitaba el apetito pensar adónde era obvio que nos dirigíamos: a Strangeways.

Durante mucho tiempo se ha considerado que Strangeways era la cárcel más dura, espantosa y peligrosa del sistema penitenciario. Me sorprende que las recientes protestas no se produjeran en 1980 en vez de en 1990. Yo había pasado cuatro meses en Wandsworth y dieciocho en Wakefield, diez de los cuales en el bloque de castigo. Me tocaba saborear algo incluso peor.

La suspensión del furgón se inclinó y el vehículo aceleró al cruzar las puertas de la prisión. Dio una vuelta completa al edificio y aparcó junto a una alta y vieja chimenea de ladrillo. Me hicieron bajar, todavía esposado y con la cadena de mis esposas unida por otro par de esposas a la muñeca de un guardia inmenso. De un tirón me llevó hacia una pequeña puerta de seguridad y me encontré de repente dentro del edificio.

Se ahorraron el habitual registro de la recepción y me llevaron de inmediato al bloque de castigo. Me dijeron:

—Aquí no permitimos gilipolleces, así que no organices bullas.

Era un largo y estrecho pasillo de piedra de un poco más de un metro de ancho y con dos docenas de celdas a cada lado. A mitad de camino había una zona más ancha, con linóleo en las paredes, y allí se encontraban la oficina y los retretes. Sobre el umbral de la puerta que daba a esta zona vi pintado en color rojo sangre: «No os quejéis, hijos de puta, todos estáis aquí porque lo habéis querido.»

Me quitaron las esposas y el guardia del bloque me dio una jarra de agua y un cuenco.

—Bebe agua.

Lo hice. El guardia me recordaba a los hijos de puta de Wandsworth. Llevaba en la gorra la misma visera, especialmente diseñada para que cuando le cayera sobre los ojos tuviese ese aspecto amenazador. Me llevó a la prolongación del pasillo, y a ambos lados había más celdas. Comparado con lo que había visto en otras prisiones, aquel bloque de castigo era enorme. Y fuera de cada celda había una pequeña cavidad en la pared que contenía una mesa, una silla, un colchón, sábanas y mantas. Entonces comprendí que allí el régimen era muy duro, y que las celdas estarían completamente vacías. El guardia abrió una de ellas y me encerró a toda prisa.

Recordé el olor de la celda de Winchester y el hedor de Wandsworth, pero esto era lo peor que había conocido. El somier de la cama se encontraba a diez centímetros del suelo, pero los muelles estaban sueltos y hundidos, por lo que cuando te sentabas el culo te quedaba sobre el cemento. Había un sucio orinal y eso era todo. Luego me dieron un colchón, el habitual colchón manchado de vómitos y todo lo demás. Un poco más tarde me trajeron una mesa y una silla, y llegó la hora del té.

Con el té me dieron un plato de algo que era evidentemente comida y que en algún momento debió de estar caliente. Parecía un trozo de carne de vaca, pero olía a excrementos de cerdo. Me comí el pequeño pedazo de tarta que lo acompañaba y dejé la bandeja en un rincón, lo más lejos que pude de mí hasta que tuviera que salir a vaciarla. Me acerqué a la ventana.

Abajo, y frente a mí, había una gran cúpula de plástico azul que, según descubrí, era el gimnasio de la prisión. A un lado estaba la parte lateral de uno de los pabellones, con caras en todas las ventanas y conversaciones entremezcladas, de las que sólo oía fragmentos: «... y mañana juegan los Man United... Bueno yo ya se lo dije, ese guardia sí que es un auténtico violador... ¿Tienes algo de pasta...? Me dijo que ayer recibió un paquete y ¿sabes qué había dentro...? Lo que nos han dado a la hora del té era una mierda. Mi Barbara ha escrito al Ministerio del Interior para quejarse de lo de la comida... ¿Alguien tiene un poco de tabaco que le sobre?»

Y vi a los presos tender largos trozos de cuerda con paquetes en el extremo, pasándose cigarrillos, hachís, barras de chocolate y periódicos de una celda a otra. Y, de vez en cuando, los que no utilizaban el orinal para hacer sus necesidades sacaban de la celda una cuerda con un «paquete misterioso» de papel de periódico que se abría y se derramaba sobre la cúpula azul.

Pasé un total de nueve semanas en lo que en Strangeways llamaban Buen Orden y Disciplina, antes de que volvieran a trasladarme a Londres, a Wormwood Scrubs. Buen Orden y Disciplina no es exactamente lo mismo que castigo, porque tienes muebles y privilegios, pero estás aislado. Se considera más bien una medida preventiva que adopta el director de la prisión si sospecha que vas a hacer algo para alterar el orden. Supongo que eso fue lo que pensaron de mí cuando se desestimó mi apelación.

Pero de todas formas no tardé mucho en descubrir cuál era el verdadero régimen de castigo en Strangeways.

La primera mañana que pasé allí, un sábado, un guardia llamado Shepherd, un individuo de pelo canoso, natural de Yorkshire, vino a mi celda y me dijo:

—¿Quieres hacer ejercicio esta mañana, Conlon?

—Sí, de acuerdo.

Después del desayuno me dieron un par de burdos pantalones grises, del tipo de los que me había librado de llevar en Wakefield porque me producían eczema.

—No voy a ponerme eso.

—Bueno, chico, si no te los pones no hay ejercicio.

—Pues no haré ejercicio. No me los voy a poner.

Se marchó y yo me quedé en mi sucia celda sin nada que hacer y pasaron una o dos horas. De repente, se abrió de nuevo la puerta.

—En pie, Conlon. Di tu nombre y tu número al director.

Apenas había levantado el culo de la silla cuando vi una imagen confusa que pasaba ante la puerta abierta de la celda y oí una voz que gritaba:

—¡Ese tipo necesita un corte de pelo!

Juro que si hubiera vuelto a ver a ese hombre no lo habría reconocido por lo deprisa que pasó ante mí. La puerta se cerró de golpe y yo seguí allí sin nada que hacer. Llegó la comida, un poco más de esa especie de heces que intenté comer, pero no lo conseguí, y me tumbé en la cama. Pasado un rato oí el ruido metálico de las llaves y apareció de nuevo el guardia.

—A cortarte el pelo, Conlon.

—Yo no he pedido que me corten el pelo.

—No importa. El director dice que tienes que cortarte el pelo. Venga, sal de ahí.

No me moví, por lo que dos guardias entraron a buscarme, me sacaron a empujones y me hicieron sentar en una silla. Me pusieron alrededor del cuello un trapo que casi me estrangulaba y ya estaba preparado un preso con unas tijeras en la mano que parecían una cizalla de jardinero. Yo siempre había llevado el pelo largo, y en aquella época me cubría las orejas y me llegaba hasta los hombros. Shepherd se puso a mis espaldas, me estudió y dijo:

—Hazle uno de tus cortes especiales.

El prisionero agarró mi cabello todo a la vez, en un solo mechón, y empezó a cortarlo a partir de unos dos centímetros por encima de las orejas, un corte que me daba aspecto de fraile. Los guardias se partían de risa, como si aquello fuera el chiste más divertido de la semana. Todavía se rieron más cuando el presunto barbero sacó la afeitadora eléctrica y me la pasó por la nuca. Me hizo sangre en algunas zonas.

Me devolvieron a la celda y yo casi lloraba por lo que habían hecho con mi pelo y tenía regueros de sangre en el cogote. Me miré en el pequeño espejo de la prisión y vi lo que me habían hecho. Me volví y estampé el espejito contra la pared, rompiéndolo en pedazos.

Al día siguiente, domingo, quisieron que me pusiera de nuevo los pantalones de ejercicio y volví a negarme. El lunes, los guardias abrieron la puerta y me tendieron una hoja de papel: «Infracción de la regla de la prisión: negarse a llevar los reglamentarios pantalones de ejercicio el sábado y también el domingo.»

Eso significaba que debía presentarme ante el director de la prisión a las once de la mañana para la sentencia, el proceso normal que se aplica a las infracciones de la regla. Me llevaron a un pequeño despacho en el que el director, Brown, estaba sentado ante su escritorio. Cuando le vi quise retroceder. Sus ojos me miraban fijamente y eran lo único que se movía en un rostro tan terriblemente desfigurado que parecía una máscara de carne muerta, cosida a fuerza de cicatrices. No tenía labios ni orejas ni cejas ni pestañas. Más tarde me enteré de que su tanque resultó alcanzado por una bomba de los alemanes durante la guerra y que él fue el único superviviente.

—Da tu nombre y tu número al director.

Mi número era el 462779, pero, por una cuestión de principios, siempre me negaba a darlo. Cuando intentaron obligarme dije:

—Ya sabe quién soy. Tiene mi ficha ahí delante, ¿no?

—Tu nombre y tu número al director.

—Él ya sabe mi nombre y mi número.

—Bueno, sí, sabemos quién es y también qué es —intervino Brown, para terminar con aquello—. Lea los cargos, señor Shepherd.

—Negarse a llevar los pantalones reglamentarios durante el ejercicio, señor.

—¿Algo que alegar, Conlon?

—No soy culpable.

Entonces Shepherd leyó las pruebas y Brown dijo:

—¿Conlon?

—Debe de haberse confundido, porque yo no he estado en el ejercicio ninguno de los dos días. No he hecho ejercicio desde que llegué.

—¿Es eso cierto, señor Shepherd?

—Sí, señor, se negó a hacer ejercicio con esos pantalones.

—Entonces, le sugiero que rectifique la acusación, señor Shepherd.

Y terminaron por leer la acusación corregida: «Negarse a hacer ejercicio con los pantalones reglamentarios».

—¿Algo más que alegar, Conlon? —me preguntó Brown.

—No soy culpable.

—Bueno, yo te considero culpable, pero, como eres nuevo aquí, esta vez voy a ser condescendiente. Catorce días de confinamiento sin privilegios. Puedes marcharte.

Sin privilegios significaba no tener radio ni cigarrillos ni periódicos ni libros. Te dejaban la celda sin muebles, ya que sacaban la cama catorce horas al día, y tampoco tenías silla ni mesa. Tenías que comer sentado en el suelo, apoyado contra la pared, y poner también la bandeja en el suelo. Era la forma más eficaz de hacerte sentir como un perro. Y si te negaban la cuchara o el tenedor eso eras, un perro.

Te pasas veintitrés horas en la celda, a menos que llueva, pues entonces te pasas veinticuatro, y en Manchester hay veces que llueve durante una semana seguida. Si tienes suerte, tu celda está en la parte lateral del bloque y da al exterior, a la cúpula del gimnasio. Desde ese lado puedes ver el cielo y las ventanas del pabellón vecino, por lo que, normalmente, siempre hay algo interesante donde mirar. Pero si te meten en una celda del otro lado del pasillo no hay nada, a excepción de la pared trasera del edificio de las calderas a medio metro de la ventana de la celda. En Strangeways me pasé unas cinco semanas mirando a esa pared de ladrillo.

Me acuerdo de la lluvia. A los presos nunca se les permite salir al patio si llueve, por lo que al poco tiempo empiezas a echar de menos la sensación de la lluvia.

Yo sacaba la mano por la ventana, intentando sentir, recuperar la sensación perdida de que me mojase la lluvia al caer. Los reclusos dedican mucho tiempo a obtener pequeñas satisfacciones como ésa.

Normalmente, las satisfacciones más grandes se viven cuando logras engañar a los guardias. Cuando me llevaron ante el director de la prisión ese primer lunes, yo sabía que podían caerme catorce días de confinamiento sin privilegios, porque ya conocía la reputación de Brown, así que, antes de presentarme ante él, hice un pequeño paquete con tabaco, papel de liar y cerillas, lo até con una hebra de lana de mi manta y me lo apretujé entre los glúteos. Cuando llegaron los guardias y registraron la celda —lo poco que había allí para registrar— y mi ropa, al menos conseguí lo que me había propuesto. El tabaco no duró los catorce días, pero fue una pequeña victoria sobre los guardias.

Durante las nueve semanas que pasé en el bloque de Strangeways, creo que sólo vi catorce guardias, y todos eran increíblemente estúpidos. Se regían por el horario, lo hacían todo como robots porque eran por completo incapaces de tomar iniciativas. Su mente era tan débil que, si te quedaba algo de simpatía para desperdiciar, lo mejor era casi sentir pena por ellos. Al cabo de un tiempo, su crueldad infantil y sus patéticos intentos de humillar te parecían sólo eso, y así perdían el poder que tenían sobre ti. Cuando te duchabas, te observaban por la mirilla, hacían comentarios y soltaban risitas tontas. Te llevaban a empellones a vaciar el orinal, pero, con el paso del tiempo, dejé de sentirme humillado y avergonzado. Los que tenían que sentir vergüenza eran ellos. Muchos eran fanáticos del Frente Nacional y llevaban la insignia debajo del uniforme o incluso sobre él. Pero eso era típico de su especie: estaban enviciados con la forma más básica de autoridad y brutalidad.

El bloque de castigo de Strangeways estaba casi siempre lleno, porque el régimen de Brown era muy disciplinario y los guardias hacían siempre lo que les daba la gana. Y nadie llegaba nunca al bloque sin haberse llevado unas cuantas patadas. Una vez estuvo un chico, al que llamaré Mike, que cumplía una condena de cuatro años por robo con allanamiento de morada. Tendría unos veintidós años, la misma edad que yo por aquel entonces. Llegó a Manchester, de paso entre Lancaster y Leeds, un sábado. Estaba en su celda escuchando el fútbol por la radio, probablemente el partido del equipo de su ciudad, el Leeds United, cuando le abrieron para que saliera a buscar el té.

—Sólo quedan dos minutos para que termine el partido —dijo—. Cuando se acabe saldré.

—No, hijo. Saldrás ahora mismo.

—¡Me cago en la puta, dejadme oír los dos minutos que quedan!, ¿vale?

Los guardias siguieron recorriendo el pasillo y abriendo a todos los reclusos para que fueran a recoger el té, y ese chico salió, cogió su té y, luego, de nuevo cerraron todas las celdas.

Al cabo de unos minutos entraron violentamente en la celda de Mike y le llevaron a rastras por todo el bloque. Oí el forcejeo procedente del pasillo y una especie de aullido, exactamente el mismo que suelta un perro cuando le pisas con fuerza una pata. Presté atención y oí cómo entraban en acción las botas y Mike recibía patadas y aullaba. A continuación le encerraron de nuevo en la celda que estaba junto a la mía.

Esperé a que se fueran y grité:

—¿Estás bien? ¿Qué te han hecho?

—Me han pegado, me han pegado.

Era todo lo que podía decir, pero yo le oía sollozar. Más tarde, esa misma noche, vino el sacerdote católico, como era habitual todos los sábados, a confesar a los que quisieran ir a misa a la mañana siguiente. Cuando llegó a mi celda, le dije:

—Padre, tiene que entrar en la celda de al lado. Han traído a un chico y los guardias le han dado una paliza terrible. Me parece que está muy mal.

El cura entró en la celda de ese chico y, al cabo de unos veinte minutos, regresó a la mía y dijo en tono resignado:

—Sí, ha recibido una paliza merecida. No puede abrir un ojo y le sangran la boca y la nariz. No cumplió una regla, por eso lo hicieron.

—Mire, padre, este tipo de cosas pasan constantemente. Tiene que salir y contarle a la policía o a quien sea lo que está ocurriendo en este bloque.

El sacerdote bajó la vista, miró luego a la ventana y dijo, casi en un susurro:

—Mira, Gerry, por desgracia eso no forma parte de mi trabajo. Me gustaría que las cosas fueran de otro modo, pero ya comprendes...

Me quedé absolutamente pasmado y de repente empecé a gritar:

—¿Para quién trabaja, padre? ¿Para Dios, o para los hijos de puta del Ministerio del Interior?

Salió de la celda sin decir una palabra.

En Strangeways estuve asistiendo a misa todos los domingos hasta aquel día, pero lo ocurrido me desilusionó. Ya no podía sentir ningún respeto por el sacerdote y, después de ese episodio, cuando venía al bloque no se atrevía a mirarme a la cara. Los sacerdotes católicos de las cárceles ya me habían decepcionado por una amarga experiencia que tuve en Wandsworth.

Cuando estaba allí, solía ir a la capilla todos los domingos con Gerry Hunter. Entrábamos siempre los últimos porque estábamos en el bloque de castigo y porque éramos «terroristas del IRA». Teníamos que sentarnos en los bancos de atrás y, cuando terminaba la misa, nos sacaban los primeros. La semana en que a Gerry Hunter le trasladaron de Wandsworth a Gartree, el sacerdote católico vino a vernos al bloque, como solía hacer una vez por semana. Pero esa vez nos dijo que había recibido quejas de sus feligreses debido al hecho de que nosotros asistiéramos a la misa. Le decían que no irían más si nos permitían ir a nosotros. Así que él había pensado que si queríamos asistir tendríamos que sentarnos en la sacristía, para que los demás no supieran que estábamos allí. Me quedé atónito, no podía creerlo. ¿Un sacerdote católico me decía aquellas cosas? Parecían ir en contra de todo lo que creía y predicaba.

Fui a misa una vez más, pero me sentí tan humillado por la experiencia que no volví. Después de aquello, empecé a mirar a los sacerdotes católicos con otros ojos.

Para un preso, presentar una queja contra la brutalidad de un guardia resultaba algo muy difícil y peligroso. La Junta de Vigilancia Penitenciaria se ocupa de las quejas y estaba muy influida por lo que el director de la prisión tenga que decir al respecto. Si no se pronuncian a favor de la queja, que es lo habitual, inmediatamente te acusan de alegaciones falsas y aviesas. Por ello te caen automáticamente ciento doce días en el bloque, más la misma cantidad de días de pérdida de remisión de condena. Si alguna vez un preso consigue que se pronuncien a su favor, es aún peor, porque entonces los guardias desencadenan su venganza. Por eso, ningún recluso que esté en sus cabales presenta quejas contra los guardias, al menos en Strangeways.

Conocí a un hombre respetable que a veces iba a visitarnos al bloque, un rabino de Dublín con el que charlábamos. Se trataba de una persona muy despierta y se daba perfecta cuenta de lo que ocurría allí dentro. Le recuerdo profiriendo palabras duras contra los guardias por lo que estaba pasando. Hizo todo lo que pudo por Mike, por ejemplo, pero no sirvió de nada, aunque seguramente también le intimidaba Strangeways, porque ese lugar intimidaba a cualquiera.

A los guardias les encantaba jugar a dominar a los presos y que éstos tuvieran que hacer el ridículo. Si en el bloque había alguien que no podía pasarse sin tabaco y no tenía privilegios, los guardias se ponían la comida en las manos y el pobre hombre tenía que comer de ellas, pues hubiera hecho cualquier cosa por un cigarrillo. Los guardias disfrutaban con estas historias. A veces encerraban a un tipo duro, que los insultaba durante una semana, hasta que se le acababa el tabaco. Y entonces empezaba a golpear la puerta de la celda y a llamar a los guardias, suplicándoles que le dieran un cigarrillo.

—¡Déme un cigarrillo, jefe! ¡Me muero de ganas de fumar!

Era horrible ver y oír cómo esos tipos duros les reían las gracias a los guardias, los llamaban por el nombre de pila y hacían todo tipo de tareas y aceptaban bromas humillantes. Bailaban un zapateado y hacían cosas que nunca hubieran hecho ante su esposa, sus hijos o su novia. Vendían su dignidad y su autorrespeto por un Benson & Hedges.

Había algunos que nunca se dejaban someter. Uno de ellos era Fred the Head.

Fred cumplía una condena de cuatro años por agresión. Debía de medir un metro noventa y pesar unos noventa y cinco kilos. Estaba loco de remate y no había hombre ni bestia que se atreviera con él, ni siquiera los guardias. En su presencia se quedaban petrificados. Cumplió casi toda su condena en el bloque de castigo.

Un día, los guardias le estaban incordiando y, al día siguiente, a la hora de afeitarse se rapó toda la cabeza. Cuando abrieron la celda para darle el desayuno, salió como un rinoceronte, con un trozo de sus propios excrementos pegado en forma de cono en lo alto de la cabeza. Agarró al guardia más cercano y restregó la cabeza por su cara.

El guardia gritó, y Fred recibió más castigo, pero lo cierto es que no le golpearon ni una sola vez. Ningún guardia quería «emporcarse» con él. El pequeño poder que les quedaba se vería socavado por ello y perderían el prestigio. Ya no podrían ejercer su autoridad sobre los demás presos. Si lo intentaban, lo único que haríamos sería oler. Y nadie puede castigarte por oler, ¿verdad?

23

WORMWOOD SCRUBS

El año 1977, que había empezado con tanto optimismo, terminó, por lo que a mí se refiere, en una gran depresión. Mi apelación fracasó, la apelación de mi padre fracasó, experimenté la destructora crueldad de almas del bloque de castigo de Manchester y, luego, cuando me llevaron a Londres, me encontré con que debía afrontar las consecuencias de mis estúpidas conversaciones, de dos años atrás, con la brigada antiterrorista.

Wormwood Scrubs, la nueva cárcel, era otra vieja y enorme prisión, con una tremenda variedad entre los reclusos. Los irlandeses tenían mucha fuerza, pero había gran cantidad de internos negros y una buena representación de gángsters *cockneys.* Los pabellones eran tan inmensos que los presos formaban subgrupos más pequeños. Los veías en las mesas donde todos comíamos, que estaban situadas en el recinto central al que daban las distintas plantas de celdas, numeradas del 1 al 25, y los diversos clanes ocupaban mesas diferentes. Las mesas irlandesas eran la 13 y la 14, las jóvenes promesas de la delincuencia *cockney* ocupaban la 4, y los gángsters londinenses a la vieja usanza estaban en la 15 y la 16.

Algunos presos siempre han conseguido ocupar posiciones de poder, como si fueran barones feudales. Antes se los llamaba barones del tabaco, pero en la actualidad sería más apropiado hablar de barones de la droga. De cualquier modo, se tratara de lo que se tratase, si podían controlar una mercancía valiosa dentro de la prisión, hacían valer la ley del más fuerte. Cuando llegué a Scrubs, en el Pabellón D había un famoso maleante del East End que era el mandamás supremo. A los tipos como él los llamábamos The Face. En las prisiones hay muchos de ésos. Todos los *cockneys* lo son. Ese tipo tenía tanto poder que, cuando los guardias se enfrentaban a algún problema, le decían: «A ver si arreglas esto, porque yo no puedo.»

The Face había dirigido un club en Soho y sus antecedentes eran muy brillantes. Para tratarse de un gángster, tenía unos principios muy elevados y nunca transigía en según qué cosas. Eso significaba que no se dedicaba a traficar con ciertos artículos. Odiaba la pornografía, que era muy abundante en una prisión como Scrubs, y detestaba las drogas, que también circulaban masivamente en la cárcel, y la homosexualidad, que era un asunto de lo más corriente. Pero The Face era el corredor de apuestas y además se encargaba de otros pequeños fraudes organizados. Era todo un personaje, y ésta fue una de las muchas razones por las que consideré que Scrubs era una cárcel mucho más interesante que las demás. De todos modos, The Face no era allí el único personaje. Había un preso negro, llamado Mackie, que había llegado de Jamaica a finales de los sesenta y hablaba en una especie de dialecto tan cerrado que apenas le entendías.

Mackie era un jugador empedernido; toda su vida en la prisión giraba en torno a las apuestas. Si había dos moscas subiendo por la pared, apostaba por la que creía que llegaría antes al techo. Lo primero que te llamaba la atención de él era su cabeza calva y sus dientes de oro. Creía que la justicia había cometido un gran error con él. Sin entrar en detalles, pensaba que en Jamaica hubieran considerado que su delito había sido tomarse la justicia por su mano. Trabajaba en la lavandería con un chico irlandés y siempre decía: «Si yo fuera blanco, no me hubiera caído una condena tan larga.» Y el irlandés comentaba: «Lo que estás diciendo, Mackie, es que quieres la justicia del hombre blanco, ¿no?» Y Mackie asentía: «Sí, tío, la justicia del hombre blanco.» Se ponía tan pesado hablando de su caso que el irlandés ya estaba hasta las narices de tanto oírle, así que, un buen día, se hizo con un cubo de pintura blanca y una brocha, llevó a Mackie a su celda y le dijo: «Ahora te harán caso.» Le pintó por completo y le colgó un cartel que ponía: «Quiero la justicia del hombre blanco.»

Mandó a Mackie al despacho del director de la prisión, donde se celebraba una importante reunión, y le dijo que se tumbara ante la puerta. La noticia se había corrido y la mitad de los presos del pabellón se congregó allí para ver a Mackie, pintado de blanco y tumbado en el suelo, y esperar a conocer cuál sería la reacción del director cuando le viera convertido en un hombre blanco en calzoncillos. Pasados unos veinte minutos, la puerta se abrió y el primero en salir fue el director, que le miró y se limitó a decir «hola, Mackie», pasar junto a él y alejarse. Los demás asistentes a la reunión hicieron lo mismo. Y eso fue todo. Mackie se largó y, cuando se encontró de nuevo con el irlandés, éste le dijo: «No te preocupes, Mackie, la próxima vez ya inventaremos algo mejor.»

Mackie no fue el único que cambió de aspecto para intentar que le hicieran caso. Cuando llegué a Scrubs, había un chico que se dejó aconsejar por el mismo irlandés que pintó a Mackie, pero el tiro volvió a salirles por la culata. Ese chico, al que llamaré Peter, cumplía una condena de quince años y quería enviar una fotografía suya a la familia para que recordaran cómo era, pero las autoridades de la prisión no se lo permitían. En la cárcel te tomaban una foto cada dos años para actualizar los archivos. Cuando los guardias le dijeron a Peter que iban a hacerle una fotografía con ese fin, el asesor irlandés creyó que ésa era la oportunidad de que le hicieran caso.

Peter llevaba el pelo y la barba muy largos, parecía un cavernícola. El irlandés dijo: «Mira lo que vamos a hacer. Nos haremos con el estuche del barbero y te afeitaremos la barba del lado izquierdo de la cara y te raparemos el lado derecho de la cabeza. Así aprenderán a no prohibirte enviar fotos a casa.» Se pusieron manos a la obra y la cabeza le quedó como un arlequín. Bajó las escaleras hacia el centro de control (otra vez todo el mundo mirando), donde le esperaban los guardias para hacerle la foto. Peter dijo: «Decidle a David Bailey que ya voy.» Cuando los guardias le vieron, alucinaron y le dijeron que con aquel aspecto no podían tomarle la fotografía. A la mañana siguiente le acusaron de haber cambiado de apariencia, le cayeron catorce días en el bloque de castigo y, después, le trasladaron a otra prisión.

En aquella cárcel podías conseguir todo lo que querías, excepto una mujer. Vi celdas que tenían un bar donde se servían cócteles, y reclusos enganchados a la heroína que, de un modo u otro, podían costearse su adicción. Pero esa atmósfera de maquinaciones, trapicheos y esfuerzos para conseguir lo que querías significaba que se trataba de un mal sitio donde estar solo, sin aliados. Y cuando llegué ésa fue mi situación. La razón de ello era que los presos republicanos se habían enterado de que, durante mi apelación, el fiscal intentó basarse en las conversaciones de Wandsworth, y eso no les gustaba. Les parecía que yo había colaborado con la policía. Nombré a personas como miembros del IRA, y me hice pasar por uno de ellos, por alguien importante. En el mejor de los casos, pensaban que yo había hablado sin ton ni son de algo que no conocía y que tenía que haberme callado; en el peor, creían que había puesto en peligro la vida de sus miembros.

Al principio de estar en el Pabellón D, los irlandeses me trataban con franca hostilidad. No me hablaban, no existía ningún tipo de comunicación y yo no podía explicarles los motivos que me llevaron a todo aquello. Pero en seguida llegaron dos aliados. El primero fue Shane Docherty. Cuando todavía era un adolescente le condenaron por enviar una gran cantidad de paquetes bomba a eminentes personalidades inglesas, pero aunque era miembro del IRA seguía su propia ley. Poco después de ser condenado, hizo una declaración pública en la que renunciaba a la violencia y pedía perdón a sus víctimas. En aquellos momentos, sin embargo, Doc era un miembro regular del grupo republicano, pero vio que yo tenía dificultades y se propuso conseguir que me aceptasen.

El segundo fue mi padre, que llegó aproximadamente un mes después que yo. Llevaba seis meses sin verle y, aunque le encontré cambiado, más enfermo y viejo de lo que había imaginado, estar de nuevo con él, en el mismo pabellón, me levantó la moral de una manera increíble.

Shane se llevaba muy bien con mi padre, y quién no, así que un día fue a su celda para hablar de mi problema con los otros reclusos republicanos.

—Me parece un ultraje. Esas cintas no eran tan importantes. Creo que Gerry tendría que bajar conmigo, hablar con algunos de los chicos y contarles lo que realmente ocurrió.

Me sentí aliviado. Yo le hablé a la policía de algunos de ellos y mencioné incluso al propio Doc, pues era un nombre que me sonaba de cuando estuve en prisión preventiva, de modo que creía que les debía una explicación. Hablé con tres de ellos y me escucharon. Les conté que fue una situación desesperada, que mi padre estaba enfermo y mi moral, después de la sentencia, andaba por los suelos. Escucharon en silencio y luego dijeron que se lo explicarían a todos los demás.

Dos días más tarde, Doc se me acercó y me dijo:

—Mira, sabemos todo lo que se dijo en esas cintas. Hemos conseguido acceder a una transcripción.

Yo no podía imaginar cómo lo habían logrado y él tampoco me lo contó.

—La he leído —prosiguió— y no veo que dijeras nada que pudiese ayudar a la policía. Ésta es la opinión general de todos nosotros, por lo que hemos decidido que quien quiera hablar contigo que lo haga.

Fue un gran alivio, porque, como ya he explicado, la compañía de los presos irlandeses me resultaba muy importante, sobre todo en un lugar como Scrubs, que era una sociedad completamente basada en los clanes. De este modo, y de manera gradual, durante los meses siguientes, casi todos ellos llegaron a aceptarme y hablarme.

Scrubs fue mi casa durante los dieciocho meses siguientes. La vida de la prisión seguía cada día, y yo me concentraba en las tareas de mantener la moral alta, vigilar que nadie me puteara y buscar, de vez en cuando, algún estímulo.

Pero mientras tanto, fuera de los muros de la cárcel, se producían los primeros movimientos de apoyo a nuestro caso. Mi madre es una gran creyente de la fuerza de la plegaria y llevaba un año yendo tres tardes por semana a la catedral de St. Peter, donde hacía el Vía Crucis y rezaba por nuestra liberación. El padre McKinley, que era el párroco, salió una tarde de la sacristía y la encontró allí llorando. Se acercó a ella y le pasó un brazo por los hombros.

—¿Qué le ocurre, Sarah?

—Mi familia está en la cárcel —respondió simple y

llanamente—. Mi marido está en la cárcel, mi hijo está en la cárcel, mi hermano está en la cárcel, y también mi cuñada y dos de mis sobrinos. Y, padre, son inocentes, pero cuando lo digo nadie lo cree. Nadie quiere escucharme.

El sacerdote la llevó a la rectoría, le preparó una taza de té y hablaron. Esa noche, el padre McKinley no pudo dormir, dándole vueltas a lo que mi madre le había contado. Conocía a mi padre. También había conocido muy bien a Paddy Armstrong de pequeño, al que enseñó a jugar al snooker en el Boy's Club y otras cosas por el estilo. A mí también me conocía un poco, de cuando iba a la escuela, y creo que sabía algo de mi fama de pasota. Pero cuando pensaba en Paddy se acordaba de un chico tímido, totalmente contrario a la violencia, y tenía muy claro que no podía ser un terrorista. Bueno, y si Paddy no lo era yo tampoco. Y mi padre era la última persona a la cual relacionaría con las explosiones. Así que, cuando se le presentó la primera oportunidad, le dijo a mi madre:

—Sarah, no sé qué puedo hacer, pero si no hago nada sé que les estoy dando la razón en lo que le han hecho a su familia.

Inició una campaña, junto con mi madre y con Lilly Hill, en Irlanda escribiendo cartas a personas influyentes que pudieran contribuir a que se abriera de nuevo el caso.

Por otra parte, en Inglaterra había una diminuta monja irlandesa, la hermana Sarah Clarke, que es como una fuerza atómica. Parece una santa, pero si se lo propone tiene una lengua capaz de arrancar la pintura de una pared. Había también dos sacerdotes, el padre Faul y el padre Murray, que estaban interesados en nuestro caso desde que nos arrestaron. Entre los tres escribieron muchas cartas para que la gente nos apoyara.

Mientras, la salud de mi padre empeoraba considerablemente, aunque seguía intentando cuidar de mí. Me aconsejaba que no me metiera en juegos como el *gin-rummy** o el bridge, en los que yo, evidentemente, era un novato. En cambio, cuando creía que me portaba bien, me apoyaba, me daba algo de dinero y de tabaco y decía: «Vete a dar una vuelta por ahí, a ver si ganas unas libras.»

Mi padre era un jugador muy sagaz y de él aprendí muchas cosas sobre los jugadores a los que podía ganar y sobre los que siempre me ganarían. Una vez, yo alardeaba de mi habilidad en el snooker y había un jugador muy bueno, llamado Dave Scott, que normalmente obligaba a salidas de setenta y ochenta. Así que un día me sacó veinte por cinco libras y me machacó. Dentro de la prisión, aquello era un dineral, casi dos semanas de sueldo, y mi padre se enfureció.

—¡Qué idiota eres! ¡Mira que jugar con tipos como Scott! ¿Por qué te precipitas de ese modo? Tienes que pensar en el juego, en tus posibilidades. Para terminar de ese modo, sería mejor darle las cinco libras antes de empezar la partida.

Le encantaba verme jugar a algo en lo que yo realmente destacaba, el fútbol. Antes de que empezara nuestro encuentro dominical, solía aparecer por la banda del campo y me susurraba:

—Quiero que marques cinco goles. He hecho una pequeña apuesta a tu favor.

Y a veces me decía que le hiciera un truco a algún jugador que, en su opinión, alardeaba demasiado, y yo intentaba marcar un gol por entre las piernas del tipo y otras cosas por el estilo. Sea como fuere, yo disfrutaba mucho durante los partidos, sobre todo si sabía que mi padre estaba mirando.

Supongo que el hecho de que estuviera conmigo en el Pabellón D me hizo desistir de cometer las estupideces que de vez en cuando se me ocurrían, pero nunca

* Juego de naipes. *(N. de los T.)*

discutíamos demasiado rato. Siempre tuvo esa imperiosa necesidad de protegerme y lo que me decía era muy sensato. Me ayudó a perder el embarazo que sentía a la hora de declarar mi inocencia. Me animaba a que lo hiciera en todo momento y machacaba ese tema hasta la saciedad, como si supiera que ya no le quedaba mucho tiempo por delante.

—Nunca te avergüences de estar en la cárcel, porque estás aquí sin haber cometido ningún delito. Anda siempre con la cabeza muy alta, no la bajes ante nadie. Son los jueces y los policías que te han hecho esto los que tienen que andar con la cabeza gacha.

No hablaba de este modo con nadie más. La gente se le acercaba, hablaban de todo tipo de cosas y le hacían caso porque lo que decía siempre era sensato.

Llegó un momento en que decidió no trabajar más. Vinieron los guardias e intentaron obligarle, pero se rió de ellos y con un gesto de la mano les indicó que le dejaran en paz. Ellos vieron que no se encontraba bien, que le costaba un esfuerzo enorme bajar al taller de sastrería donde trabajaba. De hecho, no podía caminar más de veinte o treinta metros sin detenerse a descansar. Y en todo momento seguía irradiando inocencia, de tal modo que incluso los guardias más duros lo advertían. Norman Honey, el director de la prisión, empezó a preocuparse cada vez más por él. Le sacó del bloque y le concedió un régimen especial de visitas. Llegó incluso a dirigirse al Ministerio del Interior para que le concedieran la libertad provisional. Dentro del propio sistema penitenciario se le trataba cada vez más como a una persona inofensiva e inocente.

Luego, se interesaron por su situación dos miembros laboristas del Parlamento, Phillip Whitehead y Andrew Bennett. Ambos fueron a ver a Shane Docherty a la cárcel porque Doc quería declarar públicamente que había dejado el IRA y solicitaba el traslado a Irlanda. Pero Doc veía lo deprisa que se consumía la vida de mi padre y no dejó de decirles a aquellos dos: «Tendrían que visitar a Joe Conlon. Ese hombre es inocente y está agonizando lentamente en el Pabellón D. Si consiguiéramos que le trasladaran a Irlanda, tal vez podríamos lograr que muriera en casa, junto a su esposa.»

Bennett y Whitehead son dos personas ilustres y excelentes. Empezaron a visitar a mi padre y, gradualmente, comenzó a hablarse de Joe Conlon; y, como yo era su hijo, también de los Cuatro de Guildford.

Un domingo de 1979 por la mañana, yo estaba jugando al fútbol completamente absorto en el partido. Cuando jugaba al fútbol se me olvidaba que estaba en la cárcel y me creía en Wembley, en Parkhead, en el Maracaná o incluso en mi calle de Belfast jugando con los Comanches, en cualquier sitio menos en el patio de cemento de Wormwood Scrubs. Entonces se me acercó un guardia, un auténtico hijo de puta, pero parecía muy excitado.

—Conlon, Conlon, tienes que presentarte en el centro de control inmediatamente.

Le hice un gesto con la mano para que se alejara y dije:

—Sí, sí, cuando acabe el partido.

—No, no, tienes que presentarte ahora mismo.

Seguí jugando, pero él no dejaba de gritarme y de llamarme desde la banda, por lo que finalmente fui hacia él.

—¿Qué pasa?

—No puedo decírtelo, pero tienes que ir ahora mismo.

Me preocupaba el desenlace del encuentro, pero pensé que tal vez mi madre había enviado un par de pantalones de deporte o algo así, y sería mejor que fuera a buscarlo entonces en vez de tener que esperar al día siguiente.

Me dirigí al centro de control, con mi uniforme de fútbol completamente sudado, cuando de repente vi una figura alta y delgada, de pelo gris, que me estaba esperando. Llevaba una capa negra y un casquete rojo. Mi primera impresión fue pensar: «Hombre, Batman ha venido a visitarme.» Entonces, oí decir a los guardias: «Eminencia, éste es Conlon.»

El hombre de la capa se me acercó, me abrazó y dijo:

—Soy el cardenal Hume. ¿Quieres llevarme a ver a tu padre?

Recibir visitas en la celda era algo muy raro, pero caminamos juntos hasta la de mi padre mientras otros presos nos miraban boquiabiertos. Yo me sentía muy nervioso y casi no podía hablar.

—Papá —dije al entrar en la celda—, el cardenal Hume ha venido a verte.

Entonces me sentí mejor, porque conocía bien el temperamento de mi padre. Sabía que el cardenal Hume no se iría de allí sin quedar convencido de que en la cárcel había personas inocentes. Yo no podría haberle convencido y, de hecho, ni lo intenté, porque regresé de inmediato al campo de fútbol, pero mi padre sí podría. Y lo hizo, pues antes de marcharse, el cardenal Hume les dijo a los guardias:

—Asegúrense de que estos hombres reciben un buen trato, porque es muy posible que la justicia haya cometido un grave error con ellos.

Y ha continuado afirmando desde entonces que ese encuentro le convenció de nuestra inocencia, incluso antes de ver las pruebas.

La visita del cardenal Hume nos llenó de esperanza e incluso llegamos a pensar en una tranquila transición hacia nuestra liberación, que podía producirse al cabo de unos meses o de un año o dos como máximo. Pero aquella sensación de tranquilidad se hizo añicos a los pocos días.

Todo empezó cuando trasladaron a unos cuantos presos de Gartree al Pabellón D de Scrubs. Sembraron un gran descontento entre la población penitenciaria debido a las diferentes regulaciones existentes, en lo que al dinero se refiere, en las distintas cárceles.

En todas las prisiones hay dos tipos de dinero para gastar en la tienda de la cárcel o en la cantina: el que se gana en la prisión y el dinero particular. En ninguna cárcel se permite comprar tabaco con dinero particular, y lo mismo ocurre con el té y la comida. Esas cosas sólo se pueden comprar con lo que se gana trabajando allí dentro.

Pero en muchas prisiones, y Gartree era una de ellas, no existen tales restricciones con los productos de aseo, como el jabón, el champú o la pasta de dientes. Puedes comprarlos con tu dinero particular, lo cual te permite destinar una parte mayor de tu pobre salario (tres libras a la semana) en tabaco y en comida. Pero en 1979 las cosas en Scrubs no funcionaban así. Tenías que utilizar tu sueldo para comprar los artículos de aseo, lo cual significaba que, a veces, debías prescindir del tabaco para conseguir pasta de dientes, jabón u hojas de afeitar.

Cuando llegaron los de Gartree, en el Pabellón D había mucho resentimiento, lo cual no era ninguna sorpresa, ya que, en la cárcel, el tabaco significa mucho más que poder fumar. Es una forma de dinero, y los presos lo utilizan para adquirir otras cosas y también como objeto de valor en las apuestas y los juegos.

A alguien se le ocurrió la idea de organizar una sentada de protesta en el pabellón con el fin de impedir que esa norma nos obligara a vivir siempre en la ruina. Empezó una noche, después del té, en un ambiente más bien carnavalesco; todo muy tranquilo, con los presos arremolinados en torno a las mesas y charlando. Algunos bailaban y otros tomaban bebidas alcohólicas, elaboradas clandestinamente en la prisión. Los guardias estaban allí sin intervenir, esperando órdenes. A las nueve y media, yo estaba en la planta baja con otros dos reclusos. Hablábamos con Gregory Smith, el director adjunto de la prisión, encargado de nuestro pabellón, y nos comentaba lo pacífica que era la protesta. Hacíamos conjeturas acerca del tiempo que tardaríamos en iniciar algún tipo de negociaciones.

Al mismo tiempo, Shane Docherty subió a la cuarta planta y miró por una de las ventanas. Bajó como un rayo y dijo que en el patio de ejercicios del Pabellón C había un grupo de guardias, los «especiales», equipados con material antidisturbios. Ya nos habían llegado rumores de que habían llevado guardias de Aylesbury, Wandsworth, Pentonville y Brixton en autobús, pero creíamos que antes de utilizar la fuerza negociarían con nosotros.

Pero de repente se oyó un ruido terrorífico, el de cien hombres gritando a la vez. La puerta central del pabellón se abrió y un batallón, salido de *La guerra de las galaxias*, entró a la carga. Vestían uniformes marrones, llevaban cascos y escudos antidisturbios y golpeaban los escudos con piquetas.

Al abrirse la puerta, los que se encontraban más cerca de ella eran un chico llamado Nick, que tenía poliomielitis, otro llamado John, y Fred, que había vivido en Holanda y era muy buen jugador de bridge. Se los llevaron a los tres por delante, como si jugaran a los bolos con ellos, y, a partir de ahí, el altercado fue general. Los guardias atacaron y golpearon toda cabeza que encontraron en su camino. Nosotros nos dirigimos a las escaleras de hierro que llevaban a las plantas de las celdas, ya que pensábamos que el único lugar seguro eran las celdas. Cundió el pánico y el descontrol, y las barandillas de las estrechas escaleras se doblaron bajo el peso de tantos hombres que intentaban quitarse de en medio.

Los guardias tenían un grito de guerra: «¡A por los negros! ¡A por los irlandeses!» (Tres días antes había sido asesinado lord Mountbatten.)

Me abrí paso con dificultad hasta la segunda planta y me detuve para mirar hacia la planta baja. Los guardias repartían golpes a diestro y siniestro, machacando a la gente con placer. Un grupo de ellos se puso de pie sobre un hombre que yacía en el suelo, enroscado, y le pegaron y le patearon hasta que oí el crujido de sus huesos como si fuera un disparo de pistola. El aire se llenó de terribles gritos, aullidos y gemidos.

Mientras, más guardias habían entrado en el pabellón por la planta superior y corrían cerrando las puertas de las celdas para impedir que los presos se refugiaran en ellas. Yo me encontraba en la tercera planta y un hombre llamado Bob, un tipo alto y delgaducho, con bigote, estaba a mi lado y vio una celda abierta.

—Vamos, Gerry, metámonos ahí.

Entramos, cerramos la puerta y nos apoyamos contra ella, escuchando la masacre que se estaba produciendo. Acababa de ver a Billy Power, uno de los Seis de Birmingham, al que los guardias, que ya empezaban a subir a las plantas, le tendieron una emboscada. Billy recibió más patadas que un balón de fútbol y aullaba y gritaba de dolor.

Finalmente, todo se tranquilizó. Se acabó la cacofonía de gritos y aullidos, gruñidos de los guardias, crujidos de huesos, piquetas golpeando cabezas y estruendo de botas en los pasillos. Lo único que oíamos eran los lamentos de los heridos que estaban siendo retirados del lugar de la refriega, y luego, una por una, las puertas de celdas que se abrían y los presos que eran metidos en ellas a empellones y con patadas y golpes.

Cuando, tirándome del pelo, me sacaron de la celda donde me había escondido, conseguí echar un vistazo a la planta baja antes de que una bota se estampara en mis costillas. Aquello era un baño de sangre. Había sangre por todas partes, regueros por el suelo, salpicaduras en las paredes y las puertas y charcos rojos en los escalones. Era como si alguien hubiera llenado de sangre unas bombas de bicicleta y se hubiese dedicado a rociarla en todas direcciones.

Y había reclusos heridos y conmocionados por doquier, con los cabellos grises teñidos de rojo, horribles heridas en la cabeza y los ojos desencajados por el terror.

Pero los guardias no habían terminado. Se reían y disfrutaban, al tiempo que con sus cachiporras golpeaban todo lo que pudiera romperse, tazas, estanterías, botellas de salsa... Vi que uno cogía un saco de arroz, lo vaciaba sobre un charco de sangre y revolvía ambas cosas con las botas. Los vi entrar en celdas y destrozar radios y casetes, arrancar fotos y romper libros.

Mi celda quedó devastada. Me rompieron un tocadiscos que funcionaba a pilas, y también los discos. Todas las fotografías de mi familia estaban hechas trizas y la guitarra que me había mandado mi cuñado, aplastada. Me senté en la cama y mi culo se posó sobre un charco: uno de ellos se había meado en el colchón. Me puse en el suelo y escuché los sonidos confusos que procedían de todo el pabellón. Los presos empezaron a asomarse a las ventanas y preguntaban qué había ocurrido. Se comentaba que había habido muertos y gente golpeada brutalmente con las porras. Las viviendas de las monjas del hospital Hammersmith quedaban frente al Pabellón D, por el lado donde yo me encontraba. Las monjas gritaban «¿Qué ha pasado? ¿Qué ha ocurrido?», porque lo habían oído todo. Los presos les contaban a las monjas lo sucedido y les pedían que llamaran a la policía.

Los guardias subieron de nuevo a las plantas, insultando a todo el mundo a través de las puertas. Les gritaban a los presos que se retiraran de las ventanas. Oí cómo abrían y cerraban puertas. Yo no tenía ni idea de lo que ocurría, si se estaban llevando a gente o qué pasaba. Finalmente, un pequeño y regordete suboficial abrió mi puerta. Estaba empapado en sangre, la cara, el pelo, la camisa..., todo. Al mirarle te daba la impresión de que se hubiera autolesionado. Me miró con ojos turbulentos y me preguntó:

—¿Alguna herida?

Le respondí rápidamente con un movimiento negativo de la cabeza, aunque tenía una mejilla muy hinchada y me habían arrancado varios mechones de cabello.

Pasó mucho tiempo hasta que por fin oí un último portazo y una voz que gritaba:

—¡Han vuelto todos! ¡Todos los presos están en sus celdas! ¡Procedan a la ronda completa de recuento!

24

MUERE MI PADRE

Mi padre sobrevivió a la debacle porque se había ido a la celda a descansar justo antes de que llegaran los antidisturbios y, cuando oyó el follón, cerró la puerta. Si le hubieran pillado en la planta baja, como a mí, estoy seguro de que le habrían matado. No hubiese podido escapar.

Después de aquello, el Pabellón D quedó en régimen de castigo durante varias semanas. Se suprimieron las visitas, se suprimió el ejercicio, se suprimieron las reuniones. También se nos impidió ir a la capilla, a la biblioteca y al trabajo, y nos pasábamos veinticuatro horas encerrados, a excepción de cuando salíamos a comer y a los retretes. Los únicos presos que pasaron algún tiempo fuera de las celdas fueron los encargados de la limpieza, restregando la sangre que había por doquier. Se impuso un castigo de veintiocho días a todo el pabellón y otros veintiocho días de pérdida de remisión, y hacía un tiempo muy bochornoso. Yo sabía que eso produciría estragos en los pulmones de mi padre. Había llegado a un punto en que necesitaba aire fresco y, en una celda cerrada y durante una ola de calor, no había mucho de eso. Un preso, Roy Walsh, insistió en dejar abierta la puerta de la celda de mi padre, pues veía las dificultades que tenía en aquella sofocante atmósfera. A Roy le castigaron por ello.

Al cabo de un mes, el clima y la vida del pabellón empezaron a volver gradualmente a la normalidad. En octubre me mandaron de nuevo al trabajo. No trabajé nada, ya que me puse a charlar con los otros chicos, a los que llevaba tanto tiempo sin ver, y de repente llegaron dos guardias.

—Conlon, tenemos que registrar tu celda.

Los acompañé, aunque no sabía por qué querían registrar la celda. Y resultó que el registro era una artimaña. Me llevaron a la recepción, me esposaron a otro guardia y, en un abrir y cerrar de ojos, me encontré en un furgón blindado.

Me condujeron a Wandsworth, al bloque de castigo, y al día siguiente, vi al director de la prisión.

—Se te ha traído a Wandsworth por el diez setenta y cuatro, Buen Orden y Disciplina. Pasarás aquí veintiocho días y luego te llevarán otra vez a Scrubs o te trasladarán a otro centro penitenciario. Llévenselo.

Pasé veintiocho días en el bloque de castigo con la esperanza de que me llevaran de regreso a Scrubs; en cambio, me vi una vez más en un furgón blindado en dirección al suroeste de Inglaterra. Me preocupaba que pudieran llevarme a la isla de Wight, donde los familiares tienen más dificultades para visitar a los presos, pero me llevaron de nuevo a Winchester.

Allí, con todos los malos recuerdos que tenía de aquel lugar, me enteré de que a mi padre le habían negado la libertad condicional. Nos escribíamos y, en una de las cartas, me dijo que le habían llevado al hospital porque estaba en huelga de hambre. Me puse frenético y me preocupé muchísimo. Escribí a mi madre y le pedí que le dijera a mi padre que no cometiera estupideces y abandonara esa huelga de inmediato. Mi padre empezó la huelga de hambre por la desesperación que sintió al ver que le negaban de nuevo la libertad condicional. Insistí una y otra vez en que depusiera su actitud, diciéndole que todo se arreglaría. Pero un día perdí la razón y rompí todo lo que había en la celda, apilé sobre el colchón cuanto pudiera arder y le prendí fuego. Los guardias olieron a quemado, abrieron y yo salí envuelto en una nube de humo mientras ellos entraban con los extintores.

El director de la prisión ni siquiera me mandó al bloque de castigo.

—Sólo vas a estar aquí dos días más —dijo—. Pronto volverás a ver a tu padre.

De regreso a Scrubs, recorrí el Pabellón D en dirección a la celda de mi padre. Sabía que había dejado ya la huelga de hambre, pero la celda estaba vacía. Miré la tarjeta de identificación que había en el exterior y me encontré con que le habían dado la vuelta y, en el lado visible en aquel momento, estaba escrita la palabra «Hospital».

Volví al centro de control a preguntar por él, y un guardia llamado Curren me dijo:

—Está donde debe estar, en el hospital, hijo de puta irlandés.

Yo llevaba en la mano una radio Roberts y se la estampé en la cara, temblando de ira y pesar, porque nadie me había contado nada de mi padre desde que había vuelto a Scrubs. Me llevaron al bloque de castigo y me acusaron de agresión. A la mañana siguiente vino el director pero sólo me impuso una condena condicional. Dijo que por la noche podría ver a mi padre.

No le había visto desde hacía dos meses y me impresionó su aspecto, sus ojos hundidos en el rostro y sus dificultades para respirar. Se le veía tan pequeño, allí, en aquella cama del hospital...

Al verme, se incorporó un poco e incluso pareció mejorar algo después de ese encuentro. Empezó a comer un poco y luego, como llegó la Navidad, recibimos algunas visitas que nos levantaron la moral. Ann vino con su hija más pequeña, Sarah, a la que yo sólo conocía en fotografía. Mi padre se animó al ver a su nueva nieta, pero cuando se marcharon volvió a deprimirse. Recuerdo la visita que le hice en Nochevieja. Fui al hospital con un paquete de galletas que Billy Power me había dado para él y un periódico, pero en seguida vi que las cosas iban mal.

Yacía solo, con el rostro azulado y un terrible y chirriante sonido cada vez que respiraba. Consiguió hablar y decirme que necesitaba el inhalador, por lo que me dirigí al dispensario, donde encontré a dos guardias del hospital jugando a las damas.

—¡Vengan a echar un vistazo a mi padre!

—En seguida, en seguida.

Di una patada al tablero, que saltó por los aires, y agarré a uno de los guardias por la oreja.

—Mire a mi padre, déle algo, hijo de puta, déle algo.

Empecé a destrozar el dispensario, lanzando sillas contra los armarios y rompiendo cristales. Al momento sonaron las alarmas, comenzaron a llegar guardias de todas partes y el médico examinó a mi padre. Le llevaron de inmediato al hospital Hammersmith, que está a unos trescientos metros de Scrubs. A mí me llevaron de nuevo al pabellón a esperar la sentencia. Cuando vi al director de la prisión le dije:

—Si yo no hubiera hecho eso, mi padre probablemente habría muerto.

El director me trató de nuevo con condescendencia, me dijo que mi padre se encontraba muy grave, que iba a informar de inmediato a mi madre y a mí me permitiría ir a Hammersmith a verle.

Mi madre llegó con mi tía Bridget. Hughie y Kate también le visitaron y la hermana Sarah Clarke iba a verle todos los días. Y, a los pocos días, me sacaron esposado de Scrubs y me metieron en un coche, el primer coche al que subía desde 1974. Cuando doblamos la esquina para dirigirnos a Hammersmith, todo el lugar estaba tomado por policías armados. Los había en la puerta, en los patios y en los pasillos.

Mi padre estaba ingresado en una habitación de la planta baja. Tenía un cuentagotas en el brazo y no sé qué otro tratamiento recibía, pero se le veía un cincuenta por ciento mejor que en los últimos meses. Estaba sentado en la cama y todas las monjas le rodeaban y le decían que había sido un buen chico por tomarse el té y las galletas y todas esas cosas. Me marché con la sensación de que, si seguía allí y continuaba recibiendo tratamiento, volvería a caminar.

Pero a los pocos días un guardia dijo que habían visto a alguien mirando por la ventana de la habitación de mi padre en el hospital. Alguna mente brillante decidió que podía tratarse de una inspección del IRA y que en cualquier momento tal vez intentaran sacar a Joe Conlon del hospital, un Joe Conlon que no podía caminar ni veinte metros. Presas de pánico, le metieron en pijama en un taxi y le llevaron de nuevo al hospital de la cárcel.

Entonces, mi madre decidió que no podía quedarse, porque temía perder su trabajo, y regresó a Belfast. Y fue como empezar de cero otra vez, mi madre al otro lado del mar y mi padre al cuidado de unos guardias que tenían una exigua preparación sanitaria y se creían eminentes cirujanos.

Después de dieciocho días en el hospital de la prisión, volvía a estar grave, había perdido todo lo recuperado en Hammersmith y empezaba a presentar los síntomas de una neumonía. Le llevaron de nuevo a Hammersmith y, una noche, sobre las diez, yo estaba sentado en la celda, escuchando la radio, cuando llegó un guardia y dijo que iban a llevarme a verle, en plena noche. El hospital se hallaba otra vez lleno de policías armados hasta los dientes. Subí por las escaleras y pasé junto a un policía que montaba guardia con una escopeta recortada en la puerta de la habitación.

No entendía por qué había tanta gente: sacerdotes católicos, funcionarios del Ministerio del Interior, guardias, policías, doctores. La habitación estaba abarrotada, y todos hablaban en voz baja o permanecían callados mirando, como si fueran a ser testigos de algo.

Mi padre llevaba una mascarilla de oxígeno y cuentagotas pinchados en las venas. Se encontraba consciente. Me acerqué a la cama, esposado al guardia, y vi que tenía dificultades para respirar incluso con el oxígeno. Me eché a llorar. Mi padre se movió y, con una mano temblorosa, se quitó la mascarilla.

—Me muero.

—No, no vas a morirte.

—Sí, pero no te preocupes. Quiero que me prometas una cosa.

—Sí, claro.

—En serio.

—Sí, te lo prometo.

La vida se le consumía con el esfuerzo que hacía por hablar, pero era tan importante lo que quería decirme que alzó la voz:

—Cuando muera no quiero que agredas a ningún guardia. Quiero que empieces a lavar tu nombre. Mi muerte va a lavar tu nombre y, cuando tu nombre esté limpio, tú lavarás el mío.

Yo lloraba. Me incliné hacia delante para tocarle con mis dos manos, pero una de mis muñecas seguía esposada a la del guardia. Y entonces mi padre miró a todos los que se habían reunido allí y dijo en voz alta, para que pudieran oírle bien:

—Si alguno de vosotros cree que soy culpable, que me mire a la cara. —Todos agacharon la cabeza—. ¿Qué se siente al asesinar a una persona inocente?

Se me acercó un guardia y me dijo:

—La visita ha terminado.

Y me sacaron de allí.

Me senté en la celda, totalmente hundido. Sabía que no volvería a verle.

Los dos días siguientes los pasé como perdido en la niebla, sin saber qué pasaba a mi alrededor. El sacerdote iba a verme cada noche, y me contaba que había visitado a Joe y había hablado un poco con él. Después, un viernes por la noche, el 23 de febrero, poco después de las ocho, apareció en la puerta de mi celda con un aire triste y compasivo a la vez.

—Te traigo la noticia que esperabas.

—¿Qué pasa, padre? —pregunté, levantando la cabeza.

Yo no sabía a qué noticia se refería.

—Tu padre ya descansa en paz.

Me quedé callado, intentando comprender. Como no entendí que el sacerdote quería prepararme, me costó unos momentos asimilar aquella información. El cura trató de añadir algunas palabras más, pero prácticamente le eché de la celda.

Lo que ocurrió exactamente con el cuerpo de mi padre en su viaje de regreso a Irlanda sigue siendo un misterio. La British Airways, la única compañía que tenía vuelos directos a Belfast, se negó rotundamente a trasladar su ataúd, así que tuvo que ir con la Aer Lingus hasta Dublín y seguir luego por carretera. Pero en el tránsito se perdió y no apareció hasta pasados dos o tres días. Mi madre se puso frenética, intentando encontrarlo, y le dieron un número de teléfono de Hereford donde podrían darle información. También le dijeron que se le había hecho la autopsia. Nadie se explicaba por qué tenía que llamar a Hereford, por qué le habían hecho la autopsia, quién había ordenado realizarla y a qué conclusiones habían llegado. Luego, le dijeron que el ataúd estaba en una base de la RAF en Brize Norton, en Oxfordshire. Finalmente, el cuerpo de mi padre prosiguió el viaje con la Aer Lingus y fue a descansar al lugar al que pertenecía, Belfast, su casa. Mi madre recibió una factura de casi mil libras, que tuvo que pagar antes de hacerse cargo del ataúd, y a mí me negaron el permiso para viajar y asistir al entierro.

Dos días antes del funeral, se celebró un réquiem en la capilla de la cárcel, y lo más inusual de todo fue que permitieron la entrada de mi tío Hughie, la única persona ajena a la prisión que asistió al acto. Vinieron muchos presos irlandeses, algunos de los otros amigos de mi padre y un guardia, Jim McNulty; un suboficial que había intimado mucho con él. Hughie le dijo algo y McNulty, visiblemente afectado, comentó:

—Creo que era inocente.

Todos los que estaban en la capilla pensaban lo mismo, pero estuvo bien oírselo decir a un guardia.

Al día siguiente de la muerte de Joe Conlon, mi madre recibió una carta del Ministerio del Interior. Decía que, teniendo en cuenta las muchas protestas recibidas en la secretaría del Ministerio, con respecto a la salud de mi padre, el señor Whitelaw había decidido su inmediata liberación. La decisión se tomaba exclusivamente por motivos de clemencia, y la carta la firmaba un funcionario.

25

PARKHURST Y LONG LARTIN

Intentaba contenerme, no deseaba hundirme y mucho menos delante de los guardias. Pedí permiso para telefonear a mi madre, pero me lo negaron: los presos del IRA no podían acceder al teléfono. Me sentía muy encerrado en mí mismo, no quería hacer ejercicio ni ir a trabajar. Lo único que me apetecía era quedarme tumbado en la celda, mirando al techo. Los otros presos, gente de todo tipo y de todas las edades, que habían conocido a mi padre entraban y hacían todo lo posible por consolarme con sus palabras.

—Estoy muy afectado por lo de tu padre.

—Cuenta conmigo para todo lo que necesites, Gerry.

—Era una persona encantadora, un buen hombre, eso es lo que era.

Hubiese preferido que no vinieran. Apreciaba los pensamientos que trataban de expresar, pero me hubiera gustado más que me dejaran en paz.

Y que me dejara en paz sobre todo el jefe de los guardias, un hombre llamado Malcolm. Me citó en su despacho.

—Tu padre murió hace diez días, Conlon. Te damos cuatro más para que te recuperes y vuelvas al trabajo, a la normalidad.

Estuve a punto de agredirle. Durante la agonía de

mi padre, me sentía tan airado y frustrado que intenté agredir al médico.

Me llevaron a una celda del hospital y me inyectaron paraldehído en la cadera. Eso me dejó totalmente inmovilizado. Sólo podía tumbarme boca abajo, no podía hacerlo boca arriba y pensaba que me había roto la espalda. El dolor era torturante. Creía que nunca más volvería a caminar. Los efectos de esa droga duraron cuatro días e incluso después me costaba andar con normalidad. Tardé semanas en recuperarme. Así me controlaron las autoridades penitenciarias durante la agonía de mi padre.

La normalidad ya no volvería nunca. La normalidad se había marchado por la ventana hacía seis años y, además, mi padre estaba muerto. Tuve largos periodos de depresión que me duraban semanas. A veces me pasaba dos noches sin dormir y, luego, con una cabezada de diez minutos, me sentía renovado.

Me trasladaron a Parkhurst y el cambio de escenario me sentó bien. Empecé a recuperarme lentamente. Un día, me llamaron al despacho del director de la prisión y en mi ficha, que estaba sobre la mesa, vi añadido algo nuevo. Había visto esa ficha muy a menudo en los últimos años, con el primer grado estampado en ella al lado de mi nombre y mi número. Pero había algo más: una F muy grande dentro de un círculo rojo. Nunca la había visto y, cuando salí y pregunté, un preso me dijo que significaba que tenía tendencias suicidas.

Fue un golpe muy duro. Primero me enfadé porque supusieran tal cosa sin haber hablado conmigo de ello, y después me asusté. Por aquel entonces, Gerry Fitt y sir John Biggs Davidson, ambos interesados en el caso de mi padre, hicieron interpelaciones en el Parlamento. Yo sabía que si se destapaba nuestro caso, el de los Cuatro de Guildford y los Siete Maguire, se produciría un gran escándalo. Por eso, la F en mi ficha me hizo sentirme vulnerable. Tenía miedo de que me ocurriera un «accidente» y lo hicieran pasar por un suicidio.

Tengo que dar las gracias a mi hermana Ann por haber conseguido que quitaran esa letra de la ficha. Es una mujer muy directa y no tiene pelos en la lengua. Cuando fue a verme a Parkhurst junto con mi otra hermana, Bridie, les conté lo de la letra y dije:

—A ver si podéis hablar con el director para que la quiten.

Mi hermana exigió entrevistarse con el director de la prisión. En esa época, el director en funciones era un tipo llamado Morrison.

—Mi hermano dice que en su ficha hay una F dentro de un círculo rojo —le dijo— y que eso significa que tiene tendencias suicidas.

—Puedo asegurarle que en la ficha de su hermano no hay nada de eso.

—Es mentira, yo la he visto —salté.

—Lo siento, Conlon, pero no es así.

Discutimos un buen rato hasta que Ann cortó todas aquellas tonterías:

—Muy bien, podemos comprobarlo. ¿Por qué no nos la enseña?

—Enseñar las fichas de los presos no es un procedimiento habitual...

—Yo no quiero leer la ficha, señor Morrison, lo único que quiero es ver la primera página, donde mi hermano dice que está la F.

Fue a buscar la ficha y nos la trajo. En la esquina superior izquierda, en negro, había un gran círculo con el distintivo de primer grado en medio, y en la esquina superior derecha habían puesto cinta adhesiva sobre la F.

—Ya ve. Solamente está el primer grado, no hay ninguna F.

—Y debajo del papel adhesivo, ¿qué hay?

—No hay nada.

Mi hermana se levantó, le quitó la ficha de las manos, arrancó el adhesivo y allí estaba la F. Le habían pillado por sorpresa. Murmuró algo y se retiró apresuradamente. Después de eso, Ann llamó por teléfono a todas las personas conocidas que estaban interesadas en nuestro caso, les contó lo ocurrido y afirmó que yo no tenía tendencias suicidas y que quería que quitaran esa F. Dos días más tarde, me hicieron bajar al despacho del director para decirme que la habían quitado.

Parkhurst, que está en la isla de Wight, tiene fama de ser una cárcel muy violenta, una fama que se remonta al motín de 1969. Es muy sucia, las instalaciones sanitarias se encuentran en muy mal estado, la comida es terrible y el hecho de estar en una isla dificulta las visitas. Por todo ello, los prisioneros son muy agresivos y allí todo el mundo lleva navaja.

Me sacaba de quicio. Estaba en una prisión nueva y las circunstancias eran nuevas, pero ya no existía la posibilidad de que, si caía en un agujero, mi padre me sacara de él. Me encontraba solo.

Primero tuve problemas para ganarme la confianza de los presos irlandeses, porque el asunto de las conversaciones de Wandsworth todavía coleaba y era como si yo despidiera cierto hedor. No encontré de entrada la buena voluntad y comprensión que se dieron en Scrubs, pero, con el paso del tiempo, llegué a tener una relación razonable con los reclusos irlandeses.

Sólo que, además, esa prisión estaba llena de dementes y, durante dieciocho meses, tuve que sobrevivir a base de ingenio. En cierto modo me convertí en un preso «con éxito». Me sentía capaz de tratar y trapichear con casi todo el mundo, ganar algo de dinero en las apuestas y hacer amigos. Pero, como ya he dicho, una prisión es como un campo lleno de minas y Parkhurst era el más traidor de todos ellos.

En noviembre de 1981 me trasladaron a Long Lartin, que está en Worcestershire, donde permanecí hasta 1988, la estancia más larga de todas las prisiones en las que he estado. Si pudiera decirse que hay cárceles buenas, ésta sería una de ellas: humana, bien equipada y respetuosa para con la dignidad del individuo. Pero incluso allí caí en periodos de depresión y no descargaba mis iras sólo contra los guardias, sino también contra otros internos; me aprovechaba de su amabilidad y los insultaba. A veces me comportaba de una manera absolutamente odiosa, absorto por completo en mis problemas, sin pensar en que los demás también tenían los suyos.

Mi lengua era viperina. La mayor parte del tiempo la tomaba contra los ingleses, porque me había vuelto muy corrosivo. Cuando empezó la guerra de las Malvinas, grité animando a los argentinos; cuando se jugó el Mundial de fútbol, animé a cualquier país, menos a Inglaterra; en el críquet, que llegó a interesarme porque en la prisión tenía muchos amigos de la India, disfruté como un enano cuando Inglaterra fue eliminada en la tanda clasificatoria. Pero era como si las cosas se me escapasen de las manos y a menudo estaba convencido de que iba a volverme loco.

En Long Lartin pasé cuatro meses comportándome como un salvaje. Las cosas que decía a personas que sólo intentaban ayudarme eran imperdonables. Me preparaban comida y yo la tiraba, criticaba a todo el mundo por una razón u otra, me comportaba como un canalla. Pero al final alguien, o algo, tenía que acabar cediendo, y le agradezco sobre todo a Noel Boyd que ese alguien fuera yo.

Noel Boyd era un preso de la Fuerza Voluntaria del Ulster, un protestante que había participado en un atentado frustrado contra un pub irlandés de Londres. Se parecía un poco al pequeño cabo de la película *Mash*, un tipo diminuto, con gafas y barbita. Era muy amigo mío y de todos los demás irlandeses, porque todo el mundo le quería mucho. Durante los periodos de mis terribles depresiones venía a mi celda y, aunque yo le insultara, seguía viniendo e intentaba sacarme de aquel pozo negro.

—Lo que voy a decirte no te va a gustar —comentó un día.

—¿Ah, no? ¿Y qué es? —quise saber yo.

—Te estás comportando como un auténtico gilipollas. Toda esa gente te aprecia, son tus amigos y lo único que haces es putearlos.

Yo no quería escucharle, pero él siguió. Me dijo que acabaría perdiendo a mis amigos porque nadie iba a soportar durante mucho tiempo mis insultos. Acabaría corroído por la amargura y encerrado en un manicomio, enterrado vivo.

—¿A quién beneficia todo eso? ¿A tu madre? ¿A tus hermanas? ¿A la memoria de tu padre? —Cogió un espejo y me lo tendió—. Mírate en el espejo, mírate, Gerry. Tu cara está cambiando. Y tu expresión también. Empiezas a parecer un maníaco.

Me miré y vi que tenía razón. Vi a alguien con rostro de presa capturada. Mis ojos estaban desencajados y tenía las mejillas huecas.

—Así nunca lavarás el nombre de tu padre, Gerry, nadie creerá a un hijo de puta que está loco. ¿Y tu madre?

Noel siguió en esos términos. Era su campaña personal. Me abordaba diez y quince veces al día, como una especie de voz de la conciencia que me recordaba en qué me estaba convirtiendo.

—¡Lárgate de mi celda! ¡Márchate de una puñetera vez!

—¿Qué pasa? ¿No te gusta la verdad? No te importa ser sarcástico y putear a los demás; ¿por qué no te tratas a ti mismo de la misma manera? Prueba un poco de tu propia medicina.

Yo me enfadaba mucho y me entraban ganas de estrangularlo, pero él no cedía.

—Venga, pégame. ¿Vas a arreglar algo? ¿Te hará sentir mejor?

Como es natural, yo sabía que él tenía razón. Cada noche, a solas en la celda, me remordía la conciencia de lo hijo de puta que estaba siendo con aquellas personas, de la ingratitud que les demostraba. Pero fue necesaria la persistencia de Noel para que yo lo admitiera abiertamente y realizara una cura de humildad.

—Ya me han dicho la fecha de mi liberación. El año que viene vuelvo a casa, pero tú seguirás aquí. Cuando esté fuera, quiero tener la seguridad de que te comportarás como un ser normal, así que, mañana por la mañana, cuando te levantes preparas un té para todos los implicados y te disculpas.

Y logró que lo hiciera. Volví al camino correcto y, aunque no me convertí en un santo de la noche a la mañana, desapareció la amenaza de la locura, de caer en un hoyo muy hondo que yo mismo me estaba cavando. Noel Boyd, Johnny Joyce y otros muchos amigos pacientes y comprensivos me sacaron de él, y siempre les estaré agradecido por ello.

En Long Lartin ocurrió también uno de los episodios más divertidos de mi vida en prisión. Me tomó como rehén un chico de Birmingham, al que llamaré Martin.

Era un tipo alborotador que tenía un largo historial penitenciario. Ya le conocía de Wakefield. En Long Lartin decidió que quería estar en el bloque de castigo porque pensaba que no podía convivir de forma adecuada con el resto de los reclusos. El director de la prisión se pasó meses intentando convencerle de que volviera al pabellón. Una noche hablé con él por la ventana y me preguntó que cómo era aquella cárcel comparada con Wakefield o con Parkhurst. Le dije que, en comparación, no era tan mala y que por qué no venía al pabellón. Al día siguiente, el director le dio permiso, encantado con la idea de que quisiera dejar el bloque de castigo, y lo mismo les ocurría a los guardias de allí, que estaban hartos de él.

Se quedó un día entero en el pabellón y se lo pasó muy bien, pues encontró a viejos amigos, con los que había estado en prisión preventiva, y se emborrachó con el licor que se elaboraba clandestinamente en la cárcel. Decidió entonces solicitar su traslado definitivo al pabellón y el director accedió rápidamente a ello; pero, por desgracia, aquel día se marchó de vacaciones y ninguno de sus ayudantes, en vista de los antecedentes penitenciarios de Martin, quiso asumir la responsabilidad de autorizar el traslado. Martin, comprensiblemente, se sintió frustrado, y la siguiente vez que hablamos por la ventana le dije:

—¿Por qué no tomas a un rehén? Así te harán caso.

—Y ¿a quién podría tomar?

—A mí —respondí en broma, pensando que nunca lo haría.

A la noche siguiente, cuando hablamos de nuevo por la ventana, dijo:

—Ya tengo el arma. Ya tengo el arma para tomarte como rehén.

Le miré asombrado y, como es lógico, un poco asustado, pero me dijo que no me preocupara. Había sacado el asa de un cubo, la afiló en el cemento del alféizar de su ventana y la convirtió así en una cuchilla. Incluso había roto una sábana para poder empuñarla.

Todo aquello me puso un poco nervioso, pero decidí colaborar con él. Me dijo que les pediría a los guardias que le dejaran ir a mi celda a por cerillas y que entonces sacaría la cuchilla y diría que yo era su rehén. Vino a mi celda, y yo estaba de espaldas al guardia, todavía nervioso por la situación, cuando Martin intentó sacar su arma, se le enganchó en los tejanos y, al intentar desprenderla, casi se hizo daño. Los guardias se asombraron mucho cuando les cerré la puerta en las narices y Martin y yo nos echamos a reír nerviosamente. Por fin, consiguió desenganchar el asa del cubo, todos los guardias de la prisión se plantaron ante la puerta y comenzamos la comedia.

Incluso tuve que decirle que pusiera un poco de crema antiséptica en la mirilla para que no vieran lo que hacíamos. Los guardias preguntaban que qué pasaba y, como Martin parecía incapaz de articular palabra alguna, yo mismo les expliqué que me había tomado como rehén y por qué razón. Solicité ver al director en funciones.

—Conlon, no pareces un rehén, en serio —dijo el guardia—. Y si lo eres, tu disposición es muy buena.

Al cabo de una hora y media, el director en funciones nos preguntó que si podía entrar en la celda.

—Claro que sí, pase —le respondimos.

Martin estaba junto a la ventana, blandiendo su arma, y yo sentado en la cama, por lo que el único lugar donde podía sentarse una visita era en el retrete, lo cual nos pareció divertidísimo. Martin seguía con la lengua trabada y tuve que hablar yo otra vez. El director en funciones se mostró muy comprensivo y le dijo a Martin que el lunes siguiente le trasladarían al pabellón. Hasta le sacamos una onza de tabaco. El pobre hombre tenía realmente muchas ganas de que Martin se incorporara al régimen normal.

26

INTERVIENEN LOS MEDIOS DE COMUNICACIÓN

Aparte de alejarme del borde de la locura, las tácticas de asedio de Noel Boyd reavivaron mi interés por la campaña de envío de cartas que yo había comenzado con la ayuda de Shane Docherty en Scrubs, y en la que había trabajado duramente durante mi estancia en Parkhurst. Intentaba escribir cinco o seis cartas por semana, algunas de ellas dirigidas a personas que jamás habían oído hablar de mí o de mi caso. En 1981 incluso le escribí a Mijail Gorbachov. Las enviaba como un náufrago que lanza mensajes al mar en el interior de las botellas, con la esperanza de que, tarde o temprano, alguien las encontrara. Pero también me estaba comprometiendo en una correspondencia regular, manteniendo a la gente en contacto con cualquier cosa que sucediera en Irlanda, Inglaterra y Estados Unidos.

Ya existía un Grupo de Campaña de los Cuatro de Guildford organizado por Errol y Theresa Smalley, los tíos de Paul Hill. Tenían a Tom Barron actuando como secretario y su filosofía era hacer la mayor cantidad de ruido posible y, si había alguna duda, convocar una rueda de prensa. Mi hermana Ann y su esposo, Joe, estaban tratando de hacer lo mismo en Irlanda. Fueron a Dublín con mi madre para ver al ministro de

Asuntos Exteriores poco después del fallecimiento de mi padre.

Debo decir que el Gobierno de la República de Irlanda supuso una enorme decepción para nosotros y que, hasta el mismo momento de nuestra liberación, las autoridades irlandesas no hicieron más que andarse con rodeos. La Constitución irlandesa proclama que toda persona nacida en cualquier parte de Irlanda, ya sea en el norte o en el sur, es ciudadano irlandés y tiene derecho a ser representada por el Gobierno de Dublín, así que, cuando solicitamos específicamente al Gobierno que nos ayudara, que nos representara en Londres, que organizara campañas para que nos pusieran en libertad o transfiriesen nuestro caso a Irlanda del Norte, teníamos grandes esperanzas de que harían todo lo que estuviese en su mano para que así fuese. Pero no hicieron absolutamente nada.

El primer contacto que tuve con la Embajada irlandesa en Londres fue en 1983. Enviaron a un hombre para que me dijera que yo debía purgar mi condena y dejar de escribir cartas a la Embajada, porque no tenían tiempo para gente como yo. Estuve a punto de pegarle.

Incluso una brillante campaña de envío de cartas puede fracasar si pierde actualidad. Existen tantas causas, hay tanta gente pudriéndose en la cárcel que hay que hacer grandes esfuerzos para llamar la atención. Yo recordaba la campaña de «George Davis es inocente», que era muy imaginativa y audaz, y ésa fue la razón de que llamara la atención de los medios de comunicación. Yo quería que nosotros hiciéramos lo mismo.

Tuve una primera oportunidad de hacer una jugada imaginativa por nuestra causa la mañana de un martes de 1987, en Long Lartin. Yo era el que se encargaba de la limpieza del pabellón y estaba prácticamente solo, porque todo el mundo se encontraba trabajando. Me puse a hablar con Danny Thomas, un negro de Birmingham que cumplía una condena de siete años por robo a mano armada. Danny siempre estaba tocando la guitarra.

—Danny, ¿por qué no estás trabajando? —le pregunté—. ¿Qué has hecho? ¿Te has escaqueado?

—No, tío —me dijo—. Hay un equipo de la BBC que viene a entrevistarnos a seis de nosotros.

—¿De qué va el programa?

—De crimen y castigo, ¿de qué si no?

—¿A qué hora? —pregunté inocentemente.

—De las diez en adelante.

Era una oportunidad que no podía desaprovechar. Por supuesto, alguien como yo, un preso de primer grado, condenado por terrorismo, jamás sería *elegido* para hacer algo así, de modo que debía ingeniármelas para poder participar en ese programa. Estaba decidido a hacerlo; yo sabía mucho más acerca del crimen y del castigo que todos los demás. Logré averiguar dónde se desarrollaría la entrevista —en el despacho del subdirector— y me instalé con el cubo y el estropajo fuera del despacho. Un momento más tarde, Danny salió del despacho con la guitarra colgada del cuello.

—Eh, Gerry.

—Danny, ¿cómo va la entrevista con la BBC?

—He salido para afinar la guitarra; me han pedido que cante algo para ellos cuando terminen de hablar con el subdirector.

De modo que ya sabía que el subdirector Bill Pike, estaba allí. Me hubiese gustado entrar en ese momento, aunque sólo fuese para corregir lo que Pike les estaría diciendo.

—¿Quiénes son, Danny? —le pregunté por si acaso los conocía; los presos oyen mucho la radio.

—La chica es la productora del programa, Jenny Lo. El tío es Hugh Prycer-Jones.

Volvió a entrar y permaneció en el despacho una media hora más. Cuando salió, el siguiente preso en ser entrevistado —un violador perteneciente a una familia muy respetable— fue hacia la puerta. Me interpuse en su camino y le dije que yo entraría primero. Cuando Pike me vio se quedó con la boca abierta, pero no dijo nada. Me dirigí a la mujer de la BBC y le dije:

—Me llamo Gerry Conlon, soy uno de los *Cuatro de Guildford*. ¿Ha oído hablar de nuestro caso?

Ella respondió que sí.

—Bien, pues deberían entrevistarme a mí. No hay nadie aquí que sepa más que yo de este tema.

Jenny Lo se volvió hacia Pike y le preguntó que si podían entrevistarme. Aceptó de mala gana e incluso accedió a irse del despacho. Seguramente tuvo miedo de que, si se negaba a hacerlo, los periodistas se marchasen y, entonces, Long Lartin no aparecería en el programa.

De modo que estuve una hora con ellos, les estreché la mano y me fui después de que me hubieron prometido que incluirían en el programa algunas de las cosas que yo les había contado. Al día siguiente, a la hora de comer me llamaron al despacho del director de la prisión.

—Esta vez me has jodido, Conlon.

—¿De qué está hablando?

—Te colaste en el programa de Radio 4.

—Claro que lo hice, ¿acaso no se lo dijo Pike?

El director pegó un golpe en el escritorio con el puño.

—Sí, Pike me lo dijo. Pero lo peor es que me ha llamado el ministro del Interior para preguntarme cómo he podido permitir que tú, nada menos que tú, te acercaras a esos periodistas. Ésta es la *última* vez que en esta prisión hablas con una mujer que no está autorizada a verte. Y ahora lárgate de aquí.

El programa se emitió por Radio 4 en FM, pero como a los presos no les está permitido tener radios con

FM —para que no puedan captar los mensajes de la policía— nunca pude escucharlo. Pero, fiel a la palabra empeñada por los productores, el programa dejó perfectamente claro quién era yo y que reafirmaba mi inocencia. Entre otras cosas, dije:

«En este país es una terrible carga ser irlandés y estar acusado de un delito de terrorismo. La policía te trata realmente mal y he tardado trece años en convencerlos de que yo no le he causado daño a nadie, que yo no debería estar aquí. Si fuese culpable, estaría aquí como castigo por algo que habría hecho, no para que me siguieran castigando, para que siguieran abusando de mí. Tratan de despojarte de tu dignidad. Cuando estás en la prisión te quedan muy pocas cosas aparte de tu dignidad y tu orgullo, y ellos tratan de robarte eso también. Y, desgraciadamente, muchos presos sucumben a ello. Pero yo no me considero un preso. Yo me considero un rehén.»

Durante todo el tiempo de mi reclusión, ésta fue la primera y la única vez que tuve la oportunidad de hablar públicamente fuera de un tribunal. Creo que fue un acto de valentía por parte de Jenny Lo y Hugh Pryce-Jones resistirse a las presiones, ya fuesen de dentro o de fuera de la BBC, que trataron de persuadirlos para que arrojaran mi entrevista a la papelera.

Pero una pequeña parte de un programa de radio escuchado por unos cuantos miles de personas no tiene el mismo efecto que un documental de televisión visto por millones de telespectadores. Es la clase de publicidad con la que uno siempre sueña. En este sentido, hubo tres programas de *First Tuesday* emitidos por Yorkshire TV sobre los Maguire o sobre los *Cuatro de Guildford*. El primero de ellos, «La fábrica de explosivos de la tía Annie», emitido en 1984, llegó de forma absolutamente inesperada en lo que a mí concernía. Luego, dos años más tarde, se emitió «La bomba de relojería de los Guildford», al que contribuí de forma totalmente inconsciente. Las cosas sucedieron de este modo.

Hacia finales de 1984, Alastair Logan vino a verme con aire misterioso y me dijo que yo podía ayudarle.

—Hay algunas personas que se están interesando por el caso. Se han convencido por fin de que ha habido un error judicial.

Durante todos esos años, Alastair se había mantenido fielmente junto a su cliente, Paddy Armstrong, luchando para que se reabriese el caso. De modo que, durante los quince meses siguientes, me hizo montones de preguntas, especialmente sobre mi estancia en Inglaterra en 1974. Lo que en realidad estaba haciendo, como finalmente descubrí, era trabajar con los realizadores de «La bomba de relojería de los Guildford», que se emitió en el verano de 1986.

Recuerdo el terror y la ansiedad que sentí aquella mañana cuando leí en el periódico que iba a emitirse el programa. En primer lugar, porque no había nada que yo pudiera hacer, o pudiera haber hecho, para influir en el programa, pues ni siquiera sabía cómo iban a utilizar mis contribuciones escritas y verbales; en segundo lugar, porque no sabía quién más participaría y si habría reservada alguna sorpresa desagradable, gente que pudiera aparecer en la pantalla diciendo que yo era culpable, o alguna otra cosa completamente inesperada sobre mí; y, por último, porque yo estaría viendo el programa en compañía de cuarenta o cincuenta tíos que me conocían y que después seguramente tendrían muchas cosas que decir.

Pero, a la postre, resultó ser un programa importante. No obstante, le escribí una carta a Grant McKee diciéndole que había tratado a la policía con mano de seda. El equipo de *World in action* había realizado un documental mucho más gráfico acerca de los *Seis de Birmingham*, que no dejó ninguna duda en los espectadores sobre la forma en que la policía consiguió las confesiones; en cambio, en *First Tuesday* trataron a la policía con demasiada consideración.

Posteriormente le escribí a Grant para disculparme, pero el programa tuvo un gran efecto sobre mí. Fue la máxima publicidad que habíamos tenido hasta la fecha, y pensé que era muy importante que hubiesen contado toda la historia.

Un año más tarde hicieron un segundo programa, «Un caso que no se cerrará». No añadía nada nuevo sobre Guildford, aunque sí aportó un nuevo testigo para la coartada de Paul Hill en el atentado de Woolwich. En el programa participó el cardenal Hume, que afirmó que se trataba de un caso que no se cerraría y que los tribunales debían estar preparados para reconocer cuándo se cometía un error. Su bondad y su sinceridad auténticas convencieron seguramente a muchas personas.

Pero el cardenal trabajaba también por nosotros a su manera, que era discreta, seria y enormemente influyente. Yo estaba impresionado por ello, porque siempre había creído que, para ganar, debíamos encontrar a nuestros propios miembros de la Iglesia Anglicana que defendieran nuestra causa contra la mayoría, que estaría automáticamente contra nosotros. Sabía que había gente respetable y con buenos contactos que tenía capacidad para pensar por sí misma, y sólo era cuestión de encontrarla. La lista final de los Grandes y los Buenos que se arriesgaron por nosotros incluía a lord Fitt, a dos ex ministros del Interior, lord Jenkins y Merlyn Rees, al difunto sir John Biggs Davidson, miembro del Partido Conservador británico y del Parlamento, a dos jueces del Tribunal Supremo de Justicia, Scarman y Devlin, y a más de doscientos miembros del Parlamento británico, miembros del Parlamento europeo, senadores norteamericanos y sacerdotes.

Pero me estoy adelantando a los acontecimientos. En esta etapa, ni siquiera tenía abogado y aún quedaba un montón de trabajo por hacer.

27

NUEVAS PRUEBAS

Los programas de la serie *First Tuesday* contribuyeron notablemente a llevar nuestro caso ante la opinión pública. Además, Robert Kee había publicado su libro *Trial and error*, que contaba con mucho más detalle la historia resumida en los programas de televisión. De modo que ahora yo recibía cartas de Sarah Clarke y de mi madre en las que me decían que debía buscarme un abogado porque podría haber una investigación u otra apelación. Tal era la presión que se estaba ejerciendo sobre el Ministerio del Interior para que remitieran nuestro caso, y el de los *Seis de Birmingham*, al Tribunal de Apelación.

Pero el éxito obtenido en el caso de los *Seis de Birmingham* fue un revés para nosotros. El 20 de enero de 1987, el día del cumpleaños de mi madre, Douglas Hurd anunció que se aceptaba la apelación de los *Seis de Birmingham*, pero no así la de los *Cuatro de Guildford* ni la de los Maguire. Fue una época muy dura y confusa. Me sentía feliz por mis amigos Johnny Walker, Gerry Hunter, Billy Power y Dick McIlkenny y, al mismo tiempo, terriblemente triste y desanimado por mí. Había momentos en los que me deprimía casi tanto como lo había estado cuando llegué a Long Lartin procedente de Parkhurst.

Pero no hay mal que por bien no venga, y el ambiente era casi de carnaval en ese pabellón de Long Lartin, donde todos los internos sentían una especie de excitación eléctrica ante la inminente reunión de todos los miembros de los *Seis de Birmingham* para preparar su apelación. El elemento mas dinámico fue la llegada de Paddy Joe Hill con Hughie Callaghan, los dos miembros de los *Seis* que yo no conocía. Pero no, no es correcto decir que Paddy *llegó* al pabellón. Paddy estalló en él.

Yo me encontraba en mi celda cuando creí escuchar que alguien me llamaba. Alguien gritó mi nombre por encima del tremendo bullicio que súbitamente se había producido en el pabellón. Era una voz irlandesa y estentórea que nunca había oído antes.

—¡Conlon, cabrón, haz el favor de mover el culo!

Pensé que había oído mal, de modo que no me moví de la celda. Pero la tercera vez ya no había error posible.

—¡CONLON! ¡Baja aquí de una puta vez! —rugió la voz.

Salí de la celda preguntándome si se trataría de alguien que acababa de llegar y quería vérselas conmigo. Pero no. Era Paddy Hill. Nunca nos habíamos visto y quería conocerme, y ése era su método habitual de hacer las cosas.

Vi aquel cuerpo pequeño, fuerte e increíblemente lleno de vida, apoyado en la barandilla al pie de las escaleras y pegando gritos en medio de todos los internos. Tenía la dentadura seriamente dañada a causa de las palizas recibidas en la prisión de Winston Green, de modo que apenas si se le veían los dientes. Su boca es como la de una de las marionetas que aparecen en *Rainbow*, la que tiene una cremallera sobre los labios. Pero me gustaría ver si alguien tiene los suficientes cojones para cerrarle la boca a Paddy.

Alzó la vista, me reconoció al instante y extendió la mano a través de la barandilla.

—¿Por qué has tardado tanto, cabrón? Paddy Joe Hill, me alegro de conocerte, hijo.

Acercó su rostro al mío, rociándome de saliva.

—¿Tienes algo de dinero? ¿Cigarrillos?

—Esto..., sí.

—Bien, pues dame lo que tengas y hablaremos.

De modo que subimos a mi celda y volvimos a bajar.

—Espero que no estés deprimido ni sientas lástima por ti mismo —me dijo directamente.

Yo estaba deprimido, pero no pensaba admitirlo.

—Por supuesto que no, ¿por qué?

—Porque nosotros vamos a salir y tú no.

—No.

Se dio cuenta de que la mía era una verdad a medias y volvió a pegar su rostro al mío.

—Mira, si yo salgo de ésta tú también saldrás, porque pienso ir a todas partes y hacer todo lo que sea para ayudarte, ¿de acuerdo?

Y se trataba de un hombre al que acababa de conocer hacía sólo cinco minutos. Nos hicimos amigos al instante y fue como si hubiéramos sido amigos de toda la vida. Jugábamos juntos al *bridge* y éramos el terror de nuestro pabellón, principalmente porque el dinamismo de Paddy intimidaba a nuestros rivales. Iba de un lado a otro como un juguete alimentado a pilas, recorría los corredores, entraba y salía de las celdas, fastidiando a todo el mundo y sin retroceder jamás, siempre fiel a sí mismo.

Paddy Joe Hill es completamente extravagante y le trae sin cuidado lo que le dice a la gente, sean quienes sean. En una oportunidad le visitó un obispo.

—Bien, Paddy, antes de que comience la visita rezaremos una pequeña oración.

Pero Paddy tenía otras ideas.

—Olvídese de las oraciones, ¿qué me dice de unas cuantas libras?

El obispo se sorprendió, ya que nadie le había hablado antes de esa manera. Sacó su talonario de cheques.

—Oh, por supuesto, ¿cuánto querrías...?

—Pues para empezar —dijo Paddy— no acepto cheques. Lo quiero en metálico.

Así es Paddy Joe Hill.

Y con él llegó Hughie Callaghan, tímido, amable y melancólico, como si fuese el ayudante de un personaje importante. No podrían haber formado una pareja más desigual.

Pero la puerta para la libertad de los *Cuatro de Guildford* se había vuelto a cerrar a cal y canto, y lo único que podíamos hacer era seguir empujando. Los Grandes y los Buenos seguían trabajando y, detrás de ellos, el ejército de gente corriente: Lily Hill, mi madre y mis hermanas, los Smalley, la hermana Sarah, Diana St. James, que me escribía desde Estados Unidos, el padre McInley, Ros Franey, de Yorkshire TV, y muchos, muchos más. El cardenal Hume encabezó una delegación, formada por lord Scarman, lord Devlin, lord Jenkins y Merlyn Rees, que se entrevistó con Douglas Hurd.

Todos ellos ejercieron una gran presión para que se reabriese el caso, presentando numerosas cuestiones que nuestro jurado de 1975 nunca tuvo oportunidad de escuchar, pero que podrían haber servido para declararnos inocentes. Había muchos rumores en el aire acerca de una investigación judicial, un tribunal independiente, una investigación interna en la policía, un nuevo juicio. El nuevo testigo para la coartada de Paul Hill, el que apareció en el segundo programa de *First Tuesday*, había impulsado una investigación policial para averiguar sus posibilidades como prueba nueva. Fue entonces cuando decidí que debía tener un abogado. Las ramificaciones legales comenzaban a parecer interminables.

Los *Seis de Birmingham* tenían a una abogada llamada Gareth Peirce y la ponían por las nubes, así que pensé en pedirle que me representara también. Vino a verme a Long Lartin y me impresionó tremendamente la atención que prestaba a todo lo que yo le decía. Le hablé de un montón de cosas de mi padre y de cómo quería dejar limpio mi nombre y el suyo, tal como él lo había deseado. Y ella se limitó a mirarme y a decirme con una voz muy tranquila y desapasionada:

—Bien, tendremos que sacarte de aquí.

Y supe que ella haría bien su trabajo. En la prisión te acostumbras a hacer juicios rápidos y a guiarte por ellos. Yo tomé la decisión de ir con Gareth y jamás lo he lamentado.

Gareth es como Juana de Arco. Es una luchadora y no quiere oír hablar de derrotismo. Desde el principio decidió que debíamos desmontar mi caso hasta sus bases y revisar con sumo cuidado todo lo que falló en mi defensa durante el juicio de 1975. Fundamentalmente, ¿por qué no fueron capaces de encontrar un testigo que probara mi coartada?

—Es sencillo —dije yo—, porque ese bastardo de Paddy Carey nunca apareció.

—Pero tenías otro testigo, Paul el Verdulero. ¿Dónde está?

—Desapareció del mapa, abandonó el albergue de Quex Road.

—Pues habrá que encontrarle.

De modo que Gareth hizo algo que no había hecho ninguno de mis abogados: fue al albergue Quex Road y pidió ver los archivos. No lo consiguió en su primera visita porque se los habían llevado durante las investigaciones de 1974 y no los habían devuelto. Gareth les pidió a los encargados del albergue que reclamaran los archivos a la policía y, mientras tanto, ¿les molestaría contarle lo que ocurrió en 1974 desde su punto de vista?

Descubrió muchas cosas que la dejaron asombrada. En 1974, todos lo que estaban relacionados con la política republicana en Kilburn sabían que el albergue estuvo vigilado por la policía durante meses. Agentes del Cuerpo Especial entraban y salían del albergue, en ocasiones haciendo ostentación de su arma. Si durante nuestro juicio el tribunal hubiese escuchado estas alegaciones, ¿habría creído por un momento el jurado que un comando en servicio activo del IRA hubiese sido enviado deliberadamente a vivir en semejante lugar por los responsables de estrategia del grupo armado?

Descubrió también que al sacerdote a cargo del albergue en aquella época, el padre Carolan, le llevaron a Guildford para interrogarle. Su descripción del proceso confirmó muchas de las cosas que yo había declarado.

Finalmente, la policía devolvió los archivos del albergue y, súbitamente, apareció el nombre de Paul el Verdulero, sólo que no se llamaba Paul.

Paul el Verdulero, con su pequeño sombrero de paño y su pasión por la ropa de color verde, se llamaba en realidad Charles Burke. En la ficha de admisión del albergue puso que trabajaba en una verdulería y que le habían instalado en St. Louis, la habitación que Paul Hill y yo compartimos con Paddy Carey. Si pudiéramos encontrar a Charles Burke habría una posibilidad de que recordase la noche del 5 de octubre más claramente que otros días de la misma época, porque aquella fue la noche en que abandonó el albergue para irse a vivir en otra parte.

Gareth llamó por teléfono a una larga lista de personas apellidadas Burke en Limerick y, finalmente, consiguió localizar al cura de una parroquia y a una hermana de Burke. Pero entonces recibimos el mazazo: hacía diez años que no sabía nada de su hermano; no tenía ni idea de dónde podía encontrarse.

Pero, mientras tanto, Gareth había hecho muchas cosas más. Consiguió una declaración de mi tío Hughie, que vio cómo me maltrataban en Guildford, pero al que nunca llamaron a declarar en mi juicio, y, aún mejor, consiguió una declaración de mi tía Kate, que me oyó gritar «¡Mamá! ¡Mamá!» en Godalming; habló con Danny Wilson, que se emborrachó conmigo durante el almuerzo del día del atentado; habló también con mi tía Bridget sobre la conversación telefónica que mantuve con ella aquella noche en el Club de Ingenieros; y en Galway localizó a un hombre llamado Michael Kennedy, que recordaba haberme visto en la sala de televisión del albergue de Quex Road aquella noche y firmó una declaración en ese sentido. Ninguno de los anteriores abogados había hecho algo semejante por mí, a pesar de que todo ello confirmaba los detalles de mi declaración ante el tribunal sobre lo que hice el día de autos.

Gareth se sentía decepcionada por no haber logrado dar con Charles Burke, la única persona que podía probar definitivamente que yo no había cometido el atentado en el *pub* de Guildford porque me encontraba hablando con él en el albergue de Quex Road. Pero ella tenía la sensación de que había dado un paso importante al mostrar cuántas pruebas pudieron ser utilizadas para mi defensa. Y, en su resumen final, Donaldson nunca se hubiese atrevido a decirle al tribunal que yo no tenía ninguna prueba que confirmara mi coartada.

También hacía notables progresos en sus intentos por demostrar que la policía me había maltratado. Consiguió copias del informe realizado por el médico en Springfield Road. El informe demostraba que el doctor McAvinney me diagnosticó una infección y prescribió el tratamiento adecuado, pero la policía de Surrey hizo caso omiso de las indicaciones. Gareth consiguió las notas que David Walsh tomó durante nuestro breve encuentro en la comisaría de Guildford, en las que él decía claramente que por entonces yo me quejaba de fuertes dolores en los riñones. Gareth me explicó que el dolor podía ser consecuencia o de los golpes recibidos durante el interrogatorio, o de una infección en la zona renal; si yo había recibido algún golpe, ellos no explicaron la causa y, si se trataba de una infección en los riñones, todo parecía indicar que me habían negado cualquier tratamiento médico.

La designación de la policía de Avon y Somerset en 1987 para que investigara las nuevas pruebas estaba resultando —sin que nosotros lo supiéramos— en todo un almacén lleno de papeles sobre el caso tomados de los archivos de Guildford, y, aguardando allí entre todos esos papeles, ocultos por el enorme volumen del material acumulado, había vestigios de pruebas, cualquiera de las cuales hubiese sido suficiente para enviar a casa a los *Cuatro de Guildford*.

Entretanto, ignorante de todo esto y entendiendo que la policía de Avon y Somerset había informado al ministro del Interior de que ellos le recomendaban que no reabriera el caso, Gareth pensó que el ministro debía ver las nuevas pruebas. La investigación policial se extendió y más tarde descubriríamos que dos oficiales de policía también admitieron haber oído lo mismo que mi tía Kate, fundamentalmente mis gritos de «¡Mamá! ¡Mamá!» en la comisaría de Godalming en diciembre de 1974. Asimismo, aparecieron nuevas pruebas que demostraban que a Carole le inyectaron petidina mientras se encontraba detenida.

En nuestro pabellón de la prisión, todos estábamos esperando la apelación presentada por los *Seis de Birmingham*. Era noviembre y los seis presos fueron al tribunal llenos de esperanza, pero el atentado masivo cometido por el IRA durante la conmemoración del

Remembrance Day* se produjo poco después de iniciarse la apelación, y cualquier ambiente de simpatía por la causa de los *Seis de Birmingham* quedó destruido en pocos segundos en Enniskillen. Efectivamente, la apelación fue rechazada. A ellos seis los repartieron de nuevo en tres prisiones diferentes, y la tristeza volvió a caer sobre nuestro pabellón, que parecía una ciudad fantasma sin la voz atronadora de Paddy Joe Hill.

El cardenal Hume y su delegación mantuvieron la presión. El arzobispo Runcie se sumó a la causa y, en enero de 1989, Hurd accedió a que el caso volviera a investigarse. Gareth puso manos a la obra con enorme entusiasmo. ¡Nos concederían una segunda apelación y ganaríamos! Pero con lo que tenía hasta ese momento no podía estar segura de ello. Lo que Gareth sí sabía era que todo el material de Avon y Somerset, reunido en Bristol, se encontraba disponible para uso de la defensa. Comenzó a viajar regularmente a Bristol para iniciar la ardua tarea de examinarlo. En ocasiones la acompañaba Paddy O'Connor, que más tarde me representaría ante el tribunal.

Gareth estuvo a punto de averiar la fotocopiadora con documentos útiles para nuestro caso, documentos que pretendían demostrar que los dos policías de Surrey no sabían prácticamente nada acerca del IRA, o que incurrían en flagrantes contradicciones o no habían seguido determinadas pistas. Gareth iba a verme y me contaba lo que había encontrado, haciéndome prome-

* En esta fecha, el 11 de noviembre, se conmemora la firma del armisticio de la Primera Guerra Mundial. El símbolo distintivo de este recordatorio es una amapola, que hace referencia a los campos de Flandes. Se trata, básicamente, de una celebración de carácter militar en la que se recuerda y rinde homenaje a los soldados caídos en combate. En España, un símil aproximado sería la celebración de la Pascua Militar. *(N. de los T.)*

ter que no se lo diría a nadie. Era excitante y frustrante al mismo tiempo.

Pero ella aún no estaba segura de que sus hallazgos sirvieran para anular los veredictos de 1975. Entonces, entre los montones de declaraciones encontradas en los documentos de Avon y Somerset, apareció una en especial. Decía: «*Nombre del testigo: Charles Burke. Fecha de la declaración: enero de 1975.*» Era una declaración que se refería a lo que había sucedido en la noche del 5 de octubre de 1974.

Tan pronto como la vio supo que los teníamos cogidos.

Cuando me enteré de que a Charles Burke le localizó y le interrogó la policía en 1975, lo único que quise saber fue qué les había dicho y si apoyaba mi coartada, Pues bien, así era en efecto, y yo pensé que ya teníamos otro ladrillo en la pared. Burke declaraba haberme visto en el albergue aquella noche y haber hablado conmigo en la habitación. Pero para Gareth ése no era el argumento decisivo; lo realmente importante se refería a una cuestión legal: la acusación había ocultado pruebas a la defensa. Encontraron a Charles Burke, tuvieron su declaración *antes* de mi juicio y era su obligación comunicárselo a la defensa, pero no lo hicieron. Fin de la historia. Condena anulada. Conlon queda en libertad. Los *Cuatro de Guildford* quedan en libertad.

Gareth me hacía prometer que no se lo diría a nadie porque no quería que transcendiera lo que había encontrado en Bristol. Cuando las visitas terminaban, yo me sentía exultante y salía de la sala de entrevistas con una amplia sonrisa en el rostro y sintiéndome más seguro que nunca de que saldría en libertad. Me imaginaba en la Copa del Mundo de fútbol, Irlanda jugando contra Italia, viajando a Nueva York y cosas por el estilo. Tenía una fe ciega en Gareth. Ella siempre era optimista, siempre traía buenas noticias.

Los presos me preguntaban que qué había pasado.

—Has recibido buenas noticias —me decían—, no hay más que verte la cara. ¿Qué ha pasado?

Ellos sentían que también estaban apelando, porque conocían la brutal injusticia que habíamos sufrido y, hasta aquel momento, ningún preso condenado por delitos de terrorismo había salido en libertad después de una apelación. Yo regresaba a mi celda y todos hablaban en el corredor después del trabajo y podían ver la alegría reflejada en mi rostro y yo no podía decirles una sola palabra. Me moría por contarles lo que sabía, pero no podía hacerlo. Se pondrían como locos; todo el mundo estaba muy excitado.

Para todos los presos, el fracaso de la apelación presentada por los *Seis de Birmingham* fue un golpe muy duro. La aburrida rutina de la vida en prisión, las tareas monótonas de cada día eran peores de lo habitual. Todo el mundo había rezado para que declarasen inocentes a los *Seis de Birmingham*. También sentimos una gran tristeza por Jimmy Robinson y Michael y Vincent Hickley cuando no prosperó la apelación de Carl Bridgewater. Y ahora todos volvían la vista hacia nosotros, los *Cuatro de Guildford*.

Pasé varios días sin dormir. Caminaba arriba y abajo de la celda y miraba por la ventana, consciente de lo que había mas allá de los muros —la libertad— y creyendo que muy pronto estaría allí.

Entretanto, Gareth hizo otro interesante descubrimiento. Encontró un fajo de documentos con una nota manuscrita que decía: «No enseñar a la defensa.» Abrió el paquete y comenzó a examinar los papeles. Poco después se sintió frustrada. Cualquier cosa que llevase esa etiqueta debía de ser realmente importante para la defensa, pero, en cambio, aquello no parecía ser muy significativo. Le dio la vuela a un papel y la sorpresa fue mayúscula: *otra* copia de la declaración de Charles Burke. Estaba claro que no era un accidente.

Ajena al hecho de que los documentos de Avon y

Somerset ya habían revelado el material que conduciría a nuestra liberación, Gareth siguió investigando en la montaña de papeles de aquella habitación de Bristol y, en un momento determinado, encontró unos documentos muy interesantes. Parecían declaraciones literales, notas tomadas por la policía para dejar constancia de lo que se decía en los interrogatorios. Durante nuestro juicio, hubo un momento realmente hilarante cuando Jermey declaró que había escrito esas notas muchas horas después de terminada la sesión, insistiendo en que eran absolutamente fieles porque él tenía una excelente memoria, pero sin ser capaz de recordar la primera pregunta que le había formulado Wigoder, hecha pocos minutos antes. Gareth encontró páginas y páginas de declaraciones literales pasadas a máquina, con numerosas alteraciones y notas al margen.

A pesar de todo, manteníamos la boca cerrada, sin revelarle a nadie lo que habíamos encontrado, sin hacer públicas nuestras bases para la apelación hasta el último momento. No queríamos que la prensa se enterase del sensacional descubrimiento que habíamos hecho.

28

LA ÚLTIMA PRISIÓN

En marzo de 1988 mi relación con Joe Whitty, el nuevo director de Long Lartin, que llegó en 1987 y cambió muchas de las costumbres de la prisión, se había deteriorado hasta tal punto que mi traslado era algo inevitable. Yo veía que les concedía visitas abiertas a muchos presos de primer grado, tipos que eran mil veces más peligrosos que yo; sin embargo, mis familiares debían soportar esas horribles visitas siempre rodeados de guardias y viendo cómo todo lo que decían era anotado con puntos y comas. La gota que colmó el vaso fue cuando Whitty le dijo a mi madre que no dependía de él conceder visitas abiertas a presos de primer grado, lo cual era mentira. Long Lartin había dejado de ser una prisión tranquila y relajada. Envié una carta a la Embajada de Irlanda, una carta muy dura en la que criticaba la actitud de Whitty y pedía que intercedieran ante el Ministerio del Interior para que se me concediesen las visitas abiertas. Metí la carta en el buzón en la mañana del 28 de marzo. Esa carta nunca llegó a su destinatario y, a las cinco de la tarde, yo abandonaba Long Lartin para ser trasladado a Full Sutton, en Yorkshire. Era un lugar odioso; una prisión moderna, organizada para la comodidad de los guardias y con un director verdaderamente severo. Por entonces yo tenía esa arrogancia propia del hombre inocente que sabe que será reivindicado y puesto en libertad, de modo que era un preso muy conflictivo. Cuando fui a ver al director y le golpeé en la cabeza con el manual de normas de la prisión, me enviaron castigado a Durham. Veintiocho días por el diez setenta y cuatro.

El bloque de castigo de Durham resultó ser un lugar muy duro porque las celdas eran muy pequeñas, como caballerizas, sin espacio suficiente para estirarse y con cinco centímetros entre la cama y la pared. Además estaba llena de cucarachas y ratones, y el patio de ejercicios era una especie de jaula de zoológico. Pero tuve la suerte de encontrar a un amigo, Tommy Mulvey, y él tenía organizada una red de suministros desde el pabellón donde se encontraban los detenidos a la espera de juicio.

Las cuerdas estaban hechas con jirones de sábanas anudados y, por la noche, desde una de las ventanas del otro pabellón dejaban colgar una cuerda y un preso llamado Jiffy que ocupaba la celda del bloque de castigo más cercana al pabellón de los detenidos a la espera de juicio, lanzaba una cuerda provista de un gancho hasta que, finalmente, lograba enganchar la otra cuerda y coger lo que colgaba de ella. A veces, lograba cogerla después de un par de lanzamientos, otra veces la operación duraba casi una hora. Pero, finalmente, Jiffy siempre conseguía asegurar la cuerda y pasar de celda en celda lo que nos habían enviado: comida, zumo de naranjas, revistas porno, drogas. Lo que hacíamos con esas cuerdas en el exterior de las ventanas era francamente ridículo.

Así pues, logré sobrevivir en Durham y luego me vi en Gartree. El día de mi llegada encontré a Joe O'Connell en el corredor hablando con todos los presos irlandeses. Fue un momento muy extraño. Joe era el cabecilla del comando de la calle de Balcombe que puso las bombas en Guildford y en Woolwich, atentados por los que estábamos cumpliendo condena. Me dirigí a él.

—Quiero darte las gracias por todo lo que hiciste por ayudarnos y por decir la verdad.

—Le dijimos la verdad a la policía —dijo Joe— y dijimos la verdad en el tribunal de apelación. Pero ya sabes cómo son estas cosas, Gerry, y es sólo un ejemplo más de la justicia británica aplicada al pueblo irlandés. Pero si hay algo que pueda hacer para ayudarte, puedes contar conmigo.

Tal vez lo que voy a decir resulte extraño para mucha gente, pero encontré que Joe O'Connell era un buen tío. Había momentos en los que podía ver que sufría al saber que tanto yo como Paddy, Carole y Paul estábamos condenados a cadena perpetua por algo que no habíamos hecho nosotros, sino él. Trató de ayudar en todo lo posible a nuestros abogados, aportando detalles de las acciones que él y otros integrantes del grupo de Balcombe habían cometido. Y también fue para mí una gran alegría encontrar a Paddy Hill en el mismo pabellón. Paddy Hill y yo nos embarcamos en una intensa campaña de envío de cartas al extranjero para llamar la atención sobre nuestros casos. Trabajamos duramente y nuestro esfuerzo dio sus frutos al concitar un gran interés en Estados Unidos y dentro de la Iglesia Católica en otros países. Recibimos cartas que se habían publicado en la prensa norteamericana. Unos cuantos senadores interesados por nuestro caso y un grupo de San Francisco, que se había formado el propósito de limpiar nuestros nombres, publicaron un anuncio en el *New York Times* el día de San Patricio de 1989. En una palabra, que me resultaba muy difícil no contarle a Paddy los puntos cruciales de cómo estaba yendo mi caso.

Gartree fue mi última prisión. Para entonces ya podía manejar perfectamente el día a día de cualquier prisión del sistema penitenciario. No disfrutaba con ello, pero podía salir adelante. Había sido testigo de muchos cambios; desde la incorporación de guardias femeninas, hasta la autorización para que los irlandeses tomaran parte en la educación. Antes de 1984, con los presos irlandeses no se tenía la más mínima consideración y seguíamos luchando en varios frentes: hostigamiento a las familias, visitas cerradas, traslados temporales y permanentes a Irlanda del Norte. Con anterioridad, a ochenta y cuatro presos irlandeses les negaron el acceso a las instalaciones educativas. De modo que, a mediados de la década de los ochenta, se produjo una especie de replanteamiento que mejoró ligeramente las condiciones de vida en la prisión, aunque todavía quedaba mucho por hacer.

La otra cara de la moneda era mi preocupación por cómo todo este proceso había afectado a mi mente. Seguía sufriendo depresiones y me resultaba muy difícil conciliar el sueño. De pronto me veía enterrado vivo en el sistema penitenciario, y a veces me sentía como una de esas víctimas de un seísmo que queda atrapada en una burbuja de aire debajo de un edificio que se ha derrumbado. Esta situación solía provocarme pequeños ataques de pánico, la súbita sensación de que podía asfixiarme, que podía resultar aplastado y que no había nada que pudiera hacer para evitarlo.

Y también estaba el transcurso del tiempo. Entraba en la celda a las ocho de la tarde, leía veinte páginas del libro que había cogido de la biblioteca, dejaba el libro y apoyaba la cabeza contra la pared. Luego, me sentaba con los brazos cruzados delante del pecho, elegía un punto en la pared opuesta y me concentraba en él. Hacía esto durante un rato y cuando echaba un vistazo al reloj, pensando que habían pasado diez o quince minutos, habían transcurrido seis horas. Durante seis horas no había oído nada, no había sucedido nada, mi mente no había registrado absolutamente nada. Cuando me ocurrió la primera vez, creí que me estaba volviendo loco, pero luego descubrí que se trata de algo muy común entre los presos que cumplen largas condenas. Se lo confesé a Johnny Walker, que es como se supone que debe ser un médico de cabecera, muy sensato y digno de confianza.

—Gerry, eso que me cuentas me pasa a mí continuamente —me dijo.

Cuando llegué a Gartree estaba en régimen de castigo, pero Duncan, el director de la prisión, lo dejó sin efecto y me llevaron al pabellón con los demás. Iba yo con comestibles de la cantina a mi celda y pasé junto a un tío delgado y de aspecto desaliñado que se detuvo y golpeó el pie varias veces contra el suelo para llamar mi atención:

—¡Gerry! ¡Gerry!

Se volvió y, al principio, no me di cuenta de que se trataba de Paddy.

—Soy yo, soy yo, Paddy.

Le miré de soslayo.

—¿Paddy Armstrong?

—¡Sí, sí, soy yo!

Me impresionó verle. Parecía que la vida en la prisión le había ido deteriorando cada día un poco más. Antes era un tío corpulento, casi rollizo; pero había adelgazado muchísimo y lucía esa palidez enfermiza de la prisión que tienen algunos presos, como si hubiesen estado apartados de la luz del sol durante años.

Yo no le veía desde nuestra primera apelación, once años atrás, y Paddy se había pasado todo ese tiempo en Gartree. Trabajó durante años en el jardín de la prisión, pero le quitaron el trabajo después de que Sid Draper y otro preso se escaparan en un helicóptero desde el campo de deportes: uno de sus amigos empezó a tomar lecciones de vuelo y, en la tercera lección, secuestró el helicóptero, obligó al piloto a aterrizar en Gartree y volvió a despegar llevándose a dos presos de primer grado. Paddy fue testigo de la fuga ya que su jardín se encontraba junto al campo de fútbol. De modo que, después de aquello, le negaron el único trabajo que él había descubierto que le gustaba.

El 17 de octubre de 1989 era martes. Yo estaba sentado con Paddy Joe Hill, escuchando una historia extraña sobre su vida en Birmingham, cuando llegó uno de los guardias.

—Conlon, debes presentarte en la oficina.

Yo quería escuchar el final de la historia de Paddy.

—Está bien, jefe, iré en un minuto.

Pero era una historia muy larga, que cada vez se volvía más elaborada y fantástica, y medio minuto después yo no me había movido y el guardia regresó, agitado y pálido, presa de un gran nerviosismo.

—¡Venga, Conlon, a la oficina, ahora!

Paddy alzó una ceja y me dijo:

—Ve y averigua qué quieren.

Después de haber visto la cara del guardia, pensé que se había producido un desastre, que mi madre estaba enferma o había ocurrido algún accidente.

—Te trasladan. Ve a tu celda y coge tus cosas.

—¿Adónde? —pregunté automáticamente.

No esperaba ninguna respuesta, pero, asombrosamente, obtuve una:

—A Londres. Ahora ve a buscar tus cosas.

—¿A Londres? ¿Para qué?

—Para tu apelación. Date prisa.

El guardia parecía tener mucha prisa en sacarme de allí y yo no podía entender la razón.

—Pero la apelación no será hasta dentro de tres meses, el 15 de enero. Me enviáis castigado a otra prisión.

—No, vas a Londres y tu compañero irá contigo. No puedo decirte más.

Regresé al taller de la prisión y me despedí de todos

los amigos que había hecho, con los que había jugado al fútbol y al *backgammon* y con los que había hablado durante cientos de horas. Me despedí de los londinenses, los negros y de los chicos de Birmingham, y todos me desearon suerte: «Todo saldrá bien», «No te olvides de machacarles y decirles lo que te hicieron», «No te olvides de decirles cómo es la vida en la prisión». Los antillanos chocaban la palma de la mano con la mía y todos me daban palmadas en la espalda. Mientras me despedía de ellos, me sentía muy confuso, sin saber exactamente lo que significaba todo aquello, pero consciente de que tal vez no volviera a Gartree o, al menos, no por mucho tiempo. Así que Paddy Hill me acompañó a la celda y me ayudó a preparar mis cosas. Les regalé a mis amigos casi todo lo que tenía y ellos me decían:

—Te vas a casa, Gerry.

Todos los presos irlandeses habían ido a verme. Era un momento muy emotivo y todos me abrazaban. Teníamos los ojos llenos de lágrimas. Y Paddy, cuya apelación había fracasado hacía nueve meses, me abrazó con fuerza y me dijo:

—Que tengas suerte, Gerry.

Un momento después abandonaba el pabellón.

El guardia que está en la recepción de una cárcel es un barómetro del trato humano que recibirás en la prisión. En Gartree había tenido un montón de discusiones con un guardia, Geordie, y era él quien estaba en recepción cuando me presenté para subir al furgón. En lugar de gruñirme, como hacía habitualmente, se acercó con aire amistoso.

—Hola, muchacho. ¿Quieres un cigarrillo?

Aquí hay algo que no va bien, pensé. Aquel hombre solía mirar a los presos irlandeses como si quisiera arrancarles las orejas.

Paddy Armstrong también estaba allí, sin poder contener los nervios y esperando a que nos metieran en el furgón de los presos de primer grado.

—Aquí pasa algo raro, Gerry. No quiero irme de Gartree. Nuestra apelación está fijada para dentro de varios meses. ¿Adónde nos llevan?

—El guardia me dijo que a Londres.

—Sí, pero ellos nunca nos dicen adónde nos llevan.

—Lo sé. Tiene que estar relacionado con nuestra apelación.

Lo único que se me ocurría pensar era que debía tratarse de alguna especie de audiencia preliminar, para presentar pruebas o algo por el estilo. Gareth nunca me había dicho que podía pasar algo así, pero no se me ocurría de qué otra cosa podía tratarse. A menos que fuese alguna especie de jugarreta planeada por las autoridades de la prisión.

El furgón cogió la M1 y cuanto más nos acercábamos a Londres más nervioso se ponía Paddy. Él nunca había estado en Wandsworth, pero conocía su reputación.

—No nos llevarán a Wandsworth, ¿verdad, Gerry? ¡Dios, espero que no sea a Wandsworth!

En Londres hay cuatro prisiones y a nosotros nos podían llevar a tres de ellas: Brixton, Scrubs o Wandsworth. La prisión de Pentonville no tenía instalaciones para presos de primer grado. Cuando dejamos la autopista, todavía no teníamos ninguna pista que nos indicara adónde nos llevaban.

De pronto, miramos por la ventanilla y comprendimos dónde estábamos.

—Eh, Paddy —dije—. Vamos hacia Kilburn.

Edgware Road, Cricklewood Broadway, Shoot-up Hill, Kilburn High Road. Era una zona que me traía muchos recuerdos. Nuestra vieja guarida.

Paddy estaba pegado al cristal.

—Allí está Rondu Road. ¡Eh, mira lo que le han hecho a ese *pub*! Tiene un aspecto muy extraño.

Y entonces vi un MacDonald's justo en medio de Kilburn, algo de lo que nunca había oído hablar en 1974. Y Paddy estaba cada vez más excitado.

—¿Cómo se llamaba ese *pub* del otro lado de la calle? Había un local de apuestas al lado.

—¿El Memphis Belle? ¿The Cock, Biddy Mulligans?

—No, no, ésos están más abajo. Primero está el cine Kilburn State. *Allí* está el Memphis Belle, pero le han cambiado el nombre. ¿Cómo se llama ahora, Gerry?

—Me parece que Bridge Tavern.

—Me preguntó por qué le habrán cambiado el nombre. Mira. The Cock, el Olde Bell.

—Allí está Quex Road.

Un momento después estábamos en Maida Vale, pasando por debajo de Westway, y recuerdo que miré hacia arriba en dirección a Paddington Station, donde vivían Hughie y Kate, y pensé en 1974 y que solíamos ir al Club a jugar al *snooker* y a beber pintas de cerveza.

Para entonces ya sabíamos que no nos llevaban a Scrubs y, mientras cruzábamos el Támesis, Paddy no cesaba de repetir:

—¡Oh, Dios, nos llevan a Wandsworth!

—No puede ser a Wandsworth si nos traen por lo de la apelación. Allí no tienen instalaciones para que nos reunamos con nuestros abogados.

Ninguno de los dos sabíamos exactamente dónde estábamos, pero era en algún lugar del sur de Londres. Paddy temblaba ante la perspectiva de que nos llevasen a Wandsworth y mantenía las manos unidas, como si estuviese rezando para tenerlas quietas. Y entonces vi el rótulo: «*HM Prison, Brixton.*»

Nos bajaron del furgón y nos quitaron las esposas. Inmediatamente después, los guardias de Gartree preguntaron dónde estaba el club de los guardias, ansiosos por beber unas pintas de cerveza, de modo que nos dejaron a Paddy y a mí en la recepción y desaparecieron.

Nos quedamos allí, esperando y mirando hacia todas partes. Era evidente que algo no estaba bien. Normalmente, cuando me llevaban a un lugar nuevo, en la recepción había un comité de bienvenida con un mínimo de cinco guardias, además de los perros; pero allí sólo estaba el guardia del mostrador y, en un momento dado, incluso se marchó a mear o a hacer alguna otra cosa y nos dejó solos.

—No lo entiendo, Paddy —dije—. Podríamos largarnos sin ningún problema. ¿Dónde se ha metido todo el mundo?

Cinco minutos más tarde, con Paddy y yo sintiéndonos desnudos y cohibidos sin nuestra escolta habitual de guardias, el encargado de la recepción regresó a su puesto.

—¿Habéis comido algo?

—No.

—¿Qué queréis? Les diré a los muchachos de la cocina que os preparen alguna cosa.

Paddy y yo nos miramos. Estaba claro que algo fallaba. En Brixton el té se servía a las cuatro —para lo que aún faltaba una hora— y el guardia nos estaba ofreciendo una comida especial.

Entonces, como si se le acabara de ocurrir, añadió:

—Será mejor que os lleve a las celdas. Os pondré juntos.

Era una flagrante violación de las reglas del primer grado. Deberían habernos puesto en celdas separadas. Paddy pidió una taza de té y yo un vaso de agua, pues en todo el tiempo que pasé en prisión jamás bebí té, ya que la única vez que lo hice los guardias habían meado dentro. Nos sentamos en la celda, bebimos y fumamos. De pronto, se abrió la mirilla de la puerta.

—¿Todo en orden, muchachos? —nos preguntó uno de los guardias—. Se acerca el gran día.

La mirilla se cerró y el guardia se alejó de la celda. Diez minutos después, apareció otro guardia.

—Hola, chicos. El jueves es el gran día.

—¿Qué pasa el jueves?

El guardia se echó a reír.

—No me tomes el pelo. No actúes como si todavía no lo supieras.

Luego, me llevaron nuevamente a recepción para examinar mis objetos personales y comprobé que había un montón de guardias. Bueno, ahora es cuando me castigarán, pensé. Pero, en cambio, uno de los guardias sacó un paquete de Rothmans.

—¿Quieres un cigarrillo?

El guardia que se encargaba de mis cosas me dijo que podía llevarme a la celda prácticamente cualquier cosa.

—¿Cuánto tiempo estaré aquí?

Se echó a reír.

—Oh, realmente no estarás mucho tiempo con nosotros, ¿verdad?

De modo que cogí la ropa de cama y mis utensilios. Como llevaba muchas cosas, el guardia que me acompañaba me dijo:

—Deja que te eche una mano.

Sentía un montón de ojos sobre mí mientras recorríamos el Pabellón D en dirección a una celda que estaba al fondo del corredor. El guardia tenía una amplia sonrisa en el rostro.

—Te pondremos aquí. No vamos a hacerte subir todas esas escaleras cargado de cosas, ¿verdad?

Lo normal era que me metieran en una celda situada en el rincón más alejado y alto que pudieran encontrar, sólo para hacerme subir un montón de escaleras.

—Bueno, eso nunca os ha parecido un impedimento, ¿no?

—¡Venga ya! Ahora es diferente.

—¿Lo es?

—Dime qué quieres, hijo. ¿Necesitas algo de la cantina?

—¿Puedo salir a hacer un poco de ejercicio?

—Lo siento, pero están a punto de regresar todos del patio, es lo único que no puedo hacer por ti. Cualquier otra cosa que necesites, sólo tienes que pedirla.

No puedo describir lo extraño que me parecía todo aquello.

En ese momento, los presos comenzaron a regresar del patio para tomar el té y alcancé a ver a Freddie Foreman. Acababa de ser extraditado desde España, pero yo le había conocido en 1975 en Brixton, mientras esperaba ser juzgado. Se detuvo y me miró dos veces, como si no recordara exactamente quién era yo.

—¿Gerry?

—Sí, Freddie.

—¿Guildford?

Sonreí.

—Sí, excepto que yo....

—Lo sé, lo sé. ¡Tú no lo hiciste!

Y echó a correr hacia mí, me levantó del suelo y me sacudió en el aire.

—Una gran noticia, Gerry. A casa el jueves. Una gran noticia.

—¿Qué noticia? ¿Qué quieres decir con eso de a casa el jueves? He presentado una apelación. ¿De qué estás hablando?

Retrocedió unos pasos.

—¿No lo has oído?

—No. No sé nada. Los guardias me han tratado de un modo muy extraño todo el día. ¿Qué está pasando?

—Lo llevan repitiendo en las noticias desde el mediodía. Saldrás en libertad. Te presentarás ante el tribunal y quedarás en libertad.

Freddie se dio cuenta de que yo pensaba que me estaba tomando el pelo, de modo que miró su reloj, me cogió de un brazo y me llevó a su celda.

—Ven conmigo. Pondré las noticias, ya son las cuatro.

Puso Capital Radio y se oyeron algunos anuncios comerciales antes de las noticias. En ese momento apareció Paddy. Se detuvo en la puerta de la celda, justo cuando iban a empezar las noticias.

—Escucha esto, Paddy. Freddie dice que el jueves nos dejarán en libertad.

Paddy me miró con los ojos muy abiertos y una expresión de asombro dibujada en el rostro mientras el locutor decía: «*Esta mañana, en una decisión sorprendente, el Director del Ministerio Fiscal anunció que los* Cuatro de Guildford *serán puestos en libertad el jueves.*»

Yo no oía absolutamente nada a mi alrededor, como si, de pronto, se hubiese hecho el silencio en todas partes, excepto en la radio: «*Durante una sesión de urgencia del Tribunal de Apelaciones, fijada para el jueves por la mañana, se dirá al tribunal que la Corona no seguirá manteniendo las acusaciones contra los* Cuatro de Guildford, *quienes fueron condenados en 1975 por actividades terroristas...*»

Recuerdo que me puse de pie, eso sí puedo recordarlo. Luego, Paddy y yo nos miramos mientras la incredulidad dejaba paso al convencimiento de que todo había terminado. Había terminado. Paddy se acercó a mí y nos quedamos allí, unidos en un fuerte abrazo.

29

VEREDICTO ANULADO

Debimos de salir de Gartree justo a tiempo, o tal vez hicieron coincidir el anuncio con el recuento del mediodía. Si aún hubiésemos estado allí y la noticia se hubiese sabido durante las horas de tiempo libre, cuando nos reuníamos en el corredor o en las celdas, jamás hubiéramos llegado a Londres aquel día. Ronnie McCartney me contó después que él se encontraba en su celda estudiando cuando comenzó a escuchar ruidos, como si alguien estuviese golpeando la puerta de la celda. Y luego otra, y otra más, hasta que cincuenta puertas eran golpeadas con sillas y mesas, y los presos gritaban, expresando ruidosamente su alegría. Ronnie se levantó y golpeó la pared de su celda.

—¿Qué coño está pasando? —le gritó al chico de la celda de al lado—. ¿A qué viene todo ese ruido?

—Pon la radio. Escucha las noticias.

—¿Cuál *es* la noticia?

—Los *Cuatro de Guildford* se van a casa el jueves. Lo han dicho en Radio Uno.

Y Ronnie me contó que cogió la silla y empezó a golpear la puerta con ella, junto con todos los presos de la prisión; todo el lugar estaba vibrando. La gente abría recipientes con bebidas alcohólicas, conseguidas clandestinamente, y los pasaba de ventana en ventana; personas que no se habían dirigido la palabra durante años bebían juntas —compartiéndolo todo— y así continuó durante toda la tarde. Después de que se abriesen de nuevo las celdas, los presos se pasearon por el corredor bebiendo alcohol abiertamente. Fue una fiesta memorable y, al día siguiente, todo el mundo tenía una resaca monumental.

Yo había visto a Paul Hill un par de veces. Estuvimos juntos en Parkhurst menos de un año, la mayor parte del tiempo en el mismo pabellón, y también durante un corto espacio de tiempo cuando los *Seis de Birmingham* estuvieron en Long Lartin para su apelación. Paul estaba más delgado y más viejo, pero no había cambiado tanto como Paddy.

Pasamos una noche interminable en Brixton —yo no pude pegar ojo— y ahora nos enfrentábamos a un largo día, nuestro último día como presos. Podría parecer anormal que, aunque todo el mundo sabía lo que iba a pasar al día siguiente, nosotros siguiéramos sometidos a las restricciones artificiales del código de los presos de primer grado: perro, dos guardias, esposas, furgón, visitas cerradas, registro. Pero yo no pensaba que fuese anormal. Después de quince años, las restricciones propias del primer grado formaban parte de mi vestimenta e incluso parte de mí. Quítale la giba a un jorobado y ¿cómo se sentirá? Me habría sentido desnudo si las hubieran eliminado.

Así que, cuando recibí la inesperada visita de mi madre y mis hermanas —una sorpresa total para mí, porque la ITN* les había pagado el billete de avión desde Belfast—, fue igual que en visitas anteriores, con los guardias detrás, el perro fuera, y el guardia que apuntaba todo lo que decíamos. Pero no era la visita típica, artificial y llena de tensión, porque mi madre lle-

* Independent Television Network (Red de Televisión Independiente). (*N. de los T.*)

vaba en el rostro la sonrisa más natural y hermosa que yo había visto en una década y media.

Todo el mundo sonreía. Gareth también entró con una sonrisa de oreja a oreja.

La abracé con fuerza y le di las gracias de la mejor manera que supe, pero ¿cómo podía agradecerle nunca todo lo que había hecho?

De todos modos, yo seguía ignorando lo que había ocurrido. ¿Por qué no siguió adelante nuestra apelación? Nos mantuvieron en la más absoluta ignorancia hasta el final y, al parecer, en el almacén *todavía* quedaban cosas que no nos permitían examinar.

—¿Y ahora qué pasará?

—Es muy sencillo. La acusación soltará un discurso explicando que no desea seguir manteniendo las acusaciones y el juez anulará el veredicto.

Aquella noche, en el silencio de mi celda, pensé en sir Michael Havers y en lord Donaldson, y en lo frustrado que me sentía porque al día siguiente no estuvieran en los mismos lugares que ocuparon en 1975. Me habría encantado escuchar a Havers admitir, con sus propias palabras, que el caso de la Corona contra nosotros estaba basado en un montón de basura. Y me sentí frustrado también porque no podría oír a Donaldson decir *«anulado»*. Porque esa palabra era mágica para mí, pero qué amarga le hubiese sabido a él.

Yo sabía que nuestro caso era uno de los más escandalosos errores judiciales del siglo, y sabía que ya se estaba propagando entre la prensa y los medios de comunicación y que los mantendría ocupados aún durante varios días. Para mí no era un motivo de orgullo, pero tampoco de vergüenza. Yo simplemente quería contarle a todo el mundo lo que me había pasado y por qué. Quería hacerle daño al sistema que me había hecho daño a mí, y alguien tendría que enderezar las cosas. No debía suceder otra vez y otra y otra.

Pensaba también en la libertad, otra palabra dorada. Pero era demasiado grande para mí. De modo que guardaba todas aquellas cosas pequeñas que la libertad traería consigo: partidos de fútbol, viajes, dinero en el bolsillo, ropa que yo pudiera elegir; significaba poder cruzar la calle, caminar bajo la lluvia, abrazar a mis sobrinas y a mi sobrino sin que hubiera un guardia malencarado vigilándonos, comer melones y pan de patatas y un pastel irlandés, y estar con mi familia.

Las autoridades cumplieron con el ritual de siempre. Me registraron cuando me sacaron de la celda por la mañana, me examinó el médico de la prisión y volvieron a registrarme en la recepción antes de que me vistiera con mi propia ropa. Nos quitamos los uniformes carcelarios y fue como despojarse de una piel sucia. Cogí la camisa y los tejanos de mi caja de la prisión y comencé a vestirme; era ropa que Bridie me había comprado el día anterior. Nadie le había comprado nada a Paddy Armstrong, así que seguía con la misma ropa que llevaba en 1975, unos pantalones extravagantes y un par de zapatos con plataforma de diez centímetros. Paul y yo nos echamos a reír cuando le vimos vestido de esa guisa.

—Por Dios, Paddy, no puedes entrar en el tribunal con esos zapatos. ¿Quién te los ha dejado, Elton John?

Encontré otro par de zapatos para Paddy en mi caja, pero no había más pantalones.

Con nosotros esposados en su interior, el furgón se acercó a las puertas de Brixton desde el interior de la prisión. Cuando se abrieron lentamente hacia nosotros, vi el mundo exterior de una manera absolutamente diferente. Era como si hubiéramos estado encerrados en una habitación a oscuras buscando la puerta y, finalmente, la hubiésemos encontrado y la hubiésemos abierto para que entrara la luz. Yo estaba radiante y sonreía de oreja a oreja al ver el mundo exterior de esa manera. Luego, nos dirigimos al tribunal, donde nos registraron otra vez.

Cuando la conocí, Carole era tan joven que aún asistía al colegio. Ahora era una mujer de treinta y tres años, pero cuando se acercó para saludarnos, en la zona inferior del Bailey, sus ojos brillaban y su sonrisa era la de una colegiala. Los tres la abrazamos y yo sentí que ese momento nos daba un profundo sentimiento de unidad, de ser los *Cuatro*. Llegaron los guardias y nos dijeron:

—Tirad los cigarrillos, vais a entrar en la sala.

Nuestras familias y simpatizantes ya se encontraban dentro y fue un momento inolvidable. Llevábamos claveles, el símbolo de la inocencia, que nos había dado Paddy O'Connor, mi joven abogado. El representante de la Corona era Roy Amlot, que se puso de pie para explicar que, entre los archivos de la comisaría de Guildford, la policía de Avon y Somerset había descubierto notas de los interrogatorios a los que, supuestamente, fueron sometidos Paddy Armstrong y Paul Hill. En lugar de ser notas escritas en el mismo momento del interrogatorio, como siempre se había sostenido en el juicio, esos documentos parecían haber sido escritos a máquina en forma de borrador y transcritos posteriormente a mano.

Amlot explicó la conclusión. Los veredictos no eran fiables y la Corona no quería seguir sustentándolos.

Nuestro representante, Tony Scrivener, habló brevemente para decir que era una bendición que la pena capital ya no estuviese en vigor, porque, como señaló lord Donaldson desde su puesto en el discurso final del juicio de 1975, aquel veredicto hubiese supuesto la ejecución de Paul, la de Paddy y la mía. Este caso suponía una terrible advertencia contra la posibilidad de que volviese a instaurarse la pena de muerte. Añadió que, a la luz de las pruebas presentadas, nuestras condenas debían ser anuladas.

Luego, el presidente del tribunal pronunció su fallo. Daba la impresión de que estaba comiendo un gato escaldado y apenas si podía pronunciar las palabras. No recuerdo aquel momento con muchos detalles, pero estaba pendiente de cada una de sus palabras porque había una en especial que yo anhelaba oír. El presidente del tribunal llegó a su conclusión diciendo que, por todas las razones anteriormente expuestas, sus señorías no creían que los veredictos fuesen fundados y, por lo tanto, era su deber declararlos...

En ese momento, me levanté de un salto y arrojé mi clavel hacia donde se encontraban los abogados, un gesto que fue imitado por los demás.

Y, entonces, pronunció la palabra: sobreseídos.

Nos encontrábamos en el Tribunal Número Dos de Old Bailey. En 1975, los veredictos de culpabilidad de los *Cuatro de Guildford* se pronunciaron allí. En 1977, la apelación del caso de los *Cuatro de Guildford* se perdió allí. Y, en 1989, a la tercera fue la vencida. Finalmente se había hecho justicia.

30

¡VOLVER A NACER!

La ITN había organizado una recepción en el Holiday Inn próximo a Swiss Cottage. Yo les había asegurado una entrevista exclusiva, que se merecían por haberse encargado de trasladar a mi madre y a mis hermanas desde Belfast para que estuvieran presentes en el día más feliz de mi vida.

No pude disfrutar de la recepción. Estaba empezando a sentirme deprimido a medida que mi euforia desaparecía. Llevaba dos noches sin dormir bien y la corriente de adrenalina que me había mantenido en movimiento comenzaba a apagarse. Cuando me ofrecieron champán, yo sólo quería una jarra de cerveza. La comida que se servía, a pesar de lo cara que era, me parecía un montón de mierda. La gente se acercaba para estrecharme la mano, haciéndome una y otra vez las mismas preguntas. Trataba de mostrarme cortés, pero sentía crecer la tensión dentro de mí.

Muy pronto descubrí que había dos tipos altos y corpulentos que siempre estaban cerca de donde me encontraba. Cuando fui al lavabo, uno de ellos, un escocés, me siguió. En el ascensor estaban los dos conmigo.

—Eh, ¿quiénes son ustedes?

—Estamos aquí para asegurarnos de que nadie le molesta, no se preocupe.

Más tarde me indicaron dónde estaba mi habitación. Los dos hombres nos siguieron por el pasillo y se colocaron fuera de la habitación a ambos lados de la puerta. Eran guardias de seguridad contratados por la ITN. Quienquiera que hubiese tenido la brillante idea de incluirlos en el programa no mostró demasiada imaginación. Para mí, la única diferencia entre aquellos dos y un par de guardias de la prisión era la ropa.

Una vez en la habitación del hotel, no pude relajarme. Había pasado toda la tarde hablando con mi familia y no era demasiado tarde cuando me metí en la cama. Sabía que estaba cansado, pero no podía dormir. Tumbado en medio de la oscuridad pensé primero en las otras personas inocentes que había dejado atrás: Paddy Joe Hill, Gerry Hunter, Johnny Walker, Dicky McIlkenny, Hughie Callaghan y Billy Power. Pensé en todos los otros presos, los presos políticos irlandeses, los presos ingleses, palestinos y negros, los londinenses de los barrios pobres, los estafadores y timadores; hombres de todas las procedencias, que me habían brindado su amistad durante todos esos años. Pensé en las comidas y los tés que preparábamos en los pabellones, en las partidas de cartas y en el aguardiente y los cigarrillos compartidos, en cómo discutíamos y bromeábamos. Recordé a los que estuvieron a mi lado cuando me encontraba hecho polvo y a quienes rieron y bromearon conmigo cuando las cosas mejoraron.

De pronto, me sentí terriblemente solo. Quería acercarme a la ventana y llamar a la habitación de al lado para hablar con alguien. Pero no estaba en el Pabellón D de Scrubs, sino en el Holiday Inn y ni siquiera conocía a quienes ocupaban la habitación contigua. Éste fue mi mayor temor desde el momento en que supe que saldría en libertad; después de quince años encerrado, ¿sería capaz de comunicarme con el exterior?

Eran las cinco de la mañana cuando fui a la habitación de mi madre y me senté en el borde de su cama. Traté de explicarle lo que me pasaba, lo miserable que me sentía en ese lugar. Empecé a llorar y me puse a decir que no era mejor que una prisión y que los medios de comunicación me tenían como si fuese un rehén. Lo único que deseaba era largarme de allí. No dejaba de pensar en mi padre y en cómo se hubiese sentido, en cómo siempre supo que este día llegaría finalmente, en su profecía de que su muerte serviría para dejar limpio su nombre, porque, sin ninguna duda, fue su muerte lo que despertó la conciencia de la gente, iniciando una notable reacción en cadena.

Hablé de todo ello con mi madre y con mi tía Bridget. Todas las emociones reprimidas durante años salieron a borbotones, todo lo que no había podido decirles mientras estaba en la prisión. Todos llorábamos. Era la primera conversación verdadera que manteníamos desde 1974 y me acuerdo de que mi tía Bridget dijo:

—Hoy, Giuseppe estará sonriendo en el cielo porque sabe que por él ha sucedido todo esto. Ahora tenemos que limpiar su nombre.

Mi cabeza me daba vueltas con todo aquello, las imágenes de mi padre saliendo de la prisión, volviendo de pronto a ser un hombre libre. Había dos lugares en los que yo no quería estar: en una cárcel de nuevo y en el Holiday Inn. Tenía que salir de allí, encontrarme a mí mismo. Sabía que tendría que readaptarme y no creía que ésa fuese la mejor manera de empezar a hacerlo. Necesitaba un poco de sentido común y gente que me conociera, que pudiera ayudarme a recuperar la confianza en mí mismo. Mi familia se estaba readaptando a mí tanto como yo a ellos. De modo que llamé por teléfono a Gareth Peirce y le dije:

—Venga y sáqueme de este lugar. Me tratan como si fuese un preso.

Y Gareth llegó quince minutos después y me llevó a su casa.

La mayoría de los presos condenados a largas penas que han conocido la fecha de su liberación se han preparado para su nueva situación, y las autoridades los han ayudado a ello. Hay cursos especiales, salidas para hacer compras, ejercicios para volver a manejar dinero. Yo no tuve nada de eso; simplemente, volví a nacer al mundo.

Lo que más me atemoriza de mi nueva vida —que también es lo más excitante— es la posibilidad de elección. Cuando salí del Holiday Inn, ejercí la posibilidad de elegir. Pero luego hube de enfrentarme a un número increíble de extrañas elecciones: la ropa, las diversiones, la música, las copas en el *pub*. Tenía un grave problema con los menús. Yo nunca había visto menús antes y no sabía cómo resolver la situación. No sabía siquiera *qué* eran la mitad de las cosas que había en ellos. Todos los platos parecían estar en francés o en italiano y no tenía ninguna pista acerca de lo que pedía, así que solía pedir patatas fritas.

Los ojos casi se me salieron de las órbitas cuando vi las tiendas de objetos electrónicos en Tottenham Court Road: discos compactos, vídeos, tocadiscos unipersonales, teléfonos portátiles, ordenadores; cosas que el resto del mundo daba por sentadas, pero que no existían en 1974. Pensé en Haslett, en Belfast, tal como yo lo conocí. Entonces creía que era una especie de cueva de Aladino, pero ahora estaba en la era espacial. Había dado un salto hacia delante de quince años y no podía creer lo que veían mis ojos.

Aquella situación también afectaba la forma en que me comportaba con la gente. Me marché siendo un crío, un pelmazo total; y salí de prisión siendo más maduro, pero aún no estaba seguro de si podría comunicarme con la gente de un modo coherente. Necesitaba tiempo para resolver dónde me encontraba en ese nuevo mundo y cómo un hombre como yo debía comportarse. Tenía que hablar con gente en las tiendas, con empleados, con conductores de autobús. Tuve que aprender a cruzar la calle otra vez y tuve que reconstruir mis relaciones con mi familia y con mis amigos, que eran quince años más viejos que cuando yo los había visto por última vez. Y me preocupaba enormemente cómo iba a relacionarme con las mujeres en ese mundo nuevo.

El hecho de ser una «celebridad», naturalmente, complicó las cosas. Durante la primera semana, mi rostro apareció en todos los periódicos y tuve que arreglármelas lo mejor posible con personas completamente desconocidas que se acercaban a saludarme y a hablar conmigo. La prisión es un mundo donde no hay desconocidos; conoces a todo el mundo y todo el mundo te conoce a ti.

Cuando ya estaba nuevamente en Belfast, salí a tomar unas copas con un amigo y le expliqué que el hecho de ser reconocido por la calle me intimidaba un poco.

—Eso no debería molestarte —me dijo—. Tú naciste aquí. Echa un vistazo a tu alrededor, al lugar donde llegaste al mundo en la más abyecta pobreza. Tienes las llaves de la mitad de las casas de la ciudad, y la razón para ello es que los nacionalistas y los católicos corrientes del Norte no han conocido otra cosa que los ataques de la policía en 1969, el internamiento, las protestas, las huelgas de hambre, los críos muertos por las balas de plástico. La gente del Norte no ha conocido más que miseria y amargura hasta la liberación de los *Cuatro de Guildford*. Tú no tienes ideales, no eres miembro de ninguna organización política ni del IRA, pero representas una enorme victoria para toda esta gente.

Ahora, siete meses después de haber salido de la prisión, aún me paran por la calle para hablar conmigo. De este modo he llegado a comprender que mi caso es realmente la causa de preocupación que yo había imaginado y esperaba que fuese. Me siento honrado por ello.

Mi mayor honor ha sido una invitación para viajar a Washington, donde presté mi testimonio, invitado por el senador Ted Kennedy, ante la Comisión de Derechos Humanos del Congreso. El tema era los *Seis de Birmingham* y los derechos de los presos irlandeses encerrados en prisiones británicas, una de las raras ocasiones en que esta comisión ha abordado un tema de tal naturaleza relacionado con un país democrático occidental. La invitación fue el resultado de una entrevista previa mantenida en noviembre con Tom Lanton y Ted Kennedy, poco después de salir yo en libertad. El cardenal O'Connor también contribuyó notablemente a despertar la conciencia pública en Estados Unidos acerca de los *Seis de Birmingham*.

En el futuro inmediato se encuentra la investigación judicial de los casos de los *Cuatro de Guildford* y los Maguire, donde al menos espero que el sistema legal británico reconozca también la inocencia de mi padre y de los Maguire. También existe otro caso que aún no se ha cerrado, la exoneración de los *Seis de Birmingham*. Son mis amigos, aún están en la cárcel y cualquiera que haya leído este libro no tendrá ninguna duda de lo que eso ha significado y sigue significando para ellos. Sin embargo, los *Seis de Birmingham* son tan inocentes como yo. Hasta que ellos no hayan salido de la prisión, yo no me consideraré completamente libre.

La gente suele preguntarme que qué pienso hacer el resto de mi vida. ¡Vaya pregunta! Les digo que viajaré, que me iré a conocer ese mundo del que fui excluido durante gran parte de mi vida adulta. Más allá, el futuro aguarda. Pero estoy seguro de una cosa: no quiero pasar el resto de mi vida siendo conocido sólo como uno de los *Cuatro de Guildford*.